THE PRINCESS OF BOOKS AWAKENS

〈本の姫〉は謳《うた》う 2

Ray Tasaki
多崎 礼

講談社

目次

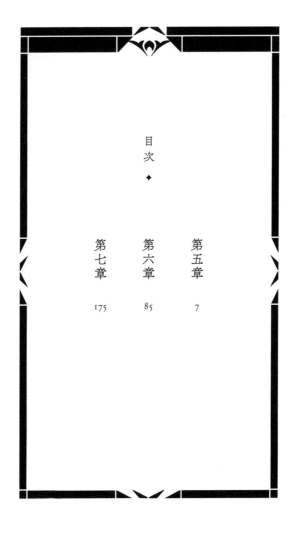

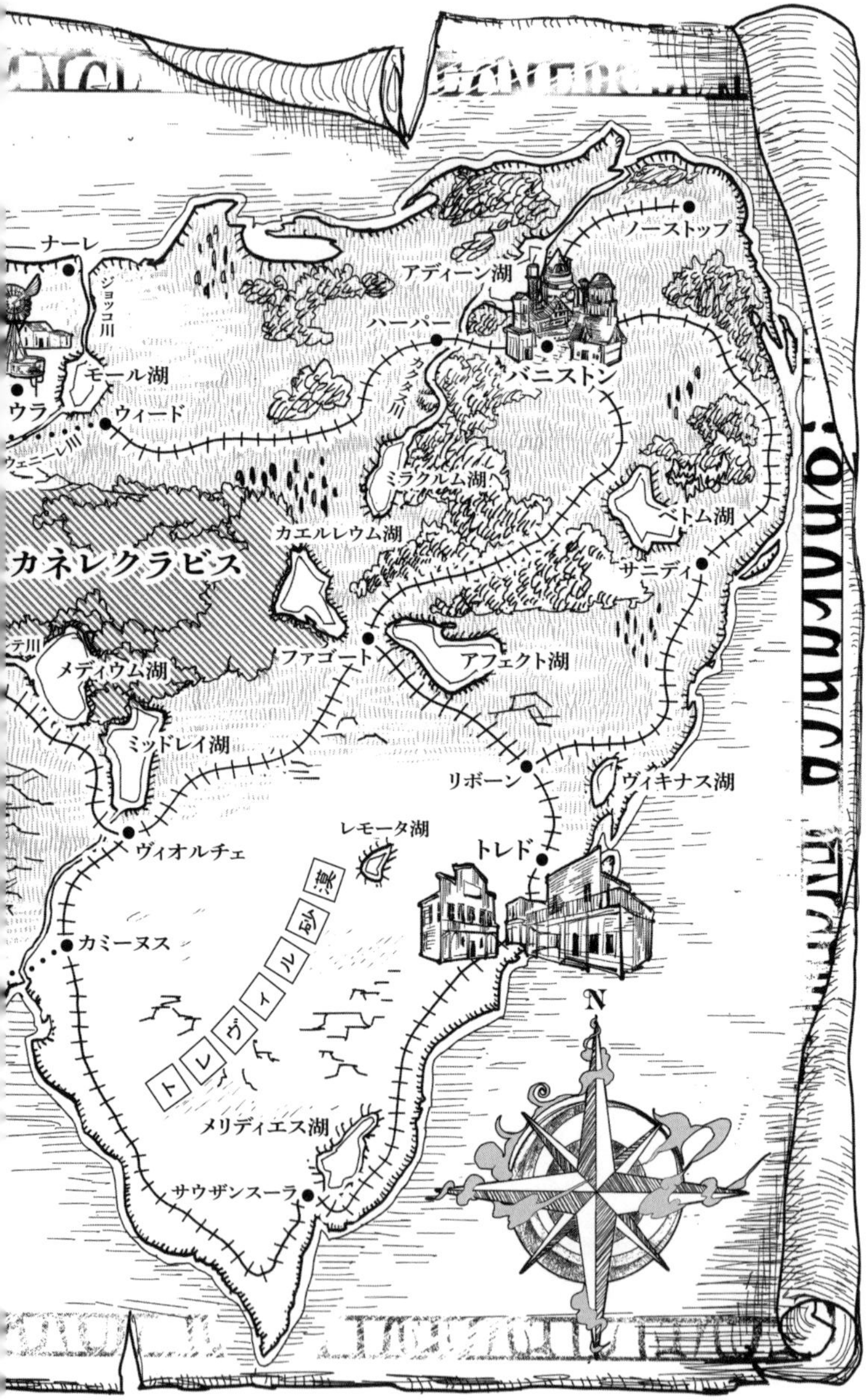
ナーレ
ジョッコ川
モール湖
ウラ
ウィード
ウェニーレ川
カネレクラビス
テ川
メディウム湖
ミッドレイ湖
ヴィオルチェ
カミーヌス
トレヴィル砂漠
レモータ湖
トレド
メリディエス湖
サウザンスーラ
ファゴート
リボーン
ヴィキナス湖
アフェクト湖
カエルレウム湖
ミラクルム湖
カクタス川
ハーパー
バニストン
アディーン湖
ノーストップ
ベトム湖
サニディ
N

カルボー
オルトゥス砂漠
リーウス
ミニョル湖
ラテル
ワイト
エクセリク湖
スペクルム湖
プラトゥム
クロリーン山
ウォラーレ湖
フロリーン山
ブローミン山
アルンド
アンスタビリス山脈
ベリディス湖
イオディーン山
ブロムペース
イニティウム
フリークスクリフ
フォンス
サール
カクメン
ミースエスト
ビビタス湖
カトゥス
モルスラズリ
プルンブム
ヘルム
シルールス
アケルウス
サブルム湖
テルグム砂漠
エンドミ川
SPENCER'S MAP SHOP
ソリディアス大陸

これは二つにして一つの物語。
謎多くして、いずれすべてが繋がり明かされる物語。

アンガス・ケネス――〈本の姫〉と旅をする青年。「聖域」時代の記憶をもつ。
〈俺〉――刻印暦一六六六年生まれ。第十三聖域『理性《リーズン》』で育つ。

〈本の姫〉は謳う　2

装幀　鈴木久美
装画　緒賀岳志
地図画　芦刈将

第五章

1

夜の街をセラは歩いていく。

両手で大きなバスケットを抱《かか》えている。夜は更けていたが、それでも怖いとは思わなかった。

バニストンで暮らし始めて三ヵ月あまり。ここの治安の良さにも慣れてきた。無法者達《アウトロー》に連れられ、旅して回った西部の町に較《くら》べたら、この街はまるで天国だ。

彼女はバスケットを抱えなおした。腕が痺《しび》れてきたが、それでも黙々と歩き続ける。デイリースタンプ新見聞《ニュースペーパー》社。その階段の下で彼女は立ち止まった。一階の印刷工場は真っ暗だったが、二階の事務所にはまだ明かりが灯《とも》っている。それを見上げ、セラはきゅっと唇《くちびる》を噛《か》みしめた。意を決したように階段を上り、事務所の扉を開く。

「読めないよ、これじゃあ！」

鋭い声が飛んできた。

セラはびくっと首を縮める。

「二面と三面のスタンプがカブって、内容がぐちゃぐちゃじゃないか！」

声を張り上げているのはエイドリアン・ニュートン。デイリースタンプ新見聞《ニュースペーパー》社を仕切る女傑である。彼女は試し刷りの新見聞《ニュースペーパー》を握り、それを手の甲でパンと叩《たた》いた。

「刷版《さっぱん》焼く前に見直せって、いつも言っているだろ！　どうして言う通りに出来ないんだよ！」

怒られているのはまだ見習いの印刷職人だった。ボサボサの赤茶の髪に褐色の肌。年齢はまだ十七歳と聞いている。名前は確かダニーといった。

「それは……時間がなくて、急いでたから……」

「急ぐってのは、工程の一つ一つを手早くこなすことを言うんだ。手順をふっ飛ばすことじゃない！」

あまりの剣幕に、セラはじりじりと後じさった。

「おや、セラちゃん。いらっしゃい」

彼女に気づいたのはアンディだった。本名はアンドリュー・パーカー。エイドリアンの右腕と称される凄腕《すごうで》のスタンプ職人だ。その落ち着きと灰色の髪のせいで年配に見られがちだが、実はエイドリアンよりも若いことを、セラもこの前知ったばかりだ。

アンディはセラに歩み寄ると、その手からバスケットを受け取った。

「けっこう重たいね。大変だったでしょう？」

セラは首を横に振ると、ポケットから紙片を取り出した。四つ折りにした紙を丁寧《ていねい》に開き、彼に手渡す。それを見て、アンディはちょっと驚いたような顔をした。

「これは――君が？」

セラは真顔で頷《うなず》いた。それから、まだ怒鳴《どな》り散らしているエイドリアンに視線を向ける。

「なるほど、そういうことでしたか」

アンディは紙片をセラに返した。バスケットを机の上に置くと、パンパンと手を叩く。

「はいはい、そこまでそこまで」

説教の途中だったエイドリアンは、キッとアンディを睨《にら》む。

「まだ話の途中なんだよ！」

「まぁ、そのへんにしてやってくださいな。ダニーも反省してますって、ね？」

アンディの言葉に、ダニーは深々と頭を下げる。

「これからは気をつけます」

エイドリアンは不満そうに唇を歪《ゆが》めた。が、彼女が再び口を開く前に、アンディが言葉を続けた。

「みんな疲れてるんですよ。お腹《なか》も減ってますしね。せっかくセラちゃんが夜食を届けてくれたことですし、ちょっと休憩しませんか？」

「──おや？」

その言葉に、エイドリアンはようやくセラの存在に気づいたようだった。少し気まずそうに苦笑いする。「来てたのかい、セラ」

セラを見て、ダニーは顔を真っ赤にして俯《うつむ》いた。セラもまた申し訳ないような気持ちになって、彼からそっと目をそらした。

「よし、みんな。一旦休憩だよ。アイヴィからの差し入れが届いた。まずは腹ごしらえだ」

エイドリアンの声に歓声が応《こた》えた。職人達は手にしていたタップや試し刷りや刷版を置いて、バスケットの周りに集まってくる。

「ありがとね、セラ」

ターキーサンドを頬張《ほおば》りながら、エイドリアンはセラの髪をくしゃくしゃと撫《な》でた。

「こんな夜遅くに一人で歩いてきたのかい？」

セラは頷いた。

「いくらバニストンでも夜の一人歩きはよくないな。次からはトムについてきて貰《もら》うんだよ？」

エイドリアンの言葉に、セラはもどかしそうに手に持った小さな紙片をこねくり回した。物言いたげなその様子にも、エイドリアンは気づかない。

「一人で帰すわけにはいかないねぇ。さて、どうしようか……」

「よければオレ……いや、僕が送ります」息せき切ってダニーが名乗りを上げた。「責任持って、きちんと家まで送り届けますから！」

「ご冗談」エイドリアンは目を剝《む》いてみせた。「狼《おおかみ》に子羊を送らせてどうするのさ」

「オレ、何もしませんよ！」

「わかってるよ」と言いながら、エイドリアンは試し刷りの紙を指さした。「でもお前には、やらなきゃいけない仕事があるだろ？」

「うう……はい」

ダニーはがっくりと肩を落とした。

「じゃ、エディ。貴方《あなた》が送ってあげたらいかがですか？」助け船を出したのはアンディだった。「このところ、ずっと徹夜続きでしょう？　今夜は帰って休んでくださいな」

「馬鹿《ばか》言わないでよ。まだ刷版も出来てないのに」

「原版は完成していますし、刷版ぐらい私達だけでも作れますよ」

「けど――」

「そのかわり、明日は交替して私を家に帰してください。家に残してきたサボテン達に水をやらないと、いい加減、枯れてしまいますからね」

ぷっ……とエイドリアンが吹き出した。

「はいはい。じゃ、そうさせてもらうよ」

彼女はターキーサンドの残りを口に詰め込むと、モゴモゴした声で職人達に言った。

「今夜は先に帰るね。後を頼んだよ」

それに、職人達が口々に応じる。

「おう、まかせてくれ」

「また明日な」

エイドリアンはセラの肩をぽんと叩いた。

「よし、行こうか！」

先に立って歩き出すエイドリアンを、セラは慌てて追いかけた。戸口の所で足を止め、事務所を振り返る。アンディと目が合ったので、ぺこりと頭を下げた。彼はウインクを返し、「頑張って」とささやいた。

階段の下でエイドリアンが彼女を待っている。セラは身を翻《ひるがえ》し、階段を駆け下りた。エイドリアンの行く手を遮《さえぎ》るように立ち、彼女の顔を見上げる。

「なんだ？　どうかしたの？」

ただならぬ気配を察して、エイドリアンが尋《たず》ねた。その目前に、セラは紙片を広げてみせた。

紙片には黒い模様《パターン》が描かれていた。スタンプだった。エイドリアンはそれに目の焦点を合わせた。

奇怪な幻影《ヴィジョン》が立ち上がった。

たとえるならば、空気を入れてふくらませ、入り口を捻《ひね》った紙袋のようなもの。袋の上部にはぐるりと太い青線が引いてある。袋の半分よりも少し上のあたりに青い点が一つ描かれ、袋の中央には黒い縦線が一本、縦線の下に黒い横線が一本ひかれている。見ようによっては人の顔のように見えなくもない。が、そいつはなぜか、くるくると回転していた。

数秒間、身じろぎもせずにそれを見つめた後——エイドリアンは吹き出した。セラはきゅっと唇を噛み、目に涙を浮かべてエイドリアンを睨む。

「ああ、ごめんごめん」

ようやく笑いをおさめたエイドリアンは、スタンプが描かれた紙片を指さした。

「これ、自分一人で描いたの？」

顎《あご》を引くようにして、セラは頷く。

「そりゃすごい。やっぱ、あんたには才能がある」

そう言って、エイドリアンはセラの顔を覗《のぞ》き込む。

「でも私はまだ『タップを使っていい』とは言ってない——そうだね？」

セラは何度も頷いた。顔を上げ、口を必死に動かした。けれどどうやっても声は出ない。涙ばかりがポロポロと溢《あふ》れ出る。エイドリアンは困ったように白髪交じりの頭を掻《か》いた。

「泣くなってば。勝手にタップを使ったのは誉《ほ》められたことじゃないけど、それほど必死だったってことだ。今回は大目に見てあげる——けどさ」

エイドリアンは困ったように首を傾《かし》げた。

「これってアンガスだよね？　くるくる回したのは、早く戻ってこいって意味？」

涙を拭《ぬぐ》い、セラはエイドリアンを見上げた。真剣な表情で、こくんと頷く。

「そんなにアンガスが気になるの？」

セラは再び頷いた。その拍子《ひょうし》にまた涙がこぼれてしまう。それを手の甲で拭う彼女の肩に、エイドリアンはそっと手を置いた。

「あいつはやめておいた方がいい」

セラは息を止めた。大きな目をさらに見開く。

「あいつはとんでもない運命を抱えてる。関《かか》わればあんたの身にも危険が及ぶ。だから悪いこたぁ言わない。アンガスのことは忘れたほうがいい」

セラは首を横に振った。エイドリアンのシャツを摑《つか》み、縋《すが》るような目で彼女を見上げる。

それを見て、エイドリアンは呻《うめ》き声を上げた。

「おいおい……そんな目で見るんじゃないよ」

セラは瞬きすら忘れて、エイドリアンをじっと見つめた。エイドリアンは居心地悪そうに身じろぎをし、それから勘弁してくれと言うように天を仰ぐ。

「まったくアイヴィにも困ったもんだね。何もこんな美少女に磨《みが》き上げなくたっていいのに――」

それでもセラは目を離さない。エイドリアンは諦《あきら》めたように両手を上げた。

「負けた。負けたよ、あんたには」

ぱっと目を輝かせるセラに背を向け、彼女は後ろ手で彼女を招く。

「ついておいで。『ムーンサルーン』に寄り道するよ。あの話をするには――特上のジンが必要だからね」


メインストリート沿いにある、エイドリアン行きつけの飲み屋『ムーンサルーン』。そこで最高級のジンを一瓶《びん》買い求め、二人は家に戻った。

エイドリアンはキッチンの椅子《いす》に腰掛け、買ってきたばかりのジンを立て続けに三杯飲んだ。もちろんストレートだ。そんなエイドリアンの様子を見て、アイヴィとトムは彼女の意図を察したらしい。

「まさか、話すんですか？」とトムが尋ね、「知らない方がいいってことも、あると思うんですけど」とアイヴィが言った。この二人にしては珍しく、エイドリアンを責めるような口調だった。

それに対し、エイドリアンは静かに答えた。

「知りたいと思う真実が隠蔽《いんぺい》されることなく、万人に平等に開示される。すべての情報は、本来そうあるべきなんじゃないか？」

こう言われては返す言葉はない。トムとアイヴィは諦めたように……もしくは残念そうに嘆息した。二人は「朝が早いから」と言い残し、早々にそれぞれの寝室へと引き上げていった。

その間――セラは身じろぎもせずに椅子に座っていた。両手で握りしめたカップには、血のように赤い液体が入れられている。彼女の好物、クランベリージュースだ。

「アンガスの母親、名前はホリーといった」

話は突然、始まった。

「ホリーは名の知れた家柄《いえがら》の末娘でね。結婚するまでは自由にしていいと言われていたんだ。彼女は無類の本好きだったから、名修繕屋アルスター・リーヴに弟子入りした。彼女と私は同期だったんだよ」

エイドリアンは懐《なつ》かしそうに目を細めた。口元は笑っているのに、なぜか哀《かな》しそうに見える。

「あの当時、修繕屋を目指す女はまだ珍しくてね。リーヴの元には五十人ほどの弟子がいたけど、女は私とホリーだけだった。ホリーはお嬢様な上に天然でね。男達のイヤミにも『それはありがとうございます』とか、真顔で答えるんだ。一緒にいて飽きなかったし、愉快だった」

彼女は一気にグラスを空けた。テーブルからジンの瓶を取り上げ、透明な液体をグラスに注ぐ。

「だからホリーが『結婚して西部の町に行く』と言いだした時には、天地がひっくり返るほど驚いたよ。しかも相手の男ときたら、イヤになるほどの石頭でね。うまくいきっこない。やめとけって何度も忠告したよ。でも『恋は盲目』っていうだろう？　ホリーときたら、私の言葉なんかどこ吹く風。

まったく耳を貸さなかった」

　そこでエイドリアンはにやりと笑った。

「そうそう、さっきのセラと同じようなキラキラした目で言うんだ。『彼と出会い、結ばれることが私の運命だったの』とか何とか」

　セラは気まずそうに眉《まゆ》を寄せ、クランベリージュースを一口飲んだ。エイドリアンはひとしきりクスクス笑った後、再び話し始める。

「当然、ホリーの両親は怒り狂ったよ。器量のいい末娘をどこの金持ちに嫁《とつ》がせるか、とても楽しみにしていたからね。彼らはホリーをモルスラズリまで追っかけていって、なんとか連れ戻そうとした。けど、それが出来ないとわかると、今度は彼女を勘当した。西部の田舎《いなか》に嫁ぐような娘はもう我が子とは思わない。二度と戻ってくるんじゃない……ってね」

　彼女はセラに目を向け、今度は自嘲《じちょう》的に笑った。

「なんでそんなことまで知ってるのかって？　私はね、その場に居合わせたんだよ。だって親友の結婚式だもの。たとえ新郎が気に入らなくても、参列するのは当たり前。でもホリーに会ったのはそれが最後だ。あれから二十三年経《た》つけど、一度も会ってない。遊びに行こうにもモルスラズリは遠いし、私も何かと忙しくなっちゃったからさ」

　ふう……と息を吐く。後悔と苛立《いらだ》ちが微妙にブレンドされた吐息。

「それでもホリーのこと、忘れてたわけじゃないんだよ。選んだ道は違っても、彼女が私の親友であることに変わりはない。だからホリーの息子と名乗る少年が突然訪ねてきた時も、そうは驚かなかったし、もちろん疑いもしなかった。性別は違っても、アンガスの目元はホリーにそっくりだったしね」

そこでいったん言葉を切り、ジンを一口飲んでから、彼女は続けた。

「でも正直、あの子の白い髪にはちょっとギョッとしたよ。若い子の髪が真っ白ってのは、なんていうか、かなり奇妙に見えたんだ」

セラは驚いたように目を見張り、そんなことないというように、ぶんぶんと首を横に振った。

「おや？　セラには王子様に見えたかな？」

セラの頰《ほお》が赤くなる。エイドリアンはグラスに残っていたジンを一気に飲み干し、椅子に座り直した。

「さて……前置きはこの辺にして本題に入ろうか。この先はすべてホリーの息子――つまりはアンガスが、私に聞かせてくれた話だ」

2

暗い。

地の底にいる。

体が動かない。これが死の世界なのか。

「う……わぁ！」

悲鳴とともに、何かが崩れる音がした。誰かが驚いて飛《と》び退《の》き、何かを蹴《け》り倒したような音だ。

「ゴート！　来てくれ、ゴート！」

若い男が俺の顔を覗き込む。

赤褐色の肌。肩まで伸びた艶《つや》やかな黒髪。畏怖《いふ》と好奇心が同居する黒曜石《こくようせき》の瞳《ひとみ》。幾何学模様が織り込まれた帯を肩から斜めにかけ、腰の周りを房飾りのついた布で覆《おお》っている。が、それ以外は裸だ。

「オレの名はクロウ。ラピス族のクロウ。オマエ、天から来たのか？」

若い男は興奮したように問いかけた。聖域で使われている公用語と同じ言葉だ。少しイントネーションは異なるが、それでも意味は通じる。

「これ、騒ぐでない」

しわがれた声がした。青年の傍《そば》にもう一人、年老いた男が現れる。白い髪、顔に刻まれた深い皺《しわ》、逆三角形に整えられた白い顎鬚《あごひげ》。その体は枯れ木のように細い。

「どこか痛むか？」老人が俺に問いかけ、心配そうに首を傾げた。「やはり言葉が通じないんかの？」

起き上がろうとして、俺は咳《せ》き込《こ》んだ。青年が慌てて俺の背中をさする。彼の手から、彼の思いが流れ込んでくる。安堵《あんど》と純粋な歓喜。天から落ちてきた『白い人』に対する興味と好奇心――

俺はその手を振り払った。

なぜ心が読めるんだ？

俺は死んだんじゃないのか？

反射的に首に手をやる。首輪はつけたままだった。腕を叩き、足をさすり、両手で頬を叩いてみる。痛みを感じる。これは夢でも幻でもない。

俺は周囲を見回した。土の皿に立てられた蠟燭《ろうそく》が室内を照らしている。天井はドーム状の木組みで支えられ、その上には土がかぶせられていた。部屋は広いが窓はない。煙突と木の扉が一つあるだけだ。

俺が寝ているのは硬い木のベッド。シーツがわりに敷かれた布には柔らかい毛が生《は》えている。その下は剝《む》き出《だ》しの土の床で、土製の器が散乱していた。

意識を失う寸前に見た光景が脳裏に蘇《よみがえ》る。

褐色の肌と長い髪、生命力に溢れた美しい女。あれは夢ではなかったのだ。かつて楽園から放逐された人々――その末裔《まつえい》は生きていたのだ。

俺は目の前にある二つの黒い顔を見上げた。

「俺は……生きているのか？」

「いかにも」老人は重々しく頷いた。「今朝、クロウが母《マーテル》湖で魚を獲《と》っていた時、お前さん、空から落ちてきたんじゃよ」

俺は喉《のど》の奥で呻いた。ラファエルを殺し、ガブリエルの手を振り切って、俺は楽園から身を投げた。死ぬはずだった。死ねるはずだった。なのになぜ……俺は生きてる？

「さて、始めるかの」

老人は袋を手に立ち上がった。そして意味のわからない歌を口ずさみながら、部屋の四方に黄色い粉を撒《ま》いていく。それが終わると、今度は一枚の大きな羽根を手に取った。茶色地に黒や白の斑点《はんてん》や縞《しま》模様が入っている。見たことのない羽根だ。彼は俺の額や胸に、その羽根を当てていく。

「消耗しておるが骨や肉に異状はないようじゃ」

そこで彼は片目を眇《すが》めた。焦《こ》げ茶《ちゃ》色の瞳がキラリと光る。「だがそれとは別に――お前さんの心腑《しんぷ》にはサストがある」

「……サスト？」

「恐れ……傷……痛みという意味じゃ」

俺は目を見張った。

「羽根で触れただけなのに、どうしてそんなことまでわかるんだ？」

「ゴートはラピス族の医術師《メディスンマン》だ」

青年が誇らしげに言い、老人は木が軋《きし》むような笑い声を上げた。

「あんまり尊敬はされとらんがね」

老人は羽根で俺の胸を軽く叩いた。

「人の体は母なる大地と父なる空から出来ている。その釣り合いが崩れると人は病《やまい》になる。お前さんのサストは根が深い。治すには時間がかかるぞ？」

「治す――だって？」

喉の奥から、笑いの衝動がこみ上げてくる。

「もういい……もうたくさんだ」

堪《こら》えようとしても止まらない。俺は笑った。笑い続けた。あの高さから落ちたんだ。これで死ねると思ったのに――今度こそ無意識に帰れると思ったのに――なのに畜生、なぜ俺は生きてるんだ！

「なぜ、放っておいてくれなかった」

「――なんじゃと？」

「俺は周囲に不幸をもたらす。スリエルやハニエルの言う通りだ。俺みたいな化け物――生まれてきてはいけなかったんだ」

「よくわからんが……色々と辛《つら》い目にあってきたようじゃな」

老人は俺を見つめ、ゆっくりとした口調で言った。

「お前さんの魂は傷つき、本来の輝きを失っている。だが案ずるな。ここにはお前さんを傷つける者はいない。急がず、慌てず、ゆっくりと傷を癒《い》やせ」

「やめろ」俺は両手で顔を覆った。「俺には救われる資格も、癒やされる価値もない」

「目の前に倒れている者がいれば助ける。それは自然の成り行き。生きるのに資格も価値も必要なかろう」

皺深い顔にさらに皺を寄せて老人は笑った。枯れ枝のような手が俺の肩を叩く。まるで太陽の光が当たったように、彼が触れた場所が温かくなる。

「大いなる意志がお前さんを助けた。それには必ず理由があるんじゃ。なに、心配せんでいい。時期が来れば、答えは自《おの》ずと見つかるはずじゃ」

「そうそう、それにはまず元気にならなきゃ！」

青年が土製の器を差し出した。

「さ、飲め」

中には茶色く濁《にご》った液体が入っていた。異様な匂《にお》いがする。思わず顔をしかめた俺に、彼は笑いかけた。悪意のない純朴な笑顔だった。

「オーツ茶だ。弱った体に力をつけてくれる」

青年は鼻をつまんで、器の中から一口それを飲んでみせる。眉を寄せ、唇をひん曲げたまま言う。

「うん、おいしい」

嘘《うそ》つけ。

「さ、オマエも飲め」

男はぐいぐいと器を俺に押しつけてくる。俺は自棄《やけ》になって器を受け取り、オーツ茶とやらを一気に喉に流し込んだ。

苦い。とてつもなく苦い。

「よく飲んだ。エラいエラい」

男は俺の頭を撫でると、もう一度、俺の体をベッドに横たえた。

「何か腹に入れた方がいい。お粥《かゆ》、貰ってくる」

彼は立ち上がり、扉に向かって歩き出し――

「にょわぁ！」

転がっていた器に、足を取られて転倒した。

「イタタタ……」膝《ひざ》をさすりながら立ち上がり、俺を見て照れ笑いする。「またコケたよ」

俺は、つい笑ってしまった。

「笑ったね」彼は嬉《うれ》しそうに言った。「もっともっと笑うといい。笑いは元気を連れてくる」

踊るような軽い足取りで、青年は出ていった。

閉じた扉を見つめる俺に、老人は呟《つぶや》いた。

「人は誰でも必ず死ぬ。その時が来れば、大いなる意志が導いてくれる。だからそう死に急ぐもんじゃない。生きるってことはな、これでなかなか面白いことなんじゃよ」

3

青い石《モルスラズリ》――アンガスが生まれた町の名だ。

モルスラズリはイオディーン山の麓《ふもと》、西部山岳地帯の荒涼とした岩石砂漠にあった。周囲に広がる荒野は土壌養分に乏《とぼ》しく、開墾しても芋さえ穫《と》れなかった。生えているのはサボテンや灌木《かんぼく》ばかり。農耕にも放牧にも適さない荒れた土地だった。

そんな町の唯一の生命線。それがエンド川だった。モルスラズリの人々はその豊富な水源を用いて、インディゴ染めを生業《なりわい》としていた。この辺りでは「インディゴ」といえばインディゴ綿で作られたズボンをさすが、その名は本来、綿の染色に用いる青い染料のことをさしていた。

荒野の北に広がる渓谷。その周辺の岩盤には苔《こけ》綿花が咲く。初夏になるとモルスラズリの男達は総出でそれを集めに行く。男達が持ち帰った綿花を、女達が紡いで綿糸を作る。その糸を幾重にも束《たば》ね、沸騰した染料に何度もくぐらせる。そうやって色付けした糸を縦糸に使い、織られた布がインディゴ綿だ。

モルスラズリの住人達は、何かしらインディゴ綿の生産に携わっている。町全体がインディゴ綿の生産工場であると言っても過言ではなかった。

インディゴは綿を深い青に染めるだけでなく、虫を払う効果もある。しかも天然の苔綿花で作った糸はとても丈夫で擦り切れにくい。モルスラズリのインディゴ綿は「ズボンを作れば三代は保《も》つ」と言われ、かなりの高値で取り引きされていた。

そのモルスラズリに暮らすダネル・ケネスは、腕のいい染色職人だった。彼はその腕を見込まれ、染色所で班長を務めていた。彼の妻ホリーは東部出身だったが、手先がとても器用で、西部山岳地帯の伝統工芸である模様織りにかけては、町で一、二を争う腕前だった。

彼らには自慢の息子がいた。とてもやんちゃで利発な少年だった。彼はいつも子供達の先頭に立ち、元気に荒野を駆け回っていた。彼の名前はケヴィン。ケヴィン・ケネスといった。

例年にない厳しい寒さが続いた、ある冬の日。ケネス家に新しい家族が誕生した。生まれたのは男の子だった。兄に較べて色が白く、体も小さく、産声《うぶごえ》は弱々しかった。これでは冬を越せないのではないか。ダネルとホリーは生まれたばかりの我が子を心配そうに見守った。

そんなある日、二人の目の前で赤ん坊が初めて目を開いた。信じがたいことに、赤ん坊の瞳はどんなインディゴよりも鮮やかな青色をしていた。

「『天使還《がえ》り』だ」とダネルは呟いた。

遠い昔、浮島の楽園に暮らしていたという天使達。その天使とそっくりな金の髪と青い目を持つ子供が稀《まれ》に生まれることがある。西部の人々はそんな赤ん坊のことを『天使還り』と呼び、凶兆として嫌った。

西部山岳地帯では子供も貴重な労働力となる。しかし体力も経験も少ない子供は、山に入ったまま帰ってこないことも多い。それを西部山岳地帯では『天使隠し』と呼び、天使に連れていかれたと言って嘆いた。『天使還り』はその天使の子供。いつか人の世に『滅日《ホロビ》』をもたらす者と信じられていた。

「なんで俺の息子に『天使還り』が――」

どんなにダネルが嘆いても、赤ん坊の目は青く、生え揃《そろ》った髪は、染める前の綿糸よりも白かった。一般的に東部の人間は、西部の人間に較べて色素が薄い。ホリーは東部出身だったから、その血が極端な形で出たんだろうと産婆は言った。けれど迷信深い西部の人々に、そんな話が受け入れられるはずがなかった。

ケネス家の次男は『天使還り』と呼ばれた。父親のダネルでさえ、それに倣《なら》った。彼を本当の名……アンガスと呼ぶのは、母親のホリーと兄のケヴィンだけだった。

それでも髪や瞳の色の違いだけなら、いつかは慣れたはずだった。アンガスが普通の子供だったなら、まだ救いはあったのだ。本当の不幸は彼の外見ではなく、その頭の中にあった。言葉を覚えた彼は、次第に奇妙なことを口にするようになった。

「トゲヒラサボテンはね、油分を多く含んでいるから、乾燥させない方がよく燃えるんだよ」

「茶色いインディゴで糸が青く染まるのはね、空気中の酸素に触れて酸化するからなんだよ」

アンガスは生まれつき、彼のものではない知識を持っていた。そんな彼に母親は言った。

「そういうことは家族以外の前で言っちゃダメよ」

しっかり者の兄はこう忠告した。

「ヘンなこと言うのはやめろよ。でないとみんな余計にお前を気味悪がるぞ?」

そして父は怒り狂った。

「黙ってろ! オレに恥をかかせるな!」

しかしモルスラズリは狭い町だ。どんなに隠しても、いつかは町中に知れわたる。その結果、町の人々はますますアンガスのことを忌《い》み嫌《きら》うようになった。しかも彼は体が弱く、頻繁に高熱を出しては寝込んでいた。成長も遅く、同じ年頃の子供達に較べ一段と背が低く、痩《や》せてひょろひょろしていた。

彼は格好の標的になった。アンガスの姿を見つけると、子供達は口々にはやし立てた。

「気持ち悪《わり》ィ、『天使還り』が来たぞ!」

「臭《く》っせぇなぁ、天使臭《くせ》え!」

「見ろよ、あいつの髪。もう真っ白だぜ?」

当然、友達は出来なかった。彼の味方は母のホリーと兄のケヴィンだけ。そのケヴィンはすでに父の元で染色職人の見習いをしていたので、話が出来るのは夜、ベッドに入ってからだけだった。

「あいつらの言うことなんか気にすんなよ」

ケヴィンは隣のベッドから手を伸ばし、すすり泣くアンガスの背中をさすってくれた。

「お前はスタンプが描けるじゃないか。母さんもすごいって誉めてくれたんだろ?」

アンガスが高熱を出すたびに、ホリーは本の欠片《かけら》を見せてくれた。それを眺《なが》めているうちに、いつしか彼はスタンプコードを理解するようになっていた。かつて本の修繕を学んでいたホリーは、タップの使い方を教えてくれた。彼はそれをすぐに習得し、簡単なスタンプならば描けるようになっていた。

「お前はすごいよ」アンガスの肩を兄は優しく叩いた。「俺が金を作ってやる。だからお前は東の町に行って、修繕屋になれ」

「そんなの……ムリだよ」

そうなれたらどんなにいいだろうと思った。でもモルスラズリに生まれた者は生涯、町を出ることなく、インディゴ綿の生産に従事するのが常だった。

「無理じゃないさ。お前には才能があるんだ」

ケヴィンは指で彼の額をこづいた。

「いつか本屋になったら、俺にいっぱい本を送ってくれよ。いいか——約束だぞ?」


モルスラズリの子供達は、五歳になると仕事の見習いを始める。アンガスも父親や兄の職場である染色所に連れて行かれた。が、染色所に足を踏み入れた途端、もうもうと立ち上る蒸気の熱に息が出来なくなり、作業の途中で彼は倒れてしまった。

そのうち慣れると言う父に従い、その翌日も、そのまた次の日もアンガスは染色所に行った。だが結果は同じだった。これでは使いものにならないと父は怒り狂った。

そこで今度はホリーが自分の職場である機織所《はたおりじょ》に彼を連れて行った。けれどいくら教えられた通りにやっても織り目が揃わない。結局、彼はそこからも追い出されてしまった。

次に連れて行かれたのは、綿花から糸を紡ぐ紡績所だった。ホリーが知り合いに頼み込んで、見習いの女の子達に紛《まぎ》れ込《こ》ませて貰ったのだ。

女の子達は彼を無視した。男の子達のようにあからさまな悪意はぶつけてこないが、コソコソと悪口を言われるのもまた辛かった。

そんな中、一人の女の子が彼に声をかけてきた。

「あんたって、本当にヘタクソね」

ヘザーという名のその少女は、アンガスの不器用さを笑いながらも作業のコツを教えてくれた。

「あたしはあんたの髪、キレイだと思うわ」

彼女の言葉にアンガスは舞い上がった。ヘザーと一緒に働きたいと思い、彼は一生懸命努力した。紡績所の班長はその熱心さを買った。丸一年、彼は紡績所で修業をした。しかしどんなに練習しても、均一な糸が紡げるようにはならなかった。これには紡績所の班長も、アンガス自身も失望を隠せなかった。

そんなアンガスに、ダネルは背籠《せかご》を渡した。

「これにインディゴの葉を集めてこい。籠がいっぱいになるまでは町に戻ってくるな」

その日から、アンガスは朝一番に起き出して岩山に登り、インディゴ草の葉を摘《つ》んで回るようになった。インディゴ草は多年草だが、湿り気のある場所にしか生えない。しかもその数は年々減ってきていた。アンガスは岩陰《いわかげ》や岩山の隙間《すきま》を丹念に調べ、毎日夜遅くまでかかって背籠をいっぱいにした。

乾期になると、インディゴ草の数はさらに減った。籠をいっぱいにすることは難しく、一日かけても半分しか集められない日もあった。そんな日は、きまってダネルにこっぴどく殴られた。

やがてアンガスはコギタティオ渓谷の方まで足を伸ばすようになった。渓谷までは日帰り出来る距離ではない。どうしても一晩は野宿をすることになる。満天の星を見上げながら地面に横になっていると、寂《さび》しくて涙が出た。

ヘザーに会いたい。彼女と話がしたい。紡績所を追い出されてからもう一年。道ですれ違うことはあっても、彼女と話をする機会はなかった。仕事中のヘザーを訪ねることは出来ない。かといって、彼女の家を訪ねる勇気もなかった。

ある日、アンガスはホリーのタップを勝手に持ち出し、簡単なスタンプを描いた。

『君に会いたい』

ヘザーなら、これでわかってくれる。そう信じて、彼は翌朝早く、まだ町が眠っているうちにヘザーの家に行った。そして扉の下にその紙を滑《すべ》り込《こ》ませた。

そのままアンガスはインディゴ草を摘みに行った。これでヘザーに会える。そう考えるだけで足取りが軽くなった。その日の夕暮れ、彼は淡い期待とともに町に戻ってきた。

けれどヘザーの姿はどこにも見えなかった。アンガスはがっかりして、家の扉を押し開けた。

「ただい――」

最後まで言わないうちに、鉄拳《てっけん》が飛んできた。

アンガスは吹っ飛ばされて壁にぶつかった。口の中に鉄臭い血の味が広がる。

「何様のつもりだ、お前ッ！」

拳を握り、ダネルが叫んだ。

「これは何だ！　お前が描いたのかッ！」

彼がアンガスに突きだしたのはスタンプだった。

今朝ヘザーに送った、あのスタンプだった。

「こんなつまらんことは覚えるくせに、まともな仕事は覚えない。お前はゴミクズ以下だ。お前なんか、生まれてこなけりゃよかったんだ！」

ダネルは倒れたアンガスを引き起こし、さらに殴りつけようとした。

「やめて！」その腕にホリーがしがみついた。「スタンプを描くのは並大抵なことじゃない。アンガスには才能があるのよ！」

「くだらねぇ。本やスタンプなんざ、金持ちの道楽だ。職人である俺達には必要ねぇ！」

「アンガスは染色職人には向かないのよ。この町で無理をさせるより、いっそバニストンに行かせましょう。私の親友に頼めばきっと面倒見て――」

「黙れ！」

ものすごい剣幕でダネルが怒鳴った。腕にすがりついているホリーを力任せに振りほどく。その目は血走り、顔は真っ赤になっていた。

「それ以上言ったらブン殴るぞ！」

逃げろ……と何かがささやいた。逃げなければ殺される。けれど恐怖で体は硬直し、アンガスは父の手を振りほどくことさえ出来なかった。

「この恥さらし！　この能なしがッ！」

拳《こぶし》が振り下ろされた。重たい糸の束を、毎日上げ下ろししている逞《たくま》しい腕だ。一発殴られるたびに、目の裏側に火花が散った。

「どれだけ俺に恥をかかせれば気がすむんだ、この天使還り！　お前なんか、天使に持ってかれちまえばいいんだ！」

幾度となく振り下ろされる拳の雨。それが不意に止まった。襟を締め付ける手が緩《ゆる》んだので、アンガスはその場に座りこんだ。そのすぐ傍に重たい音を立てて何かが倒れてくる。ダネルだった。アンガスは悲鳴を上げて飛び退《とびの》いた。

「母さん。アンガスの手当てをしてやって」

冷静な声でケヴィンは言った。その手にはフライパンが握られている。それでダネルを殴り倒したのだ。「母さん、急いで！」

ホリーは弾《はじ》かれたように動き出した。濡《ぬ》れた布でアンガスの顔をぬぐう。その間にケヴィンは家の中を引っかき回した。インディゴ綿の布袋に毛布やカンテラ、乾燥肉やビスケットを詰め、ありったけの現金をねじ込む。パンパンにふくれあがった布袋を、彼はアンガスに突き出した。

「持っていけ」

「持って、行く——？」

「逃げるんだよ、この町から」

「でも——どこへ行けばいいの？」

「バニストンに行きなさい」

震える声でホリーが答えた。彼女は奥の部屋に行き、タップと彼女の宝物である本の欠片を持って戻ってくる。それをアンガスに手渡すと、その上から彼の手を握った。

「バニストンにエイドリアン・ニュートンって人が住んでるわ。彼女を頼りなさい。ホリーの息子だと言えば、きっと何とかしてくれるから」

「でも――」

アンガスはまだ七歳だった。行ったこともない遠くの街に、一人で向かうのはあまりに心細かった。

「早く行けよ！」

泣き出す寸前のような声でケヴィンが叫んだ。「このままここにいたら、お前、殺されるぞ！」

兄の言葉に父への恐怖が蘇った。アンガスは立ち上がり、よろよろと夜の闇《やみ》の中に転がり出る。殴られた顔がズキズキと痛み、涙がこみ上げてきた。

「約束を忘れるなよ、アンガス！」

彼は振り返った。扉の前にケヴィンが立っている。

「本屋になったら、俺にいっぱい本を送ってくれ」

アンガスは泣きながら首を横に振った。これからどうすればいいのかもわからないのに、そんな約束、守れるわけがない。アンガスは走り出した。その背中を、兄の声が追いかけてくる。

「絶対だぞ！　忘れるなよ！」

ケヴィンがどんな思いでこの言葉を口にしたのか。どんなに本を愛していたのか。この時、アンガスが気づいていたら、最悪の事態は防げたかもしれない。けれどそれを悟るには、あまりに彼は幼《おさな》すぎた。

家を出たアンガスは闇雲《やみくも》に走った。エンド川に架かった橋を渡り、岩山を登る。不安と恐怖で頭が混乱し、自分がどこに向かっているのかさえわかっていなかった。

気づいた時にはコギタティオ渓谷にいた。周囲に見慣れた地形は見えない。かなり深いところまで入り込んでしまったらしい。コギタティオ大渓谷は地図にも記されていない未踏の地だ。不用意に足を踏み入れれば測量士さえも遭難する天然の迷宮だ。

行く当てもなく、アンガスは渓谷を彷徨《さまよ》い続けた。食料はすぐに底をついた。疲れと空腹で目がかすみ、足がふらつく。水が飲みたい。その一心で、彼は切り立った岩場を下っていった。

途端、右足をのせた岩が崩れた。体が岩壁から離れる。

落ちる——！

アンガスはなす術《すべ》もなく、渓谷の底を流れるエンド川の支流へと転落した。浮上しようともがいたが、川の流れは速く冷たい。やがて彼は力尽き——急流に飲み込まれてしまった。

4

数日後、俺はなんとか自力で動けるほどに回復した。

ベッドから立ち上がった俺に、クロウが言った。

「歩けそうなら、ブラックホークに会いに行こう」

地上には刻印はなく、エネルギーを取り出すことも出来ない。当然、意識統一の必要もない。ゆえに彼らは固有の名前を持っていた。この青年はクロウ、三角鬚の老人はゴートと呼ばれていた。

「ブラックホーク……それも人の名前か？」

「うん。オレ達ラピス族の首長《チーフ》だ」

一族の代表者か。毛色の違う俺を見て、そいつはどんな反応をするだろう。クロウやゴートの寛容さが二人に限ったものなのか、それとも一族に共通するものなのか。そいつに会えばはっきりする。

「そうだな」と俺は答えた。「会いに行こう」

「よし、行こう！」

木組みの上に土をかぶせた住居。クロウはこれを『ホーガン』と呼んだ。その出入り口を一歩出て——俺はその場に立ちすくんだ。

空が燃えている。綿のような雲が真っ赤に染まっている。その空の下には、赤い大地がどこまでもどこまでも広がっていた。見渡す限り続く荒野。所々に奇怪な形の巨岩がそそり立っている。

広い——なんて広い。俺が今まで見てきたものは一体何だったんだ。これに較べたら聖域なんて、まるで玩具《おもちゃ》の箱庭じゃないか。

「どうした？」とクロウが訊《き》いてくる。「そっちじゃないぞ？」

俺が出てきたホーガンの周囲には、同規模の住居が十戸ほど並んでいた。その戸口には赤褐色の肌をした人々が立ち、興味深そうに俺を見つめている。男もいる。女もいる。老人も子供もいる。みんな黒髪を長く伸ばし、背中で束ねるか、三つ編みにして垂らしている。中にはクロウのように上半身裸の者もいたが、ほとんどはゴートのように、目の粗《あら》い布で出来た質素な服に身を包んでいた。服のデザインはそれぞれ違っていたが、裾《すそ》を飾る青い幾何学模様だけは共通している。それは翼を広げた鳥のようにも見えたし、大輪の花のようにも見えた。

「こっちだ」

クロウは俺の服を引っ張った。白い合成繊維で出来た聖域の服だ。靴は落下した時になくしてしまったのでクロウに借りた。バイソンの革で作られたモカシンとかいう履き物だ。ぶかぶかなので、気をつけて歩かないと転びそうになる。

俺が歩き出すと、人々はぞろぞろとついてきた。みな好奇心に目を輝かせているが、嫌悪は感じられない。まったく、こいつらには異端を忌諱《きい》するという概念はないのか？

ホーガンの間を通り抜けると、赤土が剝き出しになった広場に出た。大勢の人々が焚《た》き火を囲んでいる。煙に混じって、トウモロコシの粥の匂いが漂ってくる。

彼ら……ラピス族は皆、素晴らしい体軀《たいく》の持ち主だった。クロウも俺より背が高かったが、部族の男達は彼よりも頭一つ、下手をすると二つ分背が高い。胸板も厚く、腕には筋肉が盛り上がっている。筋骨隆々なあのミカエルでさえ、彼らにはかなわない。

戦士──そんな言葉が浮かんだ。ラジエルの本にも戦士は登場したが、劇中の人とはまるで違う。彼らは本物だ。まぎれもなく本物の戦士だった。

人々は食事の手を止めて、歩いていく俺を見守った。何人かが気遣《きづか》うように声をかけてくる。

「元気になったか？」

「腹は減ってないか？」

敵意は感じない。が、手放しで歓迎されているわけでもなさそうだ。どう答えていいのかわからず、俺は黙ったまま先を急いだ。

行く先に、ひときわ大きな焚き火が見えた。その周囲には十二人の男女が座している。部族の代表者達なのだろう。彼らの顔に笑顔はなく、好奇の色も皆無だった。中には厳しい目で俺を睨む者もいたが、それを見て逆に安堵を覚えた。ようやく俺にも理解出来る人間が現れてくれたようだ。

「よく来た」

輪の中の一人が立ち上がった。ゴートだった。

「そこから入って、左回りにここまで来るんじゃ」

言われるままに俺は輪に足を踏み入れた。焚き火の周囲を回り、ゴートの横に腰を下ろす。

俺の正面には一人の男が座っていた。背はそれほど高くない。体つきも彼らの基準で言えば平均的といえるだろう。長い黒髪を束ね、ゴートが治療に使ったのと同じ羽根を結びつけている。その左頰には大きな傷跡があった。それは独特な威厳《いげん》を彼にもたらしていた。

男は焦げ茶色の瞳で俺を見つめた。心を見透かすようなまっすぐな視線だ。彼らに読心力はないとわかっていても、居心地が悪くなる。

「お前の名は？」

おもむろに男が口を開いた。太い弦を弾いたような、低くて深い美声だった。しばらくその残響に浸っていたかったが、そうも言っていられない。

「俺に名はない。聖域では名を持つことは許されていないんだ」

「真名《まな》は魂。魂を持たぬ者がいないように、真名を持たぬ人間もいない」

男は厳《おごそ》かに言った。

「お前はまだ真の名を見出《みいだ》せていないのだな」

反論しようとして、俺は気づいた。男の隣に若い娘が座っている。瞳の色は琥珀《こはく》色だが、それは湖畔の岬に立っていたあの娘だった。きりりとした大きな目、すらりと通った鼻筋、目を見張るほど美しい娘だった。けれどその整った顔には何の感情も浮かんでいない。あの時感じた溢れんばかりの生命力もない。まるで美しい人形のようだ。

「お前は名を求めるか？」

男の声に、俺は我に返った。

「お前は自由を求めるか？」

どくん、と心臓が高鳴った。

「自由は——俺が求めて止《や》まなかったものだ」

俺の答えに、男は頷いた。

「白い兄弟、お前を一族に迎えよう」

「待ってくれ、ブラックホーク」

一人の女が立ち上がった。精悍《せいかん》な体つきをした背の高い女だった。棒の先に鋭く尖《とが》った黒い石を括《くく》り付けただけの原始的な武器を携えている。その切っ先を俺に向け彼女は言った。

「白い人は凶事を招く。昔からの言い伝えだ。それを無視するのか？」

「ペルグリン。お前の言い分もわからなくはない。が、すべての白い人が凶事を招くわけではない。白い兄弟は凶事に備えろと警告し、我らに歌を与えてくれた」

「この者はアザゼルではない」ペルグリンと呼ばれた女戦士が言い返す。「コイツの周りでは風も鳥も歌わない。アザゼルとは違う」

「違うかどうかは、大いなる意志のみが知る」

落ち着いた声で、ブラックホークは言った。

「まず受け入れてみなければ、正しい判断は出来ない」

ペルグリンはまだ何か言いたそうだったが、くっと唇を引き結ぶと、再びその場に胡坐《あぐら》をかいた。

「さて……兄弟」

ブラックホークは俺に向き直った。それだけで無意識に背筋が伸びてしまう。十大天使と対面した時でさえ、こんな気持ちにはならなかったのに。

「お前に呼び名をつけてもよいか？」

「──ああ」忌《い》み子と呼ばれ、悪魔の子と罵《ののし》られてきたんだ。それに較べればどんな呼び名だって甘受出来る。「まかせるよ。どんな名でも文句は言わない」

「どう思う、ドリーミング？」

ブラックホークが意見を求めたのは、小さな老婆だった。背を丸めて座っている姿は、まるで丸い石のようだ。

「アザゼルと呼ぶのが一番じゃろ」

彼女は目を閉じたまま、乾いた声で笑った。

「白い兄弟といったら、他の名前は思いつかんよ」

「うむ、オレもそう思っていた」

ブラックホークは重々しく頷く。

「白い兄弟——お前の呼び名はアザゼルだ。ラピス族のアザゼル。これからはそう名乗れ」

彼は立ち上がった。空に向かって右手を上げる。

「祝おう。我らの新しい息子の誕生を！」

同意の声を上げて、輪の連中が立ち上がった。

「オレはサンドリバー。よろしく、兄弟」

「リトルフットよ。困ったことがあったら何でも訊いてね」

「スリープベアだ。オマエ細すぎるぞ。もっとしっかり飯を喰え」

親しみのこもった挨拶《あいさつ》とともに、彼らは次々に俺の肩を叩く。その都度、彼らの思いが流れ込んできた。中には戸惑っている者もいたが、それでも俺をやっかいごとの種と思っている者はいなかった。

ようやく俺は理解した。

彼らは意識を共有することが出来ない。精神ネットワークで繋《つな》がることも出来ない。そのかわり、彼らは別の絆《きずな》を作り出したのだ。名もない相手を信じ、受け入れる、信頼という名の絆を。

そんな中、あの若い女がゆっくりと立ち上がった。俺の前に来て、無表情に俺を見上げる。

「リグレットだ」

抑揚《よくよう》のない声が言った。

それだけなのに鳥肌が立った。

彼女の声は月光のように冴《さ》え冴《ざ》えとして、研ぎ澄まされた刃物のように鋭利だった。それでいて砕《くだ》け散《ち》るガラスのように繊細で美しい。なんて声だ。こんな声の持ち主、聖域にだっていやしない。

俺は言葉の続きを待った。その声を一言たりとも聞き漏らさないように耳を澄ました。なのに彼女は用はすんだというように、くるりと俺に背を向ける。

「ま、待ってくれ……！」

彼女の背に向かい、俺は手を伸ばした。

その指先が短槍《たんそう》の柄に弾かれる。

「歌姫に安易に触れるな」

沈みかけた夕日のように赤い瞳が俺を睨む。ペルグリンと呼ばれた女戦士だった。彼女は短槍を半回転させ、石突きで俺の手首を打った。軽く触れただけなのに、ジンと手が痺れる。

手首を押さえる俺を一瞥《いちべつ》し、彼女は踵《きびす》を返した。リグレットの背を守るように、ぴったりと後について いく。

「ほ、ほ、ほ……やられたの」

ゴートが傍に立っていた。爺《じい》さんは横目で俺を見て、意味ありげなニヤニヤ笑いを浮かべる。

「綺麗《きれい》な娘じゃったろ？」

「あの女戦士がか？」

「違うわい」ゴートは皺だらけの顔をくしゃくしゃと歪めた。「ペルグリンにそんなこと言ってみろ。ぺしゃんこにされるわ」

「……だろうな」

「ワシが言っとるのは首長《チーフ》の娘リバティのことじゃ」

「リバティ？」俺は首を傾げた。「リグレットと名乗ったぞ？」

「ああ、それは自称じゃ。彼女のサストも深刻での。自分のことをいまだに『後悔《リグレット》』と呼びおる。彼女はお前さんとおんなじで、魂の欠片を過去に置いてきてしまったんじゃ。小さい頃は活発な娘っ子だったんじゃがの。今はあの通り、笑いも涙も忘れてしまっておる」

自分を後悔と呼ぶ女。彼女に訊いてみたかった。湖面に激突する直前、俺は彼女の声を聞いた。彼女は俺をリベルタスと呼び、俺に不思議な力を与えてくれた。あれは——俺の真名だったのか？

「それでもリバティの歌はすごいぞ。そのうち聞く機会もあるじゃろうが、彼女が歌えば風は泣き、大地は震える」

「歌姫……か」

俺は群集の中に彼女の背中を探したが、小柄《こがら》な姿は人に埋もれ、とっくに見えなくなっていた。

「ま、確かにキレイな娘だったけどな」

「よく言うわ。彼女を見た時のお前さんの顔。なかなか尋常ではなかったぞ？」

ゴートは俺の横腹を肘《ひじ》でこづいた。

「素直に一目惚《ひとめぼ》れしましたと認めたらどうなんじゃ？　ん？　ん？」

「一目惚れなんてものは幻想だよ」

俺は唇の片端《かたはし》をつり上げて笑った。

「ゴート、あんた見かけによらず夢想家《ロマンチスト》だな？」

5

死んだものと思っていた。

だから目を覚ましたことに、まず驚いた。

そっと上体を起こしてみる。ずいぶんと長い間眠っていた感覚があった。誰が助けてくれたんだろう。ここは一体どこなんだろう。アンガスは室内を見回した。

狭い部屋だった。奥には毛皮が敷かれた寝台がある。その反対側には古ぼけた木の扉。彼は立ち上がり、扉を開いた。

隣の部屋には、用途のわからない道具が散乱していた。その中央には木の机があり、一人の男が背中を丸めて、熱心に調べ物をしている。

けれど何よりもアンガスの目を引いたのは壁一面の書架と、それを埋め尽くした本だった。それを目にした瞬間、アンガスは自分の身の上も、ここがどこかという疑問も忘れた。

「すごい……！」

思わず呟いた。その声に気づいた男が振り返る。

「起きたか坊主《ぼうず》。うむ、ちょうどいい」

男の顔は垢《あか》と日焼けで真っ黒だった。口元や目尻《めじり》に刻まれた深い皺から察するに、かなり年配のようだ。白髪交じりの髪はボサボサ、古ぼけて薄汚れた服はあちこちがほつれている。

男はテーブルの上に置いた本の欠片を指さした。

「こんな本は見たことがない。どういういわれのものか説明してほしい」

それはホリーがアンガスに持たせてくれた本の欠片だった。タップや毛布もテーブルに投げ出されている。それらを入れていた布袋はくしゃくしゃになって床に落ちていた。

「僕の荷物、勝手にあけたの？」

「細かいことだ、気にするな」

老人は汚れて黒くなった爪《つめ》で本の欠片を叩いた。

「それよりもこれについて教えてくれ。これを書いた天使は何者だ？」

「知らない」アンガスは答えた。「それは母さんのだから」

「そんなことを訊いてるんじゃない。どこの遺跡から発掘されたのか。それが知りたいのだ」

アンガスは急に気味が悪くなった。助けた人間が目を覚ましたら、体の調子はどうか、どうしてこんなことになったのか、尋ねるのが普通だろう。なのに彼が訊いてくるのは本の欠片のことばかりだ。

「ここはどこ？」アンガスは逆に問いかけた。「貴方はだれ？」

「ここはイオディーン山の麓にあるコギタティオ渓谷。私は地図屋だ」

「ち……ず……？」

知らない単語だった。アンガスが首を傾げると、老人は盛大に鼻を鳴らした。

「地図を知らんのか。この田舎者《いなかもの》め」老人はテーブルをゴンと叩いた。「これが地図だ」

テーブルの上には大きな紙が広げられていた。それにはうねった線や丸い印や斜線が書き込まれ、中央には連なる山の絵が書かれていた。驚いたことに山の絵の下には小さなスタンプがあった。

『沃素山《イオディーン》』

それを見て、アンガスはようやく地図とは何なのかを理解した。この紙の上に描かれたこの形は、自分が立っているこの大地の形なのだ。

「すごい！」

賞賛の言葉が口をついて出た。それを耳にした老人は、途端に機嫌をよくした。「この価値がわかるとは、坊主、なかなか目が利くな？」

こんな未開の渓谷でスタンプを描くことが出来る人物にめぐり会う。アンガスは運命を感じた。彼は老人に頭を下げた。

「お願いします。手伝いでもなんでもします。だから僕にタップの使い方を教えてください！」

「何を言うか」地図屋は目を剝いて彼を見た。「儂《わし》は研究で忙しいんだ。子供にモノを教えている暇などないわ！」

それでもアンガスは諦めなかった。翌日から、彼は部屋を掃除したり、食事を作ったり、一生懸命働いた。けれど老人は頑《がん》として首を縦に振らなかった。

そんな彼の態度を一変させる出来事が起きた。書架に乱雑に詰め込まれている本を、アンガスが整理し始めた時のことだった。

「こら！　何、勝手なことをやっとる！」

すごい剣幕で老人は怒鳴《どな》った。

「このど素人が！　せっかくの書架をぐちゃぐちゃにしおって！」

地図屋と名乗るこの老人は天使にしか興味がない。それに夢中になるあまり、他のことは何も目に入らなくなっている。アンガスはそれに気づいていたから、悪びれもせずに言い返した。

「探しやすいように年代順・地域別に整理しようと思って」

彼は書架の中から二冊の本を取り出して、両手に一冊ずつ持った。

「これは両方とも『ラジエルの書』。けど――」と言って、右手に持った本を上げてみせる。「こっちの本を書いたのは第十六聖域のラジエル」

今度は左手を上げる。

「で、こっちを書いたのは第十三聖域のラジエル。十大天使は二十二の楽園に、それぞれ一人ずつ存在していた。しかも十大天使の肩書を持つ人が亡くなると、別の天使がその名を引き継いだ。だから作者名が同じでも、同じ作家が書いているとは限らないんだ」

「何だって？」老人は目を剝いた。「お前のような子供が、なぜそれを知っているんだ？」

「僕には、僕のものではない記憶があるんだ」

「ううむ……」

老人は腕を組んで考え込んだ。

「お前、本当に天使族の記憶を持っているのか？」

「天使の記憶かどうかは知らない。何をどこまで知っているのか、僕自身にもわからないし」

「では歓喜の園がどこにあるか知っているか？」

歓喜の園――その言葉に閃《ひらめ》くものは何もない。アンガスは頭を横に振ってみせた。

「ごめんなさい――それは知らない」

「儂はな、そこに行ったことがあるんだ」

老人は古ぼけた木の椅子に腰を下ろした。ギシッ……と今にも壊れそうな音がする。

「昔、儂はとんでもない本と巡り合った」

「とんでもない本――？」

「『ツァドキエルの書』だ」

「ツァドキエル……」アンガスは無意識に反駁《はんばく》した。「歴史と記憶を司《つかさど》る者。それは秘匿された真実に触れる。ゆえに本を残すことは禁じられていたはず」

「お前の知識はどうやら本物のようだ」

老人はニヤリと嗤《わら》った。

「その本にはな、浮き島を失った天使達が、この地上に築いた楽園のことが書いてあったのだ。儂はそれを求めて世界中を旅して回った。人々の話を聞き、伝説を集め、何年も何年も、何年もかかった。そして……ついに！」

ドン！ と拳でテーブルを叩く。

「それがアンスタビリス山脈にあると確信した！」

「……それで？」アンガスは身を乗り出した。「歓喜の園は見つかったの？」

「ああ、見つけた」

老人は遠い日の記憶を辿《たど》るように目を細めた。

「イオディーン山の忌々《いまいま》しい永久氷河。そこで儂は過って氷の裂け目に落ちてしまったのだ。なんとか命は助かったが、腰の骨を折っていてな。動くに動けず、襲ってくる痛みと寒さに、儂は気を失ってしまった」老人は目を閉じた。キリキリと歯を喰いしばる音がする。「その時、歌が聞こえたのだ。気づくと儂は楽園にいた。白い翼を持つ美しい天使達が手厚く看病してくれた。天使達は儂に言った。『歌ってください』と」

歌え――誰かにそう命令された覚えがある。不確かな記憶がアンガスの脳裏をかすめた。が、それは続く老人の声に打ち消された。

「儂は知っている歌を残らず披露した。しかしその度に、天使達は哀しそうに首を振るのだ。歌って欲しいのは『解放の歌《リベルタカントゥス》』なのです、とな」

『解放の歌《リベルタカントゥス》』」アンガスは呟いた。

「そうだ！　天使達もそう言っていた！」老人は興奮してテーブルを叩いた。「文字の精霊の力を解き放つための歌だ！『解放の歌《リベルタカントゥス》』がないと力を取り出せない。『鍵の歌《クラヴィスカントゥス》』がないと楽園を取り戻すことが出来な――」

そこで老人は我に返り、椅子に座り直した。わざとらしい咳払《せきばら》いをし、話を変える。

「お前は文字《スペル》を見たことがあるか？」

文字《スペル》は世界を作った。天使達は文字《スペル》に宿る文字の精霊を利用し楽園を築いた。そして文字の精霊の怒りを買い――滅ぼされた。

「伝説なら聞いたことあるけど……実際に見たことはないです」

「歓喜の園で、儂はそれを見た」老人はぶるっと身震いした。「あれは――恐ろしいモノだった」

吐きだしてしまわないと呪《のろ》われるとでも言うように、彼は早口に捲《まく》し立《た》てる。

「儂はそこから逃げ出した。どこをどう歩いたのかはわからん。雪だけを口にして、何日も山の中を彷徨った。麓《ふもと》の町にたどり着いた時、儂の髪は半分以上白くなり、二十も老《ふ》け込んでしまっていた」

アンガスは黙って彼を見つめた。六十歳は超えているように見える。けれど、もしかしたら、もっとずっと若いのかもしれない。

「しばらくすると後悔の念が押し寄せてきた。何で逃げ出したりしたのだろう……と」地図屋は床の一点をじっと睨み、熱に浮かされたように呟いた。「あれを持ってきてしまえばよかった。あれは儂に連れ出してくれと言っていた。生きている人間の元に連れ出してほしいと訴えていた」

その目には狂信的な輝きがあった。もはやアンガスの存在など念頭にないようだ。ぞくりと背筋が冷えた。この人は天使に取り憑《つ》かれている――そう思った。

地図屋が暮らしている山小屋は大渓谷の最中にあった。目の前には断崖《だんがい》絶壁、背後には切り立った崖《がけ》。ほんの少しの平地に乗っかるようにして小屋は建てられていた。地図屋は地図を指さし、小屋がどこにあるのかを教えてくれた。一番近くの村まで、歩いて二日はかかるという。

水は谷底を流れる支流から確保出来たが、渓谷では食料を得ることもままならない。倉庫の備蓄食料は底をつきかけている。世捨て人のようなこの老人は、今までどうやってそれを賄ってきたのだろう。

その疑問はすぐに晴れた。

地図屋が小屋の前で口笛を吹くと、灰色の鳥の群れが集まってきた。彼は鳥達にパンくずを与え、大きな声で話しかけた。

「余計な客が紛れ込んだ。すぐに喰い物が必要だ」

すると鳥達は、甲高《かんだか》い声でその言葉を繰り返し始めた。

「余計ナ客ガ紛レ込ンダ・スグニ喰イ物ガ必要ダ」

「さあ、行け！」

男がパンと手を打つと、鳥達はいっせいに空へと舞い上がった。何度か上空を旋回し、やがて彼方《かなた》へと飛び去っていく。

アンガスは小屋の前に立ち、その一部始終を見守っていた。地図屋は彼を振り返り、口の端を歪めるようにして笑った。

「お前、アレのことも知っているのか？」

「パロット――だよね？　本物を見るのは初めてだけど」

「じき人が来る。それまでは節約しろ」

数日後、地図屋の言葉通り、荷物を積んだ馬が崖の隘路《あいろ》を登ってきた。驚いたことに、手綱を引いていたのは少年だった。色の薄い金髪に灰色がかった茶色の瞳、背が高く、大人びた顔立ちをしていたが、それでもアンガスと歳はそう違わないだろう。

「適当に下ろしておけ」

地図屋が尊大な声で命じた。広げた地図にコンパスを当てたまま顔もあげない。なのに少年は腹を立てた様子もなく、言われるままに荷物を下ろし始めた。アンガスがそれを手伝うと、少年は嬉しそうに笑った。

「ありがとう。助かるよ」

アンガスは持っていた袋を落としそうになった。初対面の人間に笑いかけられたことなどない。白い髪と青い瞳。それを見た者は一様に顔をしかめた。

でも――彼は違った。

「俺はウォルター・ヘイワード。お前は？」

「え、えっと……アンガス。アンガス・ケネス」

「いくつだ？」

「ええと……七つ」

「へぇ、もっと上かと思った」

重い小麦の袋を二人がかりで倉庫に運び入れる。目が合うと、彼は照れたように笑った。

「俺は十二歳だ」

十二歳。兄と同じ年だった。急に親しみを覚えて、アンガスは思い切って尋ねてみた。

「貴方は僕を見て、気持ち悪いって思わないの？」

「気持ち悪い？　何で？」

「僕……髪白いし、目も青いし……」

「ああ、それか。ううん、別に。東部にはいろんな色の髪や目の人がいるし。見慣れてるんだよ」

そう言ってから、少し顔をしかめる。

「でも本当言うと、ちょっと怖いかな。お前、もしかして本物の天使？」

「まさか！　違うよ！」

「だよな。なんだ、怖がってソンした」

あはは……と声を上げて彼は笑った。つられてアンガスも笑った。久しぶりに笑った気がした。

葡萄酒《ぶどうしゅ》の樽《たる》を壁際に並べ終え、今度はウォルターが尋ねてきた。

「けど、どうしてお前みたいな子供がこんな所にいるんだ？」

「実は――助けて貰ったんだ」

渓谷で遭難しかけたことをアンガスは彼に話した。

「それで、気づいたらここにいた」

「へえ、あの人がね」

ウォルターは少し寂しそうに笑った。

「ま、遭難者を放置するほど偏屈じゃないってわかってホッとしたよ」

「貴方こそ、まだ子供なのに――」と言いかけたアンガスを、ウォルターは右手を上げて制した。

「その『貴方』ってのはやめろよ。ウォルか、せめてウォルターって呼べよ」

「じゃ……ウォルターはなんでこんなことを？」

「いくら変人でも、親父《おやじ》を飢え死にさせるわけにはいかないからな」

「ええっ？」アンガスは目を見開いた。「ウォルターは……あの人の息子なの？」

「なんだ、何も聞いてないのか？」

「うん……実はあの人の名前も知らない」

「本当に？　困ったもんだな」

そう言いながらも、彼は屈託なく笑った。

「あの人はヘンリー・ヘイワード。ああ見えても地図の発明者であるアルフレッド・スペンサーの一番弟子で、その財産を引き継いだ人なんだ。今ではそれをせっせと喰い潰してるけどな」

そこで彼は少し気まずそうな顔をした。言い過ぎたと思ったらしい。

「急がないと、日が暮れるまでに渓谷を抜けられなくなっちまう」

「帰るの？　泊まっていかないの？」

「いつもすぐ帰ることにしてるんだ」そこでウォルターは首を傾げた。「でも……どうしようかな。今夜は泊まっていこうかな？」

「そうしなよ。僕、三人分夕食作るよ」

「じゃ、決まり。そうとなれば、荷物とっとと片付けちゃおうぜ」

「うん！」

その夜は遅くまで、ウォルターと他愛《たわい》のない話をした。そして——翌日。

「何か用があったらすぐ呼んでくれよ。用がなくても、何か伝えたいことがあったらパロットを飛ばしてくれ。つまらないことでもいいからさ」

そうする……とアンガスは答えた。名残惜《なごりお》しそうに何度も振り返りながら、ウォルターは渓谷を下っていった。

その後もウォルターは月に一度、必要物資を小屋に運んできた。同時に彼はアンガスのために新見聞《ニュースペーパー》を調達してきてくれた。アンガスは貪《むさぼ》るようにそれを読んだ。そして新見聞《ニュースペーパー》を真似《まね》して、スタンプを描く練習をした。

ウォルターの滞在は、回数を追うごとに長くなっていった。二人は昔からの友達同士のように川で泳ぎ、魚を釣ったりして遊んだ。時間を忘れていろんな話をした。本のこと、スタンプのこと、地図のこと、時には女の子の話もした。

「ウォルターもここに住めばいいのに」

アンガスが言うと、ウォルターは困ったように顔をしかめた。

「そうしたいけど、地図屋の仕事を投げ出すわけにはいかないよ」彼は父の後を継いで、大陸地図の作成を続けているのだという。「父から指示を受けてるってことにしてるんだ。測量士達は子供の言うことを聞いてくれるほど、気のいい奴《やつ》らばっかりじゃないからな」

アンガスは、自分のものではない記憶があることを彼に打ち明けた。モルスラズリを出てきた理由も話した。それを聞いたウォルターは、まるで自分のことのように憤慨《ふんがい》した。

「ひどい話だ。誰だって生まれは選べないのに！」

「でも今は出てきてよかったと思ってる。スタンプを習うことが出来たし、ウォルターにも会えた」

「そうだけどさ……」

父親がここに引きこもって以来、ウォルターは長い間、周囲の者から白眼視されてきたのだという。父が受け継いだ財産を狙《ねら》って、近寄ってくる者も少なくなかった。それでも母が生きている頃はまだよかった。けれど彼女が亡くなってからは、誰も信じられなかった。周囲の子供達が無邪気に笑う様子を見て、腹が立って仕方がなかったと、彼は語った。

「だから俺もアンガスに会えて嬉しいよ。アンガスといると、嫌なことも辛いことも忘れちまうんだ」

「なら、ここに住めばいいのに」

「だからダメなんだって――」

ウォルターは笑おうとして、不意に顔を歪めた。

「俺はあの人の傍では暮らせない」

「どういうこと?」

「あの人は俺を見ない。話しかけても、まるで見向きもしない。俺はそれに耐えられない」

彼は膝の上でぎゅっと拳を握りしめた。

「昔はもう少しまともだった。歓喜の園を探し始めたのだって病気の母のため……歓喜の園に行けば、どんな願いも叶《かな》うと『ツァドキエルの書』に書いてあったからなんだ。でも雪山で遭難して以来、彼は変わっちまった。母の心配もしなくなった。葬式にも来なかった。あの人が見ているのは天使だけ。いつだって天使、天使、天使のことばかり。もし渓谷に倒れていたのがアンガスじゃなくて俺だったら、あの人はきっと目もくれずに通り過ぎていたよ」

「彼が僕を助けたのは、僕が『天使還り』だったからってこと?」

ウォルターはぐっと唇を噛みしめた。閉じた両目から、堪《こら》えきれずに涙が落ちる。

「ごめん」かすれた声で彼は言った。「そのせいでアンガスは家にいられなくなったんだよな。それを羨《うらや》むなんて……どうかしてる。ごめん、アンガス」

「ううん、謝らなくていいよ。父さんに嫌われて、無視される寂しさは、僕にもよくわかる」

ぐすっ……と、ウォルターは洟《はな》をすすった。

「どうしてだろうな。どうしてアンガスにはなんでも話せるんだろう」

「きっと、僕らが似てるからだよ」

「そうか――そうかもな」

ウォルターは目を赤くしたまま笑った。

「なぁ、いつか二人で店を開こうぜ。俺が地図を売り、お前は本を売る。二人で世界中を旅して、本を発掘しながら地図を作るんだ」

「……うん」

アンガスも泣きそうになった。それが現実になったら、どんなにいいだろうと思った。

「約束だぞ」

ウォルターは拳を握り、アンガスの胸を突く真似をした。

「忘れるなよ、約束したからな！」


やがて厳しい冬がやって来た。乾いた渓谷にも幾度か雪が降った。ゴツゴツした岩ばかりの風景が一面、真綿のような雪に覆われる。その光景は幻想的で美しかったが、同時にとても恐ろしかった。

年が明けてから三ヵ月もすると、寒さは徐々にゆるみ始めた。イオディーン山の雪も溶け始め、岩場に小さな支流を作った。それは谷底で一つになり、ドウドウと音を立てて渓谷を駆け下る急流となった。

そうして季節は巡り、時は夢のように過ぎ去っていった。アンガスは小屋にあった本をすべて読破した。スタンプの腕も新見聞《ニュースペーパー》の記事が描けるほどに上達した。ウォルターは声変わりし、背もぐんと伸びた。いつの間にかインディゴではなく黒いズボンをはくようになり、タイを締めた綿のシャツが似合うようになっていた。

アンガスとウォルターの友情に変わりはなかった。が——時間の流れは彼らを見逃してはくれなかった。年月が過ぎるにつれ、地図屋の言動は次第におかしくなっていった。彼の髪はすっかり白くなり、顔は深い皺に覆われた。やせ細った手足は枯れ枝のように干からびて、黒いシミが浮き出していた。アンガスは山を下りて医者にかかるよう勧めたのだが、彼は頑として それを拒否した。

「呼んでいる……！　呼んでいる……！」

地図屋は時折、叫びながら渓谷を徘徊《はいかい》し、夜になっても戻ってこなかった。その度にアンガスは彼を捜し出し、小屋に連れ帰った。

三度目の冬を越え、ようやく風が暖かくなり始めた頃。突然の冷え込みが渓谷を襲った。夜には雪まで降り出した。もうすぐ四月なのに雪が降るなんて、嫌なことでも起こらなければいいんだけど。そう思いながら、アンガスは獣の革のカーテンを窓枠にしっかりと留めた。眠っている地図屋の体にもう一枚毛布を掛けてから、彼も床についた。

その翌朝。いつまでたっても地図屋は起き出してこなかった。心配になって寝床を覗《のぞ》くと、そこに彼の姿はなかった。床に触れてみると冷たかった。夜のうちに外に出ていってしまったのだ。

アンガスは慌てた。雪は止んでいたが、降り積もった雪が大地を覆っている。この中を夜着のまま歩いたりしたら凍死してしまう。彼はパロットを使い、ウォルターに連絡を取った。それからブランデーを入れたフラスコを持ち、毛皮の上着を着込んで地図屋を捜しに出かけた。

雪に埋もれた渓谷は滑《すべ》りやすい。しかも積雪のせいで、見慣れた風景がまったく別のものに見える。彼は必死になって足跡を探したが、地図屋は雪の降る最中に出て行ったらしく、まっさらな雪には何の手がかりも残されていなかった。

アンガスは地図屋の名を呼びながら、雪の中を歩き続けた。モカシンに包まれた足の指先が痺れて痛い。遠くまで行けば自分も戻れなくなる。それはわかっていたのだが、諦めることは出来なかった。彼にとって地図屋は恩人だった。見捨てることなど出来なかった。

やがて日は西に傾き、岩が長い影を落とし始めた。気温が下がり、気力と体力を奪っていく。寒さによる痛みも、いつの間にか感じなくなっていた。

このまま凍えて死ぬのかな、と思った時——

どこからか、かすかに歌声が聞こえてきた。

空虚な闇に　浮かびし光
手を伸ばせば　薄れていく
其《そ》は現実か　まぼろしか
滅びし世界が　見る夢か

幻聴だろうと思った。こんな雪の中に人がいるはずはない。しかし歌声は細くかすかに……確かに聞こえてくる。その声に導かれて、彼は斜面を登っていった。何度も足を滑らせ、転んでは元の場所に戻り、それでも諦めずに登り続けた。

登り詰めると目の前に洞窟《どうくつ》があった。アンガスはその中に入った。風が遮られ、ほのかに暖かい。洞窟は浅く、すぐに行き止まりになった。誰もいない。歌声も、もう聞こえない。

やっぱり幻聴だったのだ。

疲れ切ったアンガスはそこに座り込んだ。洞窟の開口部から差し込む光がぼんやりと岩盤を照らし出す。

そこで彼は気づいた。すぐ傍に茶色いものが落ちている。それは本だった。茶色い革表紙の本だった。彼はそれを拾い上げ、膝の上に置いた。

「スタンダップ」と言って、表紙を開く。

何も立ち上がらない。開いたページは真っ白だった。ページをめくろうとしたが、手がかじかんで動かない。体が傾き、本が膝からずり落ちた。パラパラと白いページがめくれていく。

眠ったら死んでしまうと思っても、眠気に抗《あらが》うことが出来ない。意識が——薄れていく。

生か死か
希望か絶望か
存続か滅亡か
決めるのはお前だ

耳元で誰かがささやく。

目の前にある憎悪と憤怒《ふんぬ》に

恐怖と絶望に惑わされるな
『選ばれし者《アンガス》』よ
百億分の一の可能性よ
選択するのは――お前だ

6

ラピス族の一日は夜明けとともに始まる。

食事係が朝食を用意し、二百人ほどの大所帯を一手に賄う。朝飯はポリッジと呼ばれるトウモロコシの粥に、サボテンの酢漬けや小魚や淡水貝などが入る。一度だけ、ヤギの血の腸詰めが入っていたことがあったが、そいつは舌が痺れるほど塩辛かった。

食事が終わると、人々はそれぞれの仕事に取りかかる。若者達は狩りに出かけたり、母《マーテル》湖まで水を汲《く》みに行ったり、ヤギを連れて丘に向かったりして村を離れる。その間、老人達が子供達を預かる。籠を編んだり、布を織ったりしながらその面倒を見る。

畑に向かう者がいないので、不思議に思って尋ねてみたところ、「種ならもう蒔《ま》いた」と言われた。どうやら種を蒔いたら、あとは放置するらしい。こんな乾燥した土地で水もやらずに植物が育つのか？　まぁ、これだけ連日トウモロコシを喰っているのだから、疑う余地はないのだが。

朝食後、食事係はすぐに次の支度《したく》に取りかかる。昼はトウモロコシの粉で作ったパン。それが焼き上がる香ばしい匂いが漂い始めると、子供達が集まってくる。大人達も仕事の合間にやって来てパンをつまんでいく。

日が沈みかけた頃、若者達が戻ってくる。彼らが何を持ち帰ったかで夕食が決定する。ヤギの乳で煮たトウモロコシの粥に、焼き魚がつくこともあれば、ウサギや鳥の肉が入ることもある。

彼らは百頭あまりのヤギを飼っているが、それを屠《ほふ》るのは祭りの時だけと決められているそうだ。俺が落ちてきた日、歓迎の意味をこめて一頭のヤギが『解体』された。毛皮は敷物《しきもの》に、血は腸詰めに、筋は弓の弦になり、骨は矢尻《やじり》や釣り針に加工された。そして肉はその胃袋で出来た鍋《なべ》で煮られ、鍋ともども人々の腹におさまった。

あとには何も残らなかった。

見事としか言いようがなかった。

そして彼らは日没とともに眠りにつく。村の周囲には夜通し火が焚《た》かれ、見張りが立つ。時折、獣の遠吠《とおぼ》えらしき声が聞こえることがあった。夜襲をかけてくるような外敵がいるのかと尋ねると、ゴートは笑って答えた。

「谷の方にはオオカミが出るが、よほどのことがない限り、奴らは山を下りてこんよ。ただ今はバイソンの恋の季節じゃからな。奴らの群れが村に突っ込んでこないよう、火を焚く必要があるんじゃよ」

ラピス族はおおらかで、開けっぴろげで、信じられないくらい寛容だった。中にはペルグリンのように俺を敵視する者もいたが、ほとんどの者は気軽に声をかけてきた。

「飯は喰ったか？」

「腹は減ってないか？」

そんな質問が一日に百回以上。

「もっと喰わないとダメだ」

「オマエは細すぎる。飯が足りないんだ」

そんな助言も一日に百回以上聞かされた。

「お前達の頭の中には飯を喰うことしかないのか？」と問うと、彼らは笑って答えた。

「腹がいっぱいってことは、幸せってことだ」

聖域では飢えることなどない。だが、それを幸せだと思ったことはなかった。それでもここで暮らすようになってから、少しずつではあるが、彼らの言うことがわかってきた。生きるために働き、腹いっぱい喰って寝る。それが幸せかどうかはともかく、生きているという実感はある。

俺はゴートのホーガンに居候し続けていた。誰も俺に働けとは言わなかったが、このままタダ飯を喰らい続けるのも気が引ける。そこで俺はゴートの仕事を手伝うことにした。皮肉なことに、薬草園で聞き齧《かじ》った知識が役に立った。まったく大いなる意志という奴は本当に用意周到だ。

慣れない寝床に慣れない食べ物。連日、休みなく岩場や丘を歩き回る生活が続いた。いつ発作を起こしてもおかしくない状況だったにもかかわらず、俺の心臓は一度たりとも音《ね》を上げなかった。これには俺自身が一番驚いた。「トウモロコシを喰って、大地の気が体に溜《た》まってきたんじゃ」とゴートは言う。さすがにそれを頭から信じる気にはなれないが、ここには聖域の医療を超える何かがある。

それだけは確かだ。


ラピス族の村には二百人あまりの人間が生活していた。それを統《す》べるのが首長《チーフ》のブラックホークと十二人の輪だ。輪の一人であるゴートは医術師《メディスンマン》で、ラピス族の健康管理はもちろん、いろいろな悩みや告白を聞く相談役でもあった。

ある日のこと。忙しいゴートに頼まれて、俺は一人でセージの葉を摘みに行くことになった。村を出て丘に向かう。その背後から声が聞こえた。

「おおい！」クロウだった。「オレも一緒に行く」

彼は一族の中でも特殊な存在だった。決まった仕事は持たず、好きな時に好きなことをする。叱責《しっせき》されてもよさそうなものだが、不思議なことに誰も怒らない。

「お前はどうして仕事を持ってないんだ？」

「オレは道化師《ヘヨカ》。みんなを笑わせるのが仕事」

クロウは自慢げに胸を反《そ》らした。あまりに反っくり返ったので、後ろにひっくり返りそうになる。これが天然だとしたら、ある意味救いようがない。

「確かに、お前は面白いよ」

「そうだろう、そうだろう」

「威張るな。今のはイヤミだ。誉めてねぇ」

「照れるな。もっと誉めろ」

クロウは弾むような足取りで歩き出す。フンフンと鼻歌を歌いながら、セージの前を素通りする。

「おい、どこに行くんだ？」

「え？」振り返ろうとしてクロウは足を滑らせ、「うわぁ！」悲鳴を上げて転んだ。

「本当によく転ぶよな、お前」

「へへへ……すごいだろう？」

「だから誉めてねぇって」

俺は手を差し出した。彼は俺の手を摑んだ。

その瞬間、視野の半分が暗くなった。

クロウが立ち上がり、俺の手を放す。と同時に、その錯覚は消えた。俺はクロウの目を見た。きれいに澄んだ茶色の瞳。微妙に焦点が合っていないような気がする。

「お前、目が悪いのか？」

「ああ——うん」

クロウはてへへ……と笑った。

「オマエには隠しても無駄だから話すけど、実は昔っから遠くがよく見えなかったんだ。最近は近くもよく見えなくなってきた」

「おい、それ笑いごとじゃないだろ」ムッとして俺は言い返した。「お前、ヘタしたら失明するかもしれないんだぞ」

「そうみたいだね。ゴートにも言われたよ。そいつは治せないなぁってさ」

俺の剣幕をよそに、クロウはあっけらかんとしている。

「たとえ目が見えなくなっても、オレはみんなを笑わせる自信がある。何も心配していない。だからそんな顔するな、アザゼル」

「うっせぇな。お前には見えないだろ。俺がどんな顔しているかなんて」

「見えなくたってわかる。オレは勘がいい。耳も鼻もいい。今、オマエが泣きベソかきかけてるのだってわかるぞ」

「だ、誰が泣くか！」

「怒るな。人のために泣くのはいいヤツ。オマエはとてもいいヤツ。オマエが友達で、オレは嬉しい」

おおらかにクロウは笑った。こいつはいつでも笑っている。楽しい時も悲しい時も、きっと死ぬ瞬間も笑ってるんだろう。

「まだ泣いてるのか?」クロウが俺の顔を覗き込む。「困ったヤツだな。パン喰うか?」

「まだ朝食も消化してねぇよ。これ以上喰ったら吐く」

「吐くまで喰うな。喰ったら吐くな」

「名言だな。覚えておく」

俺は笑った。笑うことしか出来ない自分を歯がゆく思いながら、それでも笑った。

「よしよし、それでよし」

クロウは頷き、声を上げて笑った。屈託のない笑い。まるで太陽のようだ。聞く者の心を温かくする。もし俺にこういう能力があったら、ガブリエルにあんな顔、させずにすんだかもしれない。

そんな気持ちをごまかすために、俺はセージを摘み始めた。ゴートに教えられた通り、少し摘んでは場所を変える。大地から少しずつ力を分けて貰う。その考えは薬草摘みだけでなく、彼らの生活すべてに共通していた。

「オレ達は大地の人」とクロウは言う。「オマエはまだラピス族以外に会ったことないだろ? けど、この大地には百を超える部族がいる。そいつらはみんなオレ達の兄弟、大地の人だ」

西の高原で何千という羊を放牧しているラトロ族。東の林に住む狩猟民族のネムス族。南方に住むメンブルム族は、みな素晴らしい踊り手なのだという。

「オレ達ラピス族は二百人ぐらいだから、一部族としては普通の大きさ。遊牧民としては大きい方」

「遊牧? あそこに定住してるんじゃないのか?」

「ううん。年に三回、母《マーテル》湖の周辺を移り歩く。今はトウモロコシの種を蒔くため、南から移ってきたばかり。実りの月まではここにいる。そのあとヤギ達にしっかり喰わせるため西に移動する。眠りの月になったら、今度は南に行く」

「あのホーガンは？　その度に造り直すのか？」

「そう。ホーガンは男二人いれば三日で出来る」

とはいえ、彼らが移動するのは母《マーテル》湖周辺の土地に限られていた。世界中を旅するメルカトル族が時折立ち寄るだけで、それ以外の部族と顔を合わせる機会は滅多《めった》にないという。

「けど三年に一度、すべての部族が集まる祭《パウワウ》りがある。オレもまだ一度しか行ったことないけど」

うっとりとクロウは目を細める。

「実りの月、大月《カリタス》が丸くなる夜。世界中からいろんな部族がカネレクラビスにやってくる。その後の三年間、『大地の鍵』となる歌姫を選ぶために」

7

洞窟の中でアンガスは目を覚ました。夜はすっかり明けている。体はこわばり、節々が軋んだが、この寒さの中を生き延びられただけでも奇跡だった。

本を拾い、洞窟から這《は》い出る。強烈な太陽の光が目を射た。急に明るい場所に出たせいか、目の奥がズキズキする。

半日ほど歩き回った時、見慣れた岩の形が目に入った。アンガスは方角を確認し、再び歩き出した。夕暮れ時になって、ようやく懐かしい小屋が見えてきた。助かったという安堵感と、地図屋を発見出来ずに自分だけ戻ってきてしまったという罪悪感が胸の中で渦を巻く。

その時、小屋の前で何かが動いた。一頭の馬が背中に荷物を積んだまま、ぽつねんと立っている。それはウォルターの馬だった。彼が来てくれたのだ。ずいぶん早い。おそらくこちらに向かう途中で、パロットの報《しら》せを受け取ったのだろう。

アンガスはよろめきながら走り出した。ウォルターの名を叫びたかったが、カラカラになった喉からはかれた呻き声しか出てこない。

小屋の前で転んだ。膝が震えて、すぐには立ち上がれない。何かに興奮したように、馬が前足を踏みならした。首を振り、一声高く嘶《いなな》くと、突然火がついたように走り出す。ようやく立ち上がったばかりのアンガスに、それを止める術はなかった。馬は斜面を駆け下り、岩陰の向こうへと走り去っていく。

ウォルターの命令をよく聞く賢い馬だったのに、一体どうしたのだろう。不安を抱えたまま小屋に入った。もう夕暮れだというのに、暖炉《だんろ》に火はなく、ランプも灯されていない。

「……ウォルター」

おそるおそる呼びかけて、アンガスはハッと息を呑んだ。テーブルの上に置かれていた地図が消えている。そのかわりに残されていたのは黒い鍔広《つばびろ》の帽子。それは最近ウォルターが気に入って、よく被《かぶ》っていた帽子だった。

背筋がすうっと寒くなった。

ウォルターはどこに行った？　馬を残して町に帰ったとは思えない。彼は山に入ったのだ。あの地図を持ってイオディーン山に向かったのだ。暖かくなってきたとはいえ、山頂の方はまだまだ雪が深い。表層雪崩《なだれ》も頻繁に起きている。小屋の付近ならともかく、少し奥に入ったら、ウォルターには右も左もわからないだろう。地図を持っていたとしても、目印の乏しい大渓谷では何の役にも立たない。

「捜しに行かなきゃ……」

アンガスはよろよろと外に向かった。数歩も行かないうちに床に倒れた。気は焦っても、もう体がいうことを聞かなかった。

「ウォルター……」

小屋の出入り口に向かって手を伸ばす。黒く四角く切り取られた風景。流血のように赤い空。真っ黒に焦げた山稜に、真っ赤な太陽が沈んでいく。

視界が暗くなる。必死の抵抗も虚しく、彼の意識は暗闇《くらやみ》の中へと引きずり込まれていった。


次に目覚めた時、太陽は空の真ん中近くまで昇っていた。空腹のあまり胃がキリキリと痛む。それでもアンガスは起き上がると、外に飛び出した。

「ウォルター！」

山に向かって叫んだ。

「おーい、ここだ！　こっちだぞ、ウォルター！」

泣きそうになりながら、それでも力の限りに叫んだ。叫んで叫んで声がかれるまで叫んでも、答えるのはエコーだけ。ウォルターからの返事は、ついに返ってはこなかった。

やがて……諦めにも似た落ち着きがやってきた。

このまま彼を捜しに行っても力尽きて倒れるだけだ。ならば体力を回復し、きちんと準備をしてから捜しに行くのだ。アンガスは小屋の中に戻って自分のための食事を作った。それを食べて、日暮れとともにその日は寝た。

翌朝、アンガスは口笛を吹き、パロットを呼んだ。

「必ず助けに行く。ウォルター、そこから動くな」

鳥達を空に放した後、その姿を追いかける。けれど翼のない彼には険《けわ》しい岩山を登ることが出来ず、すぐに鳥達の姿を見失ってしまった。

それでも一日中、渓谷の中を歩き回った。来る日も来る日も、友の姿を求めて渓谷を捜し回った。何も発見出来ないまま、無情に日々は過ぎていった。

ついに倉庫の備蓄食料が底をついた。

アンガスは選択を迫られた。

このまま二人を捜して、山の中で死ぬか。

二人のことは諦めて、山を下りるか。

彼の心は揺れていた。ここを離れれば、あの楽しかった日々は二度と戻らない。さらに数日、悩んだ後、アンガスは決断した。布袋にタップと、最後の小麦で焼いたパンと、わずかな金を押し込んだ。

小屋に残された大量の本。貴重な完本も何冊かある。それを本屋に持っていくだけで、しばらくは暮らしに困らないほどの金になる。でもアンガスが袋に入れたのは、母が持たせてくれた本の欠片と、洞窟で見つけた茶色い革表紙の本だけだった。

この奇妙な本、装丁は立派だが中身はすべて白紙だった。これでは本屋に持っていっても一シェルにもならない。それはわかっていたのだが、雪山で自分が死なずにすんだのは、この本のおかげだという気がした。たとえ金にはならなくても、置いていく気にはなれなかった。

翌日は早朝に起き出した。最後の食事をして火を落とし、小屋を出て、しっかりと戸締まりをする。小屋の前に立ち、雪を頂くイオディーン山を見上げる。去年の春、同じように山を見上げながら、ウォルターとした会話を思い出す。

「書架の本を全部読んだと言ったよな?」

「うん」

「で、例の『ツアドキエルの書』はあったのか?」

それは昔、地図屋が見つけたという、歓喜の園のことが書かれた幻の本だった。

「なかったよ」とアンガスは答えた。「でもあれは特別な本だから、どこかに隠してあるのかもしれないね」

ウォルターはすぐには答えなかった。長い息を吐き出してから、独《ひと》り言《ごと》のように呟いた。

「俺は思うんだ。そんなもの最初からなかったんじゃないかって。きっとあの人は病気の母から逃げ出したかったんだ。俺が、あの人の傍から逃げ出したようにね」

「まさか!」違うよと続けたかった。けれど言葉は喉に引っかかって出てこなかった。

そんな彼を見て、ウォルターは寂しそうに笑った。

「歓喜の園の話も、文字《スペル》の話も、飢えと寒さが見せた幻覚なんだよ。歓喜の園は――あの人の頭の中だけに存在するんだ」

「違うよ――ウォルター」

今度こそ、アンガスはそれを否定した。

「歓喜の園は存在する。この山のどこかにきっとある。地図屋さんはそこに戻ったんだ。ウォルターも天使に助けられて、今はそこにいるんだ」

目を閉じて、そうであってほしいと心から願った。

「僕は行くよ。今度会う時までに、きっと立派な修繕屋になってみせる。だから――この世界のどこかで、いつかまた会おう」

答えはない。遠くで鳥の鳴く声が聞こえる。アンガスは顔を上げ、山に向かって叫んだ。

「ウォルター、僕達は友達だ。どこにいても、大人になっても、それだけはずっとずっと変わらない。いつまでも、ずっと友達だ！」

アンガスは渓谷を下り始めた。何度も足を止め、背後を振り返った。古ぼけた小屋は、やがて岩陰に隠れて見えなくなった。

山道に沿って渓谷を下る。途中、川の水を飲み、パンを齧り、まだ青いコケイチゴを摘んで食べた。夜は薄い毛布にくるまって、岩陰で眠った。

二日後、細く光る川沿いに小さな村が現れた。それはフォンス村――モルスラズリと同じくインディゴ染めで生計を立てている小村だった。

歩き疲れ、足は棒のようだった。納屋でも倉庫でもいい。少し休ませてほしい。アンガスはふらふらとフォンス村に向かいかけた。

その途中で足を止めた。行っても無駄だ。西部山岳地帯に、白い髪と青い目をした人間を受け入れてくれる村はない。石を投げられ、追い返されるのがおちだ。

アンガスは再び川に沿って歩き出した。雪解け水でエンド川は増水し、かなりの急流となっていた。この下流にはモルスラズリがある。家を離れてから三年あまり。僕が戻ったら、母と兄は何と言うだろう。喜ぶだろうか。それとも「なぜ戻ってきた」と怒るだろうか。

モルスラズリに着いたのは真夜中近かった。通りに人影はなく、町全体が寝静まっている。アンガスは胸を撫で下ろした。町の人々には会いたくない。出来れば父にも会わずにすませたい。

懐かしい我が家の前に立ち、アンガスはどうするべきか逡巡《しゅんじゅん》した。胸の奥から「このまま立ち去るべきだ」という声が聞こえてくる。でもバニストンに向かう前に、もう一度だけケヴィンに会いたかった。ケヴィンなら大丈夫。ケヴィンは僕を追い返したりしない。

アンガスは家の裏手に回った。兄と自分が寝起きしていた部屋の窓枠に手をかける。押し上げると、窓はきしみを上げて開いた。音をたてないよう、そっと部屋に入った。窓辺のベッドで男が眠っている。背は伸び、肩幅もずいぶん広くなっていた。インディゴに染まった指先、四角い顎、少し縮れた真っ黒な髪。久しぶりに見るケヴィンは驚くほど父に似ていた。

「ケヴィン」小声でアンガスは呼びかけた。「起きて。僕だよ、アンガスだよ」

アンガスは彼の肩を揺すった。ケヴィンは身じろぎし、低い呻き声を上げながら目を開いた。寝ぼけた顔は子供の頃と変わらない。懐かしくて、アンガスは微笑《ほほえ》んだ。

「久しぶりだね、ケヴィン。起こしてごめん」

ささやくようにアンガスが言うと、ケヴィンは急に目を見開いた。がばっと上体を起こすと、手を伸ばしてアンガスの両腕を摑む。

「アンガス？　本物のアンガスなんだな？」

「う……うん」アンガスは頷いた。「痛いよ、ケヴィン……放してよ」

「チクショウ、心配させやがって！」ケヴィンはアンガスをぎゅっと抱きしめた。「今までどこに行ってたんだよ！　お前が帰ってこないから、親父はお前の葬式をして、墓まで造らせちまったんだぞ！」

あの父ならやりかねない。「お前なんて生まれてこなければよかったのに」と叫んだ父の声が蘇る。

「少し話がしたいんだけど、ここじゃまずいよね」

「ああ、ああそうだな」

ケヴィンはようやくアンガスを解放した。

「ちょっと待ってろ。外で話そう」

彼が着替えるのを待って、二人は窓から外に出た。暗い通りを歩く。大月《カリタス》は雲に隠れて見えないが、薄い雲の間からは小月《オディウム》が覗いていた。それはまるで二人を見つめる、冷たい隻眼のようだった。

町を抜け、川辺に出た。水飛沫《みずしぶき》を避け、乾いた草の上に二人は並んで腰を下ろす。

「今までどこにいたんだ？　バニストンに行ってたのか？」

「ううん、実は――」

アンガスはここを出てからのことを話した。ケヴィンは頷きながら、黙ってそれを聞いていた。

「そうか、お前も大変だったんだな」

ケヴィンは草の上にごろりと横になり、頭の後ろで手を組んだ。星を見上げる彼の目が虚《うつ》ろに思えて、アンガスは不安になった。

「……何かあったの？」

「いや、こっちは何もない。お前が出てった後も、嫌になるほど何も変わらなかったよ。俺と親父は糸を染め、母さんは機織りに出かける。その毎日がずっと今まで続いてる」

「そう……なんだ」

「親父が怒るから口には出せなかったけど、母さんも俺も、お前のこと、ずっと心配してた」

本当だよ、と彼は真顔で言った。

アンガスは頷いた。やはり立ち寄ってよかったと思った。

「それで——お前、これからどうする？」

横になったままケヴィンは彼の顔を見上げた。

「家に戻ってくるか？」

「ううん。今度こそバニストンに行こうと思う。夜が明けたら隣町まで歩いて、駅馬車に乗るよ」

そこでアンガスは俯き、小声で付け足した。

「父さんに、会いたくないんだ」

「その方がいいだろうな。お前が生きてるってことは、俺の口からきちんと話しておくからさ」

「うん……ごめんね」

「なに謝ってんだよ、バカ」

ケヴィンは体を起こすと、子供の頃よくそうしたように、アンガスの首に腕を回して絞め上げる。

「苦しい……苦しいよ！」

「お、早《はえ》え。もうギブアップか？」

「昔とは違うんだから！」アンガスはケヴィンの腕を叩く。「こんな太い腕で絞められたら、ほんとに死んじゃうよ！」

「毎日、糸の上げ下ろしで鍛《きた》えられてるからなぁ」

ケヴィンは腕を緩めた。その笑顔が、ふと、凍《こお》り付く。

「お前の右目——何だ、それ？」

「——えっ？」

ケヴィンはアンガスの目に手を伸ばした。

その瞬間、頭の中に警報が鳴り響いた。それに触れさせてはいけない。隠せ、早く、隠すんだ！

アンガスは彼の腕を振りほどこうともがいた。暴《あば》れた拍子にケヴィンの手が瞼《まぶた》を擦り、その指が右目の眼球に触れる。

「——ッ！」

熱いものに触ったみたいにケヴィンは飛び退いた。右目を押さえ、アンガスも立ち上がった。

向かい合ったまま、動けなかった。張り詰めた緊張感の中、二人はお互いの顔を凝視した。

「本当は……嫌だった」

沈黙を破ったのはケヴィンだった。

「こんな埃《ほこり》っぽい町、出ていきたかった。広い世界を見てみたかった。いっぱい本が読みたかった。スタンプが描けるようになりたかった」

ケヴィンは瞬《まばた》きもせずアンガスの瞳を見つめている。その口から、堰《せき》を切ったように言葉が溢れ出る。

「俺にはスタンプコードが読めなかった。俺には才能がなかった。俺はここでしか暮らせない。このまま親父のように生きて、親父のように死ぬしかない」

「——ケヴィン？」

様子が変だった。こんなことを言う兄ではない。一体何が——何が起きているんだ？

「本を読むこともなく、新見聞《ニュースペーパー》を買うことも出来ない。毎日糸を染め、適当な年齢になったらこの町の娘を嫁に貰い、子供を作る。つまらない人生。親父と同じ人生。俺の二十年先を親父が歩いている」

ケヴィンは激しく頭を振る。

「俺には何もない。あるのは染色の知識だけ。そんなもの、この町を出たら何の価値もない。俺はここから出られない。俺も親父みたいになるしかない」

「そんなことない！」アンガスは言った。「一緒に行こう、ケヴィン。きっと母さんはわかってくれる。このまま二人でバニストンに行こう。二人で一緒に本屋をやろう！」

「なんでアンガスなんだ？　どうして俺じゃないんだ？　アンガスは俺の欲しいものをすべて持っていた。母さんの愛情もスタンプの才能も、俺にないものをすべて持っていた」

「僕だってケヴィンが羨ましかった。ケヴィンみたいに強くなりたかった。父さんに誉められたかった。ケヴィンこそ、僕にないもの——僕が欲しくてたまらなかったものを、すべて持ってるじゃないか！」

二人は睨み合った。ドウドウと流れる荒々しい川の音が、夜の静寂をかき乱す。

「——月だ」

ケヴィンが呟いた。雲が流れ、大月《カリタス》が顔を出した。月の光がケヴィンの姿を照らし出す。なのに明るさを感じない。アンガスは生まれて初めて、そこに虚無というものを見た。

「水に映った月——目の前にあるのに手が届かない」

そう言うやいなや、ケヴィンは走り出した。急流渦巻くエンド川に向かって一気に土手を駆け下りる。

「ケヴィン！」

アンガスは叫んだ。

「やめろ、ケヴィン！」

ケヴィンは振り返らず、速度を緩めることさえしなかった。増水した川に分け入った彼の姿は、あっという間に泡立つ急流に飲み込まれた。

「誰か、誰か助けて！」

アンガスは半狂乱になって町の人々に助けを求めた。起き出してきたモルスラズリの人々は、彼を捕らえ、物置小屋に閉じこめた。

「ケヴィンは自殺するような男じゃない！」

「お前が突き落としたんだろう！」

何を言われても反論出来なかった。

物置に置かれていた古い鉈《なた》。その刃を袖《そで》で磨《みが》いた。わずかに光沢を取り戻したそれに、自分の顔を映してみる。

「――なんだ、これ」

右目の虹彩《こうさい》に赤い模様が浮いていた。暗い物置小屋の中で、それは炯々《けいけい》と光を放っていた。

アンガスは悟った。

ケヴィンの様子がおかしくなったのは、これに触れたからだ。

アンガスは自分の服を裂き、布の切れ端《はし》で右目を覆った。物置小屋の扉を叩き、出してくれと叫んだ。でないと不安に押《お》し潰《つぶ》されそうだった。叫んで叫んで、声がかれるまで叫び続けても、誰も答えてくれなかった。やがて彼は力尽き、物置の隅《すみ》に膝を抱えて座り込んだ。

膝に額を押しつけて祈った。

山の神様でも、ラティオ島に住む天使でもいい。どうかケヴィンを助けてください。自分は死んでもかまわないから、どうかケヴィンを返してください。

夜が明けて日が昇り、そしてまた夜がやってきた。

ケヴィンの遺体は、はるか下流で見つかった。

それを伝えに来たのは、カーヴァンというケヴィンの幼馴染《おさななじ》みだった。

「ケヴィンが自殺なんかするはずがない」

カーヴァンは憎々しげに言った。

「お前はケヴィンを連れ出して、隙《すき》を見て川に突き落としたんだ。そうだろう？」

否定出来なかった。

「お前が殺したんだ」

きっとそうなのだ。

「俺はお前を許さない。俺だけじゃなく、町中の人間がお前を許さない。お前を吊《つ》るして、晒《さら》し者にしてやるからな。覚悟しておけ！」

捨て台詞《ぜりふ》を残してカーヴァンは出ていった。鍵を閉める音がする。残されたアンガスは、再び膝を抱えて座り込んだ。

強くて優しかったケヴィン。彼が死ななければならない理由など、どこにもなかった。

「……僕のせいだ」

僕が帰ってこなければ、僕と話をしなければ、ケヴィンは死なずにすんだのだ。彼を連れ出さなければ、あのまま立ち去っていたならば、彼は死なずにすんだのだ。

「ごめん――ごめん、ケヴィン」

謝っても遅い。ケヴィンは死んでしまった。胸が張り裂けそうなほど悲しいのに、なぜか涙は出なかった。それが辛い。余計に辛い。

ガチャガチャと鍵を開ける音がした。町の人々が自分を殺しに来たのだ。それでもいいと思った。この苦しみから逃れられるなら、いっそ早く殺してほしい。

扉が開いた。

懐かしい声がした。戸口に立っていたのは彼の母ホリーだった。

「──アンガス？」

「母さん……？」

アンガスは弾かれたように立ち上がった。ホリーは彼に駆け寄った。革表紙の本を彼に持たせ、彼のポケットに数枚の紙幣をねじ込む。

「すぐにここを出て。みんなケヴィンを迎えに行ったから、今なら人も少ないわ」

「でも──」

「アンガス、貴方を見ていると辛かった。貴方は私が置いてきてしまった夢を思い出させる──」

ホリーの目から涙が溢れた。

「エディと過ごした日々が懐かしいわ。出来ることならあの頃に帰りたい。ねぇ、どうしてこんなことになったの？　もっともっと幸せになれるはずだったのに、なんでこんなことになってしまったの？」

アンガスには答えられなかった。

ホリーは涙を拭いもせず、アンガスの背を押した。

「さぁ、行って」

「待って、母さん。僕は──」

「早く出てって！　ダネルが貴方を手にかけるところを、私は見たくないのよ！」

その瞬間——胸の深い所で何かが壊れる音がした。

この町は僕の死すら受け入れてくれない。

アンガスは物置小屋を飛び出した。そのままモルスラズリから逃げ出して——二度と戻らなかった。


「私が聞いた話はここまで」

そう言って、エイドリアンはグラスを空けた。ジンを注《つ》ぎ足そうとしたが、瓶はすでに空だった。彼女はため息をつき、ボトルを足下の床に置いた。

「その後、どこに寄り道したのか。アンガスは話してくれなかった。だから、どうして姫の姿が見えるようになったのか、どうして文字《スペル》を集めて回る気になったのか、私にはわからないんだ」

彼女は肩をすくめ、目の前に座るセラを見た。もう夜明け近い時刻にもかかわらず、セラは目を見開き、喰い入るように彼女を見つめている。

「私は最初、姫の存在を信じなかった。自由意志を持ち、人と会話する本なんて、常識では考えられないからね。そしたらアンガスは隠していた右目を晒し、触れてみろと言ったんだよ」

セラは驚いたように目を瞬いた。本当にさわったの？　と問うように自分の右目を指さしてみせる。

「だから信じてなかったんだって」エイドリアンは苦笑する。「自業自得とはいえ、恐ろしい体験だったよ。叶わないとわかっている希望を目の当たりにすることほど、辛いことはないからね」

彼女は椅子の背もたれに寄りかかり、天井を仰いだ。じっと天井を見つめたまま、ぽつりと呟く。

「私はホリーが好きだった」

エイドリアンは額に手を当てた。

「今まで彼女に会いに行かなかったのは、怒っていたからさ。ホリーが私よりも西部の田舎者を選んだことに腹を立てていたからさ。アンガスの右目は、私にそれを自覚させたんだよ」

彼女は体を起こした。テーブルの上から煙草《たばこ》の箱を取り上げ、一本抜き出す。

「でもね、自覚したことで諦めがついた。だからこそ彼女の息子であるアンガスを助けてやろうと思ったんだ。無気力で頼りなくて、今でも決して前向きとはいえないあの子を、助けてやりたいと思えるようになったんだよ」

煙草を咥《くわ》え、マッチで火をつけた。煙を吐き出した後、指に煙草を挟んだまま腕を組む。

「文字《スペル》の影響力は恐ろしい。それを集める旅には危険がつきまとう。ましてやそれを身に宿す者は、常に狂気と隣り合わせる」

エイドリアンはセラの顔をじっと見つめた。

「だから人並みな幸せが欲しければ、アンガスのことは諦めた方がいい。私の言いたいこと、わかるね？」

セラはエイドリアンを見つめ、ゆっくりと頷いた。

その紅茶色の目に——強い決意の色を浮かべて。

8

ラピス族は昔からの友人のように俺に話しかけ、ともに笑い、飯を喰わせてくれた。俺は少しずつ、ここでの生活に馴染《なじ》んでいった。学ぶことも覚えることも山ほどあった。生活は厳しく、働かなければ食べ物は手に入らない。昼は肌がヒリヒリするほど暑いし、夜は毛皮にくるまってもまだ寒い。

それでも毎日が新鮮で、時間は飛ぶように過ぎていった。あんなに嫌っていた首輪が、次第に気にならなくなってきた。今ではむしろ感謝したいくらいだった。彼らは精神波に耐性がない。首輪で抑えておかなかったら、俺の思念は彼らに悪い影響を及ぼしてしまうかもしれない。

この首輪は刻印に触れた者にしか解けない。地上に刻印はないから、俺が地上にいる限り、誰もこれを解くことは出来ない。それでいい。人の精神を歪めるような真似はもう二度としたくない。


やがて彼らの暦《こよみ》は、種蒔きの月から育ちの月へと名前を変えた。大地は下草で覆われ、灌木の枝にも小さな葉がつき始める。クロウ曰《いわ》く、育ちの月は一年でもっとも美しい月なのだそうだ。

そんなある日、ゴートのホーガンに一人の患者が運び込まれてきた。ヤギ革の担架に乗せられ、血の気の失《う》せた顔で左肩を押さえている男。

「――クロウ!」

俺は彼に駆け寄った。顔は腫《は》れ上《あ》がり、体にはいくつもの痣《あざ》と切り傷が出来ている。いつものように転んで出来た傷じゃない。何者かに暴力を振るわれた痕《あと》だ。

「何があった? 誰にやられた?」

「ペルグリンだ」彼を運んできた戦士見習いの若者が、うろたえたように答えた。「オレ達が訓練してる所に、クロウが通りかかったんだ。そしたらペルグリンが急に怒り出して――」

ペルグリン――あの赤い目をした女戦士。

俺は立ち上がった。今度という今度は我慢ならない。あいつをブチのめしてやる……のは無理としても、文句の一つも言ってやらなければ気がすまない。

「痛い、痛いよ。痛すぎて逆立《さかだ》ちしそう」

クロウの声に、俺は足を止めた。床に置かれた担架の上でクロウが薄く目を開く。

「だめだよ、アザゼル。オマエじゃ返り討ち。蒸《む》しパンみたく丸められちゃう」

唇の端を歪めて、へへへ……と笑う。

「白い蒸しパン。ウマそうだけど、オマエじゃ喰えないな」

「この……馬鹿が！」俺は歯ぎしりした。血圧を上げるのは心臓によくないとわかっていたが、それでも怒りがおさまらない。「なに笑ってんだよ！　道化師《ヘヨカ》だって酷《ひど》い目に遭わされた時ぐらい、怒ってもいいはずだろ！」

「だからってオマエが怒るな」

クロウは笑おうとしたが、失敗して顔を歪めた。

「ネエちゃんが怒るのは仕方ない。オレ達の父親は伝説の戦士レッドホーク。母も親戚《しんせき》もみんな立派な戦士。でも、オレだけ戦士になれなかった」

待ってくれ。

今、とんでもないことを言わなかったか？

「ペルグリンが——お前の姉？」

「うん」

ラピス族は大きな家族のようなものだ。子供は誰の子でも、我らの子供と呼ばれる。仕事を見習わせるためになら、他人の子とでも同じホーガンで生活する。血縁者のホーガンは隣り合わせに造られているが、家系や血族はそれほど重視されていない。ここでは誰もが自由だった。中でもクロウは、誰よりも自由を謳歌《おうか》しているように見えた。

でも、違うのだ。クロウは心の奥で孤独と闘っていた。こんなに近くにいたのに、俺はそれに気づかなかった。畜生、何が天使だ。友達の悩みにも気づけないで、何が最強の精神感応力だ。

「気にするな、アザゼル」

俺の心を読んだかのように、クロウは言った。

「ネエちゃんに殴られるのはいつものこと。慣れてる慣れてる」

俺は反論しようとした。

それを制したのはゴートだった。

「アザゼル、怒ってる暇があったら水汲んでこい」

彼は俺の胸元に水桶《みずおけ》を突きつけた。

「汲んできたら、それで湯を沸かせ。この暑さじゃ。傷口が化膿《かのう》したら面倒じゃからの」

喉まで出かかっていた言葉を無理やり飲み込み、俺は水桶を摑んで外に出た。怒りにまかせ、湖に向かって走る。すぐに苦しくなったが、それでも足を止めなかった。

おかげで湖畔に到着した時には、すっかり息が上がってしまっていた。目眩《めまい》がする。立っていられなくなって、その場に膝をついた。胸を押さえ、息を整える。ここに薬はない。発作を起こしたら、それで最後だ。

寄せては返す　波の音よ
私の鼓動を　鎮めておくれ
愛《いと》しい愛しい　あの人を

透き通った歌声が流れてくる。それは湖面を渡る風のように、怒りの熱を奪っていった。息苦しさが消え、呼吸が楽になってくる。

女が近づいてきた。褐色の肌に緩やかに波打つ長い髪。人形のように整った顔には、何の感情も浮かんでいない。

リグレットだった。

今まで何度も彼女に会おうと試みてきたが、ペルグリンに阻まれて、まともに姿を見ることさえ出来なかった。その彼女が供も連れず、たった一人で立っている。

「何をそんなに慌てているのだ」

背筋が痺れるほど美しい声。琥珀《こはく》色の双眸《そうぼう》が、じっと俺を見下ろしている。その瞳に引き込まれそうになり、俺は慌てて目をそらした。

「見ればわかるだろ、水を汲みに来たんだ」

わざと乱暴な口調で言い、立ち上がった。

「クロウがペルグリンに殴られて、ひどい怪我《けが》を負わされた。急いで手当てする必要があるんだよ」

しかし彼女は動じなかった。

「ならば急ごう」

彼女は俺が取り落とした水桶を拾い、湖水を汲み上げようとした。俺は横から手を伸ばし、水桶の柄を摑んだ。

「放してくれ。俺が持つ」

「二人で運んだ方が早い」

俺達は二人で水桶を持ち、よたよたと歩き出した。

彼女がすぐ傍にいる。肩に彼女の髪が触れる。それを妙に意識してしまう。落ち着いたはずの心臓がまた忙《せわ》しなく鼓動を刻み始める。黙っていることに耐えられなくなって、俺は口を開いた。

「湖面に激突する寸前、俺はお前の声を聞いた。あの時、お前が口にした名前──あれは俺の真名だったのか？」

「私はお前の真名を知らない」

淡々とした声で彼女は答えた。

「私は湖畔で、お前が落ちてくるのを目撃した。お前が落ちたのは湖のほぼ中央。たとえ湖畔から叫んだとしても、そこまで声は届かない」

「何……だって？」

俺は足を止めた。嘘を言っているようには見えないし、彼女には嘘をつく理由もない。では、俺が聞いたあの声は、一体何だったのだ？

「急に立ち止まるな、馬鹿者」

叱責の言葉も、抑揚がつかないと迫力に欠けた。

「急いでいるのだろう。とっとと歩かんか」

「す、すまない」

俺は再び歩き出した。

水桶の柄を握った手が触れ合う。

その瞬間、不思議な感覚が湧《わ》き上《あ》がった。胸腔《きょうこう》に張られた弦が、かき鳴らされるような感覚。

「妙だ」表情を変えることなく彼女は言った。「お前といると胸のあたりがザワザワする」

琥珀色の目が俺を見上げる。

「白い人は、みんなお前のように不思議な技を使うのか」

「それはお互い様だ」

動揺を悟られないよう、そっけない口調で俺は言い返した。

「お前の歌は強心剤と同じ効果を持つ。俺にとっては、そっちの方が不思議だよ」

第六章

1

赤茶けた大地。その所々にテーブルロックと呼ばれる巨岩がそびえている。岩盤が長い年月にわたって川の浸食を受けた結果、巨大な岩だけが残されたのだ。遠くから眺めると、それは巨人達の食卓のように見えた。

その中を駅馬車が走っていく。力強い馬の蹄《ひづめ》と幌《ほろ》馬車の車輪から砂煙が舞い上がる。ミースエストから乗り合わせた乗客達は、みな途中の町で馬車を降りていった。残っているのはアンガス一人だけだった。

目の前に広がる荒涼とした風景を、彼は黙って眺めていた。モルスラズリを離れてから七年。あの頃よりも、さらに砂漠化が進んだように見える。昔はそこここに生えていた灌木やヒバサボテンの姿が、今はまったく見られない。川沿いには下草が生えているものの、その量も種類も目に見えて減っている。

これじゃインディゴ草を探すのも楽じゃないだろうなと思う。苦い思い出が蘇り、アンガスは奥歯を噛みしめる。

「荒れた土地だな」

膝上《ひざうえ》から声がした。目を向けると、『本』から身を乗り出すようにして、姫が外の景色を眺めている。珍しく、表情が暗い。

「かつてはこの大地にも緑が溢れていたのだ。それが今はどうだ？　サボテンさえ生えない不毛の土地になり果ててしまっている」

「これも文字《スペル》の影響なんですか？」

「おそらくな」姫は風景に背を向けて、『本』の上に胡座をかいた。「人の心と大地は密接な関係にある。人の心が荒廃すれば大地も枯れる」

「なるほど——説得力ありますね」

アンガスは再び外の風景に目をやった。

「でもこのあたり、西部山岳地帯に住む人達が荒《すさ》んでいるのは、今に始まったことじゃありませんよ」

「そう言うお前も西部山岳地帯の出身じゃないか」

「だからこそよくわかるんです。嫌ってほどね」

アンガスはコートのフードを被り、首に巻いていた砂避け布で口元を覆った。もうもうと巻き上がる砂埃《すなぼこり》を避ける意味もあったが、何より素顔を晒すことに抵抗があった。

「見えてきました。あれが終点モルスラズリです」

アンガスは前方を指さした。丘の向こうに町が見える。それはまるで黒い苔のようだった。茶色い岩盤にへばりつく乾いた苔だ。赤茶けた大地に並ぶ乾燥レンガの家屋。町の西側には大きな煙突を持つ細長い建物が五棟建っている。

「煙突のある細長い建物が染色所です。その奥の大きな丸屋根が機織所。その向かい側にあるのが紡績所です。あのあたり一帯が作業区。町の東側、小さな建物が密集している所が居住区になります」

「ふむ……」姫はモルスラズリを眺め、顔をしかめた。「なんだか人間達の住まいが作業区に圧迫されているように見えるな」

「モルスラズリは巨大なインディゴ綿生産工場なんです。人間は工場を動かす歯車の一つにすぎません」

「アンガス、お前があの町を快《こころよ》く思わないのも仕方がないとは思うが……」

そこで言葉を切って、姫は彼を睨んだ。

「母親を泣かせるなよ？」

アンガスは、きゅっと下　唇《したくちびる》を噛んだ。

ミースエストで新見聞《ニュースペーパー》を見てから、一週間が経とうとしていた。複雑な地形を迂回《うかい》しながら走る駅馬車の旅は、思った以上に時間がかかった。その間、アンガスはずっと葛藤《かっとう》し続けていた。早く着いてほしい。永遠に到着しないでほしい。相反する思いが胸の中で拮抗《きっこう》する。もし姫が一緒でなかったら、途中で逃げ出していたかもしれない。

馬車は斜面を下り、モルスラズリに乗り入れた。町外れにある厩舎《きゅうしゃ》前で止まる。アンガスは御者《ぎょしゃ》台の親爺《おやじ》に礼を言って、馬車から降りた。

「なんだ、この臭《にお》い？」

アンガスは鼻を押さえた。風に乗って悪臭が漂ってくる。まるで魚が腐ったような醜悪な臭いだ。砂埃が舞い上がる通りでは、悪臭をものともせず、子供達が遊んでいる。テラスでは腰の曲がった老人達が編み物をしている。町で唯一の宿屋では、商人風の男が一杯引っかけながら取引値の交渉をしている。時刻は午後三時すぎ。町の人々は、まだそれぞれの持ち場で労働にいそしんでいる時間だ。

意を決して、アンガスは歩き出した。

七年前、モルスラズリには駅馬車も通っておらず、インディゴ綿の買い付けに来る者もほとんどいなかった。だがここ数年インディゴ綿の需要が増え、生産量も増加していると聞く。こんな田舎町にも、近代化の波が押し寄せてきているらしい。

商人が頻繁に出入りするようになったせいか、見慣れぬ者が歩いていても、見咎《みとが》められずにすむのはありがたかった。それでも彼はなるべく目立たないように壁際を歩き、人気のない裏路地を通り抜けた。

行く手に自分が生まれ育った家が見えてきた。記憶より古びているのは当然としても、その小ささにアンガスは驚いた。生家の前に立ち、深呼吸する。この時間帯、父は家にいない。家にいるのは病気の母だけのはずだ。

「臆《おく》するな。堂々と帰還の挨拶をすればいいのだ」

指一本分だけ開いた『本』から姫の声がする。

「お前はもはや七年前のお前ではない。それは私が保証する」

アンガスは頷くと、思い切って扉を開いた。

居間には誰もいない。奥には小さな部屋が二つある。左側が両親の寝室。もう一方がケヴィンとアンガスの寝室だった。

右の扉をそっと押し開ける。懐かしい部屋。ベッドの位置さえ変わっていない。アンガスの脳裏にあの夜の記憶が蘇った。月明かりの中、眠っていたケヴィン。あのまま彼を起こすことなく、寝顔を見るだけで立ち去っていたら、彼を失わずにすんだのかもしれない。それを思うと今でも泣きそうになる。

「アンガス、誰かいるぞ?」

姫の言う通りだった。窓辺に置かれたベッドに小柄な女性が横になっている。黄色く浮腫《むく》んだ顔。ぼんやりと窓の外を眺めている琥珀色の瞳。明るい茶色の髪は変わらなかったが、目は落《お》ち窪《くぼ》み、目尻や額には皺が刻まれている。

アンガスは愕然《がくぜん》とした。

この人は——母はこんなに小さかっただろうか？

「母さん……？」

彼は砂避け布を解き、フードを外した。

「僕です、アンガスです」

「アンガス——？」

ホリーはアンガスを見つめ、にこりと微笑んだ。

「いい名前ね。いつか私が息子を持ったら、その名前、使わせていただくかもしれないわ」

「何を……言ってるの？　母さん？」

「母さん？」彼女は口元を右手で覆い、クスクスと笑った。「貴方のような素敵な青年が私の息子？　まぁ、大変。さっそくエディに自慢しなくちゃ」

エディはエイドリアンの愛称だ。エイドリアンがモルスラズリにいるはずがない。冗談を言っているのかとも思ったが、そうは見えない。

「アンガス——おい、アンガス！」

姫の声に彼は我に返った。慌てて『本』を開く。

「どういうことなのだ、これは？」

「そんなの、僕にもわかりませ——」

「まぁ、本を持ってきてくださったのね！」

アンガスの声は、ホリーの歓声にかき消された。

「本が読みたいって、ずっとエディにお願いしていたのよ。なのに彼女、どうしても用意してきてくれないの」ホリーは満面の笑みでアンガスに両手を差し出した。「お願い、私にも見せて？」

アンガスは逡巡した。

ホリーに姫の姿は見えない。『本』を渡しても、面倒なことにはならないだろう。そう判断し、アンガスは『本』を彼女に手渡した。

「――どうぞ」

「ありがとう」

『本』を膝の上に置き、ホリーは目を輝かせた。

「なんて精巧に描かれているのかしら。この波打つ髪、瞳の輝きを見て？　まるで生きた人間のよう」

そこで彼女はふと首を傾げる。

「あら？　私、いつ『スタンダップ』って言ったのかしら？」

アンガスは目を剝いた。姫も同様だった。彼女はホリーを見上げ、嚙みつきそうな勢いで叫んだ。

「お前、私が見えるのか！」

「あら……何か言っているわ」

ホリーは悲しそうに眉を寄せ、アンガスに目を向けた。

「でも声が聞こえない。この本、音声のコードが壊れているのね」

驚きで二の句が継げないでいるアンガスに、今度は姫が呼びかけた。

「アンガス、この女――かすかに文字《スペル》の気配がする」

「どういう意味ですか？」

「わからん」姫は難しい顔をしたまま腕を組んだ。「薄い——残り香のような気配だ。文字《スペル》の気配のようで文字《スペル》ではない。こんな感覚、私も初めてだ」

わけがわからない。アンガスは喉の奥で唸《うな》り声を上げた。

「誰かいるの？」

そんな声と同時に、背後で扉が開かれた。

入ってきたのは若い女性だった。背中で束ねた長い髪。愛嬌《あいきょう》のある焦げ茶色の瞳。彼女はアンガスを見て、小さな悲鳴を上げた。

「……だ、誰よ、あんた？」

外見はすっかり女らしくなっていたが、その声は変わっていなかった。アンガスはゴクリと唾《つば》を飲み込んで、乾いた声で呼びかけた。

「もしかして……君、ヘザー？」

「え……？」ヘザーは信じられないというように目を見開いた。「ア、アンガス、なの？」

アンガスは無言で頷いた。ヘザーは彼を見つめ、ちらりと横目でホリーを見てから、再び彼に目を戻した。

「ホリーさんに会いに、戻ってきたのね？」

アンガスは再び頷き、低い声で問いかけた。

「ヘザー、教えてくれ。母に一体、何が起きたんだ？」

「ホリーおばさんは流行病《はやりやまい》なの。ここらでは『忘れ病』って呼ばれてるわ」

ヘザーはホリーに歩み寄り、その髪をそっと撫でた。彼女を見上げ、ホリーは微笑む。

「この方に本を見せてもらっているのよ。エディ、貴方も読んでみる？」

「うん、後でね」と言って、彼女はホリーの傍を離れ、アンガスに小声でささやいた。「聞いたでしょ？　私のこと、エディって人だと思っているの」

「エディはバニストンにいる母の友人だよ。でも君とは全然年齢が違う」

「ホリーおばさんはね、モルスラズリでのことを忘れてしまってるの。彼女は今十六歳で、バニストンで修繕屋の修業をしているつもりなのよ」

ヘザーは、アンガスの父からホリーの身の回りの世話を頼まれているのだという。だから仕事の合間を縫って、こうして家までやってきたのだと。

「ホリーおばさんが病気になってから、ダネルおじさんは凄《すご》く怖いの。いつも何かに怒っているみたいで、みんな近寄るのも避けるぐらい」

だから……とヘザーは言った。「彼には会わない方がいいわ。町外れにある丘を覚えてる？　あの向こうに古い石積みがあったでしょ？　あそこで待ってて。夜になったら私も家を抜け出すから」

その言葉に追われるようにして、アンガスは家を出た。人目を避けつつ町を通り抜け、指定された場所に向かう。丘を越え、古い石積みに腰を下ろし、彼は『本』を開いた。

「この愚か者が！」

姫の罵声《ばせい》が飛んできた。

「口車に乗せられおって。だいたいあの女は、昔、お前を売った女じゃないか。それなのにホイホイ信用するとは、お前の頭はよほどめでたく出来ているらしいな？」

子供の頃、彼女宛《あて》に描いたはずのスタンプが、なぜか父の手に渡っていた。それが切っ掛けになって、彼は町を出ることになった。姫が言っているのは、その時のことだろう。

「あれには、何か、理由があったんだと思います」

「この期《ご》に及んで、まだあの女をかばうのか？」

「彼女だけなんです。僕に話しかけてくれたのは」

「それであっさり恋に落ちたと言うんだな？　まったくお前という奴は、呆《あき》れるほど単純な男だ」

「なんとでも言ってください」

アンガスは頑《かたく》なに言い張った。「僕はヘザーを信じます。彼女は必ず来ます」

「お前を追い立てるための手勢を率いてな」

「それ以上言うなら、もう口をききません」

口を閉じ、アンガスはそっぽを向いた。

姫はこれ見よがしにため息をついてから、話を変えた。

「あの病のこと、どう思う？」

「本当に文字《スペル》が関係しているのだとしたら、ただの流行病じゃない可能性が高いですね」

「お前もそう思うか？」

「ええ、姫の『探索』は大雑把な能力ですが、外れたことはありませんから」

「大雑把で悪かったな。ないよりはマシだろうが」

「確かに」とアンガスは頷いてみせる。「病気の原因が文字《スペル》なのだとしたら、その文字《スペル》を回収すれば、流行病の人々を助けられるかもしれない」

「うむ、そうだな」

「それにはまずヘザーから詳しい話を聞かなきゃ」

アンガスは石積みから立ち上がった。

「どうする気だ？」と姫が尋ねる。

「夜までまだ時間があります。今のうちに一休みしておきますよ。ちょっと行った所に湧き水があるんです。休憩に適した岩陰もね」

そう答え、彼はにこりと笑った。

「子供の頃、インディゴ草を探し回った経験がこんなところで役に立つなんて、なんだか複雑な気分ですよ」

2

育ちの月の下旬。はるか西の平原までバイソン狩りに出かけていた戦士達が帰還した。二十人余りの集団は一族の戦士の代表だけあって、素晴らしく背が高く、均整の取れた体躯の持ち主ばかりだった。

彼らが持ち帰ったバイソンの毛皮と肉に、ラピス族は喜びに沸き返った。

「今夜はお祭り。おいしい肉、たくさん喰えるよ」

さっそくクロウが報告に来た。怪我もすっかり良くなり、今はもう何事もなかったように振る舞っている。俺にはそれが腹立たしい。今朝採ってきたばかりの竜舌蘭《りゅうぜつらん》の葉を木の台に載せ、石のナイフで力任せにぶった切る。その音に、クロウは首を縮めた。

「うう……アザゼル、機嫌悪いね？」

「当たり前だ。あんな目に遭わされたのにヘラヘラ笑っていられる、お前の神経がわからねぇよ」

「憎しみで生きる者は何も生み出さず、憎しみで歌われる歌は世界を滅ぼす」

そう言って、クロウは笑った。

「これ、昔々、アザゼルが残した言葉」

竜舌蘭を刻む作業を中断し、俺は尋ねた。

「前から聞きたいと思っていたんだが、そのアザゼルって何者なんだ？」

「あれ、聞いたことない？」

「ねぇよ」

「じゃ、オレが話してやる。ただし、歩きながら」

クロウはホーガンの出入り口で俺を手招いた。

「早く行かないと、おいしいとこ喰いっぱぐれる」

俺はため息をついた。コイツの脳は胃袋で出来ているに違いない。俺は竜舌蘭の葉を片付け、奥のかまどで薬草を煎《せん》じているゴートを振り返った。

「先に出てもいいか？」

「ああ、かまわんよ。こっちももう終わる」

俺達はゴートのホーガンを出て、広場へと向かった。みんな仕事を早めに切り上げたようで、あたりは大勢の人でごった返している。

「バイソンの肉は旨《うま》いぞ。楽しみ、楽しみ！」

「肉のことはいい。アザゼルの話を聞かせてくれ」

「ああ、そうだった」

クロウはコホンと空咳《からぜき》をした。

「では話してやる。耳でなく、心で聞け」

これはラピス族の常套句《じょうとうく》だった。彼らの歴史はすべて口伝《くでん》だ。老人達が話す物語から、子供達は知恵と人生のあり方を学ぶのだ。

「昔々、混沌《こんとん》から『世界』という名の女が生まれた。『世界』は自分の魂を砕《くだ》き、それを大地に蒔いた。すると何もなかった大地には植物が生まれ、動物が生まれた。赤い土から生まれたのは大地の人」

クロウは自分の胸をドンと叩いた。飾り帯をつけただけの裸の胸。これが戦士の装いだということを、俺は最近知ったばかりだ。

「そして白い砂から生まれたのが白い人だ」

クロウは俺の肩を叩いた。色素の薄い俺の肌は、強い日差しに当たると赤剝けてしまう。どんなに暑くても長袖《ながそで》が基本だ。一族の女達が作ってくれた麻のシャツは、俺の体格に合わせて小さめに出来ていた。袖と裾にあしらわれた青い鳥の模様はラピス族特有のものであるという。

「かつて大地の人と白い人は一緒に暮らしていた。白い人は世界の欠片から、大いなる意志の力を引き出そうとした。大地の人はそれをやめさせようとして、戦《いくさ》が起こった。戦いの末、白い人は世界の欠片を奪って空に逃げた。それを見て『世界』は怒った。山は火を噴《ふ》き、空は闇に覆われてしまった。大地の人は怒りを静めてくれるように祈った。祈りに応えるように、聖地に一人の男が現れた。白い肌と金の髪を持った男――それがアザゼルだ。彼の歌声は『世界』の怒りを鎮めた。白い兄弟は大地の人に言った。『魂を悪意で穢《けが》された『世界』は病み、このままでは死んでしまう。それを救うために『大地の歌《テッラカントゥス》』と『解放の歌《リベルタカントゥス》』を大地の人に託そう』と。彼が残したそれらの歌は、大地の人の歌姫『大地の鍵』によって歌い継がれ――」

「待ってくれ」

俺はクロウの言葉を遮った。

「『解放の歌《リベルタカントゥス》』——だって？」

「あれ？　知ってるの？」

「ああ」俺は苦笑いした。「天使達はそれを使って、偽りの楽園を維持しようと躍起になってるのさ」

「けど『解放の歌《リベルタカントゥス》』は『大地の鍵』のみに許された歌。それ以外が歌えば滅びを招く」

クロウの言葉に、俺はぎょっとして足を止めた。聖域を襲っている慢性的なエネルギー不足。なぜそれをクロウが知っているんだ？

「怒るな。そういう言い伝えなんだ」

俺が気を悪くしたと思ったのだろう。クロウは申し訳なさそうな顔をした。

「はい、歩く歩く。立ち止まらない」

クロウが俺の背中を押す。俺は渋々《しぶしぶ》足を進めた。

「『大地の歌《テッラカントゥス》』を歌う者を『大地の鍵』と呼ぶ。『大地の鍵』は『大地の歌《テッラカントゥス》』を歌い、『世界』の魂をその身に宿らせる。『解放の歌《リベルタカントゥス》』を歌う『大地の鍵』の心が清らかであれば、世界の魂は浄化され、解放される。けれど『解放の歌《リベルタカントゥス》』が憎しみで歌われてしまったなら、世界の魂は呪われ、大地に生きるものすべてが滅びる。憎しみに生きる者は破壊をもたらし、憎しみで歌われる歌は世界を滅ぼすのだ」

『大地の歌《テッラカントゥス》』——世界の魂を自身に宿らせる歌。聖域の四大天使達でさえ知らない歌。なぜアザゼルはそんなものを知っていた？　なぜ彼は、それを聖域ではなく大地の人に残したんだ？

「三年に一度、聖地カネレクラビスで祭り《パウワウ》が開かれる。そこでは『大地の鍵』に相応しい最高の歌姫が選ばれる。『世界』の魂が悪意に染まる時、それを浄化し、『世界』を救うために」

これでおしまいとクロウは両手を上げた。

前方に帰還した戦士達と、彼らを労《ねぎら》うブラックホークの姿が見える。クロウの足が速まった。彼の心は伝説よりも、バイソンの肉に傾いているらしい。それを追いかけ、俺はさらに問いかけた。

「で、そのアザゼルってのは一体何者だったんだ？」

「お前と同じ、天から落ちてきた白い人。アザゼルは古い言葉で『完全なる除去』という意味。アザゼルはとても物知りで、どんな質問にも答えられた。オレ達の間では、大いなる意志の使者だったと信じられている」

また大いなる意志だ。まるでそいつがどこかに実在していて、自分の思い通りに世界を導いているみたいじゃないか。まったく胸糞《むなくそ》悪《わる》い。

「さあさあ、今夜はお祭り。そんな怖い顔しないで楽しもう！」

クロウの声に太鼓の音が重なる。腹の底に響く音。まるで大地の鼓動だ。それに高い声が重なった。歌姫――リグレットの声だ。

「あ、始まっちゃった！」

クロウは踊りの輪の中へと飛び込んでいく。羽根や色とりどりのビーズで飾られた衣装を身につけた若い男女が、輪になって踊っている。リズミカルにステップを踏む足は、まるで空中を歩くかのようだ。

鳥の囀《さえず》りのようだったリグレットの声が、太鼓のリズムに合わせ、次第に荒々しく強くなっていく。それは大地の脈動。魂の叫びだった。聴いているだけで鳥肌が立ち、足が震えてくる。あの華奢《きゃしゃ》な体のどこに、こんな力が秘められているのだろう。

炙《あぶ》ったバイソンの肉が振る舞われる。人々は笑顔で歌い、踊り、トウモロコシの発酵酒に酔った。この踊りはスコールダンスといって、狩りに行った者の穢《けが》れを祓《はら》う儀式なのだという。

「ダンスの相手を選ぶのは娘の方でな。呼ばれた男は必ずそれに応えなきゃならんのじゃ」

遅れてきたゴートが、バイソンの肉を喰いながら俺に説明してくれた。

「ほれ、リコリスがお前さんを呼んどるぞ？」

冗談だろう？　俺はスコールダンスなんて知らない。ダンスを踊ったことさえない。

「アザゼル、一緒に踊ろう！」

「早くおいでよ！」

若い娘達が俺を手招く。

ゴートは無責任にヒヒヒ……と笑った。

「アザゼルはモテモテじゃ。羨ましいのう」

「代わってやろうか、じいさん？」

「そうしたいのは山々じゃが、リコリスに殴られたくないのでな。遠慮する」

彼は俺の背を押した。

「ダンスに決まりはない。リズムに身を任せて、体が踊りたいようにしてやればいいんじゃよ」

どうやら退路はないようだ。観念し、俺は踊りの輪に向かった。リコリスの伸びやかな手が俺の腕を捕らえた。リズムに合わせて腕が上下し、足が踏みならされる。彼女の手から彼女の鼓動が伝わってくる。精神の高揚《こうよう》が流れ込んでくる。肌が汗ばみ、頭がクラクラしてきた。なのに気分がいい。酩《めい》酊《てい》するほど酒に酔ったことはないが、多分、それに似てるんじゃないだろうか。

次第に周囲が見えなくなり、太鼓の音しか耳に入らなくなる。向かい合う相手がくるくると代わっていく。一心不乱に踊る若い娘達は、いつにもまして光り輝いて見えた。それは命の輝きそのものだった。溢れる生命力が白い湯気となって、空へ昇っていくのが見えるようだった。

それは俺にも伝播《でんぱ》した。彼らのように踊ることは出来なかったが、リズムに合わせて足を踏みならした。血管の中を躍動感が駆け抜けてゆく。体が軽い。空だって飛べそうな気分だ。

出来るなら、そのままずっと踊り続けていたかった。けれど俺は機を見て輪を抜け出した。人々が陽気に歌い騒ぐ広場を離れ、一人でホーガンに戻る。

明かりをつける間もなく、ベッドの上にひっくり返った。目を閉じ、胸を押さえる。息が苦しい。肋骨《ろっこつ》の内側で心臓が暴れている。畜生、ちょっと動いただけでこれかよ。我ながら、脆弱《ぜいじゃく》な心臓が腹立たしい。

不意に、冷たいものが額に触れた。

はっとして目を開く。ベッドの傍にリグレットが立っていた。慌てて飛び起きようとする俺を制し、彼女は俺の額に手を当てたまま、無表情に言った。

「静かに」

俺は再び横になった。目を閉じると、脳裏に穏《おだ》やかに凪《な》いだ湖面が浮かんだ。乱れていた鼓動が、綺麗な波動を取り戻していく。

呼吸が楽になってきた。俺は目を開き、彼女を見上げた。

「ありがとう――もう大丈夫だ」

彼女の手が俺の額から離れる。俺は上半身を起こした。目眩がしたが、それでもなんとか持ちこたえた。

「いいのか？　歌姫が儀式を抜け出したりして？」

「よくないだろうな」淡々とした声で彼女は答えた。「すぐに戻らねばならない。だからアザゼル、私と踊ってくれ」

何を言われたのか、一瞬理解出来なかった。言葉もなく彼女を見つめる俺に、リグレットは無表情に繰り返した。

「私と踊ってくれ、アザゼル」

彼女は首長《チーフ》の娘でラピス族の歌姫。ラピス族全員に敬愛されている。よりにもよってこの俺がダンスの相手なんかを務めたら、ペルグリンのように俺のことを良く思わない連中に何を言われるか、わかったもんじゃない。

断るべきだと思った。なのに俺の口は、あっさりとそれを裏切った。

「俺なんかで、いいのか？」

彼女は頷いた。

「私の魂にはサストがある。幼い頃、母を殺した時、私の魂にはヒビが入ってしまった。それからというもの、私は何も感じない。涙や笑いがどういうものだったのかも忘れてしまった。今では自分が生きているのか、死んでいるのかさえわからない」

恐ろしい告白。それでも彼女の無表情は変わらない。

「なのにお前を見ていると、胸の奥にさざ波が立つ。今夜、娘達と踊るお前を見て、足が震えた」

リグレットは俺に手を差し出した。

「これは何なのか。私は知りたい」

俺はその手を見つめ、彼女の顔を見上げた。

「お前の傍にいると鼓動が速くなる。なぜなのか、俺も知りたい」

リグレットの手を取り、立ち上がった。足がふらつく。体を支えようとして、俺は意図せず、彼女を抱きすくめていた。

心の底に波紋が広がった。心を震わせる悲しい和音。まるで音叉《おんさ》のように、俺と彼女の感情が共鳴する。

それは孤独。大切なものを失《な》くした悲しみ。

「そうか」

彼女は手を回し、ぎゅっと俺を抱きしめた。

「お前も、そうだったのか」

腕の中に彼女の温《ぬく》もりを感じる。空っぽだった胸腔に懐かしく温かいものが流れ込んでくる。

今まで感じたことのない安らぎを覚えた。いつまでもこうしていたいと思った。

ゴートの言う通りだった。湖畔に立つ彼女を見たあの時――俺は、彼女に恋していたのだ。

3

その夜、アンガスは石積みに腰掛けて、ヘザーが来るのを待っていた。夜もかなり更けた頃、丘を越えてくるカンテラの明かりが見えた。

「どうやら一人らしいですよ」

アンガスが言うと、姫はフンと鼻を鳴らした。石垣の上に置かれている『本』。そこから姫は高飛車に言った。

「『本』は開いたままにしておけ。何が起こるかわからん。油断するな」

言い返したかったが、アンガスは何も言わなかった。ヘザーが小走りに駆け寄ってくる。

「待たせてごめんなさい。家族が寝るのを待ってたら遅くなっちゃって」

彼女はアンガスにバスケットを差し出した。

「お詫《わ》びに、これ」

彼はそれを受け取った。中に入っていたのは、胚芽《はいが》パンのスモークチキンサンドだった。

「うわ、ありがとう！　お腹すいてたんだ」

素直に喜ぶアンガスを見て、ヘザーはくすぐったそうに笑った。「コーヒーもあるのよ？」

彼女はバスケットから蓋《ふた》付きポットを取りだし、二つのカップにコーヒーを注いだ。その一方をアンガスに手渡し、自分も石積みに腰を下ろす。

「私、ずっとアンガスに謝りたかったの」

「……え？」

「あのスタンプのこと。私の父親、朝起きるの早いのよ。だから真っ先にあれを見つけて、カンカンに怒り出しちゃって。止める間もなく、ダネルおじさんにネジ込みに行っちゃったの」

そこで少し間を置いて、ヘザーは上目遣いにアンガスを見た。

「ごめんね――許してくれる？」

「僕の方こそ迷惑かけて、ごめん」

「ううん、私は気にしてないから」

「何が気にしてないだ。厚顔無恥な女だな」

不満げな姫の唸り声が聞こえたが、ヘザーには聞こえていない。アンガスもそれを無視した。

「聞かせてくれる？　母に何が起こったのかを？」

ヘザーは頷き、両手でカップを包むようにして口元に運んだ。

「『忘れ病』にかかると記憶を失っていくの。最初は些細《ささい》なことばかりだけど、病気が進行すると大事な記憶も抜け落ちていくの。たとえば親戚の名前とか、食べ物の名前とか。ホリーおばさんの場合、突然、布の織り方がわからないって泣き出して――」

父と結婚し、このモルスラズリに来て二十三年。ホリーは模様織りの名人として尊敬を集めてきた。その彼女が織り方を忘れるとは尋常なことではない。

「それからアンガスや――ケヴィンのことも忘れてしまって、今ではダネルおじさんさえわからなくなっちゃってるの。でもね、本当に怖いのは記憶をなくすことじゃない。忘れ病にかかった人は、激しい腹痛を訴えるようになるの。時々おばさんも痛い痛いって、お腹を押さえて泣き叫ぶわ」

ヘザーはぶるっと体を震わせた。アンガスは一瞬迷ったが、コートを脱いで彼女の肩にかけてやった。

「ありがとう」嬉しそうに言った後、ヘザーは顔をしかめた。「でもこのコート、ちょっと臭い」

「あ――ごめん」

「冗談よ」ヘザーは笑った。「とてもあったかいわ」

サンドイッチを食べ終え、膝の上のパンくずを払ってから、アンガスは尋ねた。

「母の他にも、忘れ病にかかった人はいるの？」

「ええ、私が知っているだけでも五十人近く。病状が悪化して、亡くなった方も数人いるわ」

「病気が流行《はや》りだしたのはいつ頃？」

「半年ぐらい前……だったかしら」

「それと同時に何か変わったことはなかったかな？　町に新しい井戸が出来たとか？」

「う〜ん」

ヘザーは小首を傾げて考え込んだ。丸い目がきょろきょろと動く。まるでウサギのようだ。

「そうだ」とヘザーは手を打った。「燃料を泥炭《でいたん》に替えたのよ。それまでは毎週、乾燥サボテンを買ってたんだけどね。エンド川の上流に泥炭が採れる場所が見つかったとかで、半年ぐらい前から、それを使うようになったの」

「その泥炭が採れる場所って、どこ？」

「知らないの」ヘザーは頭を横に振った。「泥炭を掘りに行くのは男衆の役目で、それ以外の者に場所は明かされていないのよ。大切な資源だから、モルスラズリ以外の者に場所を知られたくないって」

「今度、それを掘りに行くのはいつ？」

「月の頭に入れ替えたばかりだから、あと一ヵ月は燃え続けるはずよ」

「一ヵ月？　そんなに持つの？」

「ええ、信じられないくらい長持ちするの」

ヘザーは悪戯《いたずら》っぽく肩をすくめた。

「難点は……ちょっと臭うことかしらね？」

口元に手を当て、アンガスは考え込んだ。ヘザーは何の疑問も抱いていないようだが、常識的に考えて一ヵ月も燃え続ける泥炭などありえない。染色所の釜《かま》で燃やされているのはもっと別の、未知なるものだ。

肩に、ふと重みが加わった。ヘザーが体を寄せ、彼の肩に頭をのせたのだ。彼女の髪からは花の匂いがした。心臓がドキドキし、考えに集中出来ない。肩にかかる彼女の重さばかり意識してしまう。

「アンガスは昔からとっても物知りだったよね。貴方なら忘れ病を防ぐ方法も知ってるんじゃない？」

「え、いや、だって原因もわからないし……今はまだ、何とも言えないよ」

彼がそう言うと、ヘザーはがっかりしたように体を起こした。アンガスは急いで言葉を付け足す。

「でも――調べてみるよ」

「予防法を見つけてくれるの？」

ヘザーは立ち上がり、真剣な顔で彼を見つめた。それにつられて、アンガスも石積みから腰を上げる。

「もちろん、僕に出来ることはしてみるつもりだよ。母をこのままにしてはおけないし――」

「お願いよ、アンガス」

ヘザーはアンガスに抱きついた。その肩からアンガスのコートがはらりと落ちる。

「私、怖いの。フォンス村から来た人が言ってた。忘れ病で村人の半分以上が死んで、村が維持出来なくなったって。きっと次はこのモルスラズリの番。私、あんな風に記憶を失っていくのはいや。あんな風に苦しむのはいや！」

「ヘザー……」アンガスは彼女の肩に両手を置いて、そっと引き離した。「忘れ病を治せるかどうかはわからないけど、病気の蔓延《まんえん》を防ぐことは出来ると思う。だから、怖がらなくていいよ」

「――本当ね？」

ヘザーは目元を拭って、少しだけ微笑んだ。

「アンガスなら、そう言ってくれると思ってたわ」

アンガスは空のバスケットを拾い上げ、それにポットとカップを戻すとヘザーに持たせた。

「もう遅い。今夜は戻ったほうがいい」

「うん」素直に頷き、ヘザーは今一度アンガスを見上げた。「貴方のこと……信じていいのね？」

アンガスはそれには答えず、丘の方を指さした。

「さあ、もう行って」

促《うなが》されるままにヘザーは歩き出し、数歩行ったところで振り返った。「私——信じてるから」

アンガスは右手を上げてみせた。

「おやすみ、ヘザー」

彼女はカンテラを掲げ、斜面を登っていった。その明かりが丘の向こうに見えなくなってから、アンガスは石積みを振り返った。開かれた『本』の上で、姫が難しい顔をしたまま腕を組んでいる。

「何か言いたそうですね？」

「言いたいことはたくさんある」憮然《ぶぜん》として姫は答えた。「だがお前にもわかっているようなので、追い打ちをかけるのはやめておく」

その言葉に、アンガスは苦笑いした。

「嘘泣《うそな》き——でしたね」

「セラの涙に較べたら、説得力は皆無だな」

「なんでセラが出てくるんです。セラは関係ないじゃないですか」

「そうか？」涼しげな顔で姫はアンガスを見た。「どうしたアンガス。顔が赤いぞ？」

「この暗さで顔色までわかってたまりますか」

「ふん……まぁいい」

姫は愉快そうに笑った。

「その元気があれば、大丈夫だな」

「心配して貰えるのは嬉しいですけど……」アンガスは肩をすくめてみせた。「出来ればもっと優しい言葉をかけてください」

「優しい言葉は安売りするものではない」

「はいはい」

「『はい』は一度でいい」

アンガスはくすっと笑った。ヘザーの肩から落ちたコートを拾い上げ、埃を払ってから腕を通した。

「どこから行く？」と姫が問う。

「もちろん染色所から」とアンガスは答えた。「燃やしても燃やしても燃え尽きることのない泥炭。まずはその正体を確かめに行きます」


アンガスと姫はモルスラズリに戻った。町の西側、作業区にある染色所に向かう。時刻は真夜中近い。朝早い町の住人達はすっかり寝静まっている。

染色所の建物、その扉には鍵がかかっていた。

「厳重だな」と姫が言った。「自分達の家に鍵はないのに、染色所は鍵付きか？」

「染色所には染色泥が寝かせてありますから」

アンガスは『本』を地面に置いた。襟から針金を引き抜く。それを見て、姫は眉を寄せた。

「嘆かわしいな。フリークスクリフを壊滅させ、あのエヴァグリンに『協力を惜しまない』とまで言わしめた英雄が泥棒の真似か？」

「フリークスクリフを壊滅させたのは僕じゃなくて姫でしょう？」言い返してから、彼は鍵穴《かぎあな》に針金を差し込んだ。「それに何かを盗もうというわけじゃない。見せて貰うだけです」

姫は周囲を用心深く見回した。

「染色泥というのはそんなに大切な物なのか？」

「ええ。インディゴの葉から煮出した色素は、そのままでは水に溶けないんです。だからいったん水につけて乾燥させた後、灰汁《あく》を加えて自然発酵させます。これが染色泥と呼ばれるもので、すべてのインディゴ綿はこれによって染められているんです。言うなれば染色の命ですね。ゆえに染色を行うどこの町村でも染色泥は門外不出。余所者が盗もうとしたら袋叩《ふくろだた》きにされますよ」

「お前は余所者じゃないだろう？」

「そうですが……」アンガスは苦笑する。「いっそ余所者だった方がよかったかもしれません。侵入したのが僕だと知れたら、バラバラにされて炉で燃やされかねない」

ピーンという音がして、鍵が開いた。

「さ、行きましょう」

アンガスは『本』を拾い上げた。横開きの扉をそっと開く。

「う……く、臭っ……！」

生乾きの雑巾《ぞうきん》と腐った魚を煮詰めたような強烈な悪臭。あまりに臭くて涙が出てくる。彼は砂避け布で鼻と口を覆った。それでなんとか息は出来るようになったが、大きく息を吸うと吐きそうになる。

「そんなに臭いのか？」

「臭いなんてもんじゃないです。早いとこ調べ物をして、ここを出ましょう」

「私は平気だが？」

「姫は平気でも僕が死にます」

染色所は暗く、足下もよくわからない。アンガスは壁に吊るしてあったカンテラに火をつけた。見つかる危険は高まるが、暗闇の中では身動きが取れない。

建物の中心には大きな八つの炉が据えられている。炉の上には貯水タンクがあった。タンクからは幾重にもパイプが伸び、それぞれの大鍋《おおなべ》に繋がっている。炉で燃料を焚くと水蒸気が発生し、それはパイプを通って二重構造の鍋に到達する。鍋全体を熱くすることで、染料のムラを防ぐ仕組みだ。

アンガスは炉の前に立ち、鉄製のペダルを踏んだ。燃料を投げ入れるための蓋がパカッと開く。

途端——ものすごい臭気が襲ってきた。

アンガスはペダルから足を離し、脱兎《だっと》のごとく炉から離れた。壁際に逃れ、ゼイゼイと息をつく。

「ここまで臭いとニオイも暴力だ」

「炉の中を見たか?」と姫が言う。「泥炭でも燃石でもない黒い塊《かたまり》が転がっていたぞ。あれは何だ?」

「見てないのでわかりません」

「では、もう一度だ」

うう……と呻き、アンガスは渋々、炉の傍に戻った。今度は息を止めてから、用心深くペダルを踏む。

カンテラをかざす。炉の中には黒い塊が数個転がっている。みんな同じような大きさで、のっぺりとした歪《いびつ》な三角形をしていた。

息が続かなくなり、アンガスはいったん壁際まで待避した。

「何でしょう、あれは?」

「眺めただけではわからん」

「ということは……僕にあれを触れと?」

「嫌なのか？」

「喜んで触るヤツはいないと思いますよ？」

「では、もっと嫌なことを教えてやろう」姫は厳しい表情でアンガスを見上げた。「あれからは文字《スペル》の気配がする。お前の母親からしたのと同じ気配だ」

アンガスはぐっと顎を引いた。

「嫌な符合ですね」

「まったくだ」

「仕方がない」

アンガスは鼻と口を覆った布を、もう一度しっかりと巻き直した。浅い呼吸をして息を整え、小走りに炉に近づくと、床にカンテラを置き、グンとペダルを踏みこむ。

蓋が開く。間髪入れずに身をかがめ、右手を伸ばし、一番手前にあった黒い塊を摑んだ。ぐにゃりとした手応《てごた》え。想像したよりずっと柔らかい。摑み出そうとして力を入れると、ぐにゅっと指が喰いこんだ。指と指の間にじわりと黒い液体がしみ出てくる。

その瞬間、黒い塊の正体がわかった。

全身が総毛立った。アンガスは弾かれたように立ち上がると、身を翻して扉に向かう。

「アンガス――おい待て、どこへ行く！」

左手に抱えた『本』から姫の叫び声が聞こえる。彼はそれを無視し、外へと飛び出した。鍵もかけず、扉も開けたまま、つんのめりそうな勢いで走り出す。目指したのはエンド川だった。今の季節は水量も少なく、流れも穏やかだ。

アンガスは『本』を川岸に投げ出した。ザブザブと川の中に駆け込み、手を洗う。

「畜生……畜生、畜生、畜生……ッ！」

呪詛《じゅそ》のように呻く。いくら洗っても、あれを掴んだ不気味な感覚が消えない。アンガスは必死になって両手を擦り合わせた。

「おい、そのへんにしておけ！」

川辺から姫の声が聞こえる。

「川から上がれ。こっちに来い、アンガス！」

アンガスはのろのろと岸に戻った。その服はずぶ濡《ぬ》れで、髪からも水が滴《したた》っている。

「大丈夫か？」

姫の問いに、アンガスは無言で頷いた。

「あれが何なのか、お前にはわかったのだな？」

アンガスは再び頷く。

「何なのだ、あれは？」

「あれは――肝臓です」

「……カンゾウ？」

「人の腹の中にある、重要な臓器の一つです」

腐った肉を掴んだ感覚が蘇り、アンガスはコートに右手をこすりつけた。

「あれは忘れ病で亡くなった人の肝臓なんだと思います。エンド川の上流で男達が掘っていたのは、泥炭ではなく、流行病で亡くなった人の墓だったんですよ」

「そんな馬鹿な」さすがの姫も一瞬怯《ひる》んだ。「墓を暴き、死者を冒瀆《ぼうとく》し、そのカンゾウとやらを燃料として持ち帰ったというのか？」

「行きましょう」

アンガスは濡れたままの手で『本』を摑んだ。

「フォンス村に行ってみれば、答えは出ます」

4

聖域にはなく、地上にはある素晴らしいもの。

労働、糧《かて》を得る喜び、それに自由。季節の移り変わりもその一つだ。

実りの月を迎え、ラピス族はトウモロコシの収穫にとりかかった。刈り入れたトウモロコシの皮を剝き、紐《ひも》で束ね、ホーガンの天井から吊るす。普段は布を織ったり、籠を編んだり、狩りに出かけたりする者達も、この時期だけは総出で刈り入れにあたった。かくいう俺も畑に出向き、石のナイフを振るった。

そんなある日。腹を空かせて畑から戻ると、村では事件が発生していた。

「ヤギの頭数が足りないの」

彼らにとってヤギは貴重な財産だ。その一頭一頭が、冬を無事に乗り越えるための命綱なのだ。

「クロウが捜しに行ってる」

食事係のリコリスが泣きそうな顔で言った。

「自分の責任だからって。必ず捜し出すからって」

トウモロコシの収穫には放牧係のウッドアームも参加していた。その間、クロウが放牧係の代役を買って出たのだ。俺としたことが油断した。あいつ、きっとヤギが見えなかったんだ。ヤギの頭を数えられないほど、目が悪くなっていたんだ。

「俺も捜しに行く」

ヤギでなくクロウが心配だった。日は西に傾き始めている。夜まで間がない。暗くなれば視界は悪化し、捜索はますます困難になる。

「オマエが行って何になる？」

そんな声に、俺はカッとなって振り返った。

声の主ペルグリンは、冷ややかな目で俺を見下ろしていた。「この時期、ヤギの放牧には丘を越え、思考渓谷《コギタティオ》まで行く。村の周辺しか歩いたことのないオマエが、闇雲に捜し回っても無駄だ」

言い返したかったが、今回ばかりは彼女が正しかった。大地は広い。それに較べたら人間なんて砂粒に等しい。

「クロウを捜してくれ」

俺は彼女に頭を下げた。こんなことをこの女に頼むのは悔《くや》しかったが、今は一刻を争う。

「頼む——彼を助けてくれ」

「言われるまでもない」

意外な言葉に、俺は顔を上げた。ペルグリンは俺に背を向けて歩き出す。彼女が向かったのはラピス族の首長《チーフ》ブラックホークのホーガンだった。俺達と同じくブラックホークも畑に出ていて、たった今、報告を聞いたばかりのようだった。ペルグリンや俺の他にも、事件を聞きつけた者達が彼のホーガンの周りに集まってきている。

「クロウがまだ戻らない」

そう言って、ブラックホークは周囲を見回した。

「夜の大地は獣達のもの。一刻も早くクロウを見つけ出し、連れ戻さねばならない」

賛同の声があがる。

それに頷き、ブラックホークは続けた。

「戦士達で五、六人の集団を作れ。丘から谷まで手分けして捜すのだ。手の空いているものは松明《たいまつ》を作れ。村の周りに火を焚いて目印にしろ。老人と子供はホーガンに帰り、大いなる意志にクロウの無事を祈れ」

彼は大きな両手を打ち合わせた。

「さあ、とりかかれ」

ラピス族は指示通りに動き始めた。

けれど俺は動けなかった。友人が生命の危機に立たされているのに、祈ることしか出来ない。それが悔しい。

俺は自分の首に触れた。精緻《せいち》な文様が刻まれた首輪。精神感応能力を妨げる首輪。これさえなければクロウを捜せる。どんなに大地が広くても、必ず見つけてみせるのに――

「――クソッ！」

首輪を摑み、力任せに引っ張った。そんなことをしても無駄なのはわかっていたが、それでも試さずにいられない。

「何をしている」

涼やかな声がした。目の前にリグレットが立っていた。周囲がいくら騒然としようとも、彼女の無表情に変化はない。

「それを外したいのか」と彼女は言った。「どうやったら外れるんだ」

「この首輪は罪人の証《あかし》。自分では外せない」

リグレットは俺の背後に回り込んだ。叩いたり、擦ったりするが、当然、首輪はびくともしない。

「誰がこんなものをお前につけたのだ」

「刻印に触れる四大天使だ」

「なにゆえに」

「俺が周囲に悪影響を及ぼさないようにだ」

「悪影響とは」

「自由になりたいと願った」

「自由を求めることは罪ではない」

リグレットは俺の正面に立ち、首輪に手を当てた。

「首輪よ、よく聞け。この者は罪人ではない。これ以上、彼を不当に拘束し続けることは私が許さぬ。この者を解放しろ。今すぐにだ」

馬鹿なことを——と思ったのも束《つか》の間《ま》。

喉元《のどもと》で、かちん……という音がした。

「わかってくれたようだ」

リグレットは外れた首輪を俺に差し出した。

驚く間もなく、人々の意識が奔流となって俺の頭に流れ込んできた。むせかえるような不安、恐れ、そして焦り。神経が焼き切れそうになり、俺は慌てて感覚を絞った。ここは騒がしすぎる。クロウを捜すには、もっと静かな場所に行く必要がある。

俺は首輪を指さし、言った。

「俺が戻るまで預かっておいてくれ」

「承知した」彼女は頷いた。「無事に戻れ」

彼女の言葉から不安を感じたような気がした。が、それを確かめている暇はない。俺は彼女に背を向けて、村の外へと急いだ。

丘の上に立った時、あたりはすっかり闇に包まれていた。今夜は大月《カリタス》の出が遅い。土の皿に載せた蠟燭では、自分の足下さえ照らせない。

俺は地面に胡座をかいた。背筋を伸ばし、目を閉じ、ゆっくりと感覚を開いていく。あちこちに命の息吹を感じる。草の中を流れる水脈の音。岩の周りを飛び跳ねるイワネズミ。俺を包む大気にも命が宿っている。この世界は生きている。比喩《ひゆ》ではなく本当に、世界は生きているのだ。

俺は感覚を遠くに延ばした。丘の向こう、竜舌蘭の群生、岩の陰、さらに広く、もっと遠くへ——岩場を走り抜ける獣の群れがいる。腹を空かせている。獲物を追ってる。狙われているのはヤギだろうか。捕まったら喰われる。恐怖に駆られて逃げる、逃げる、岩場の隙間に転げ込む。獣達の爪がせまる。生臭い吐息と、ぞろりと並んだ白い牙《きば》。獰猛《どうもう》な唸り声。怖い、怖い、怖い——誰か、助けて！

俺は目を開いた。これは人間の思考だ。

立ち上がると同時に、村から戦士達が松明を掲げて出てくるのが見えた。彼らは幾つかの班に分かれ、それぞれの捜索場所へと散っていく。その一つが俺のいる丘の方へとやってきた。先頭に立っているのは——運の悪いことにペルグリンだった。

俺は蠟燭を振り、彼らに向かって叫んだ。

「見つけたぞ！　このずっと先にある岩場だ！」

ペルグリンは五人の屈強な戦士を従え、俺の所へとやってくる。

「岩場にいるとなぜわかる？」

「俺は遠くにいる者の意識を捉えることが出来る。今、クロウの意識を見つけた。獣の群れに追われて、岩の隙間に逃げ込んでいる」

「それを信じろというのか？」

「言い争っている暇はない」

いっそ「黙ってついてこい」と暗示をかけてしまえば楽なんだろうが、それをやっては聖域の天使と同じだ。焦る気持ちを抑え、俺は彼女に呼びかけた。

「もし俺の言う場所にクロウがいなかったら、何でもお前の言う通りにしてやる。村を出ていけと言われればそれに従う。死ねと言うなら死んでやる。だから今は――今だけは俺を信じてくれ」

ペルグリンは忌々しそうに舌打ちをした。

「村に戻れ。日が落ちたらここも危険だ」

「俺も一緒に行く」

「オマエではオレ達の足についてこれん。帰れ」

「へバったら、そこに置いていけよ」俺はわざと挑戦的な口調で言った。「厄介者を排除する絶好の機会だろうが」

ペルグリンは答えず、もう一度舌打ちした。

彼女は短槍を脇《わき》に抱えて走り出した。予想以上のスピードだった。俺は懸命にそれを追った。けれど、まるで勝負にならない。彼女とそれに従う五人の戦士は、みるみるうちに遠ざかっていく。

「クソ……ッ」

丘を下り切ると、再び上りに転じる。早くも息が切れてきた。心臓が口から飛び出しそうだ。それでも俺は立ち止まらなかった。下草に足を取られ、よろめきながらも、なんとか丘を登り切る。

そして——そこで倒れた。

畜生、俺は友人の危機に駆けつけてやることも出来ないのか。悔しい。悔しい悔しい悔しい！

「大丈夫か、アザゼル？」

暗闇から、ぬうっと赤褐色の肌をした大男が現れる。ペルグリンとともに走り去ったはずの戦士ウォルロックだった。

「俺を……村まで送れと言われたのか？」息を切らし、俺は再び立ち上がった。「生憎《あいにく》だが……俺は……戻らねぇぞ」

ウォルロックは俺の腕を摑んだ。かと思うと、俺の体を軽々と肩に担ぎ上げる。抵抗しようとしたが——やめた。無駄だと悟ったからじゃない。彼の意志がわかったからだ。ウォルロックはペルグリンに、「俺を担いで連れてこい」と命じられていたのだ。

「しっかりつかまっていろ」

一言忠告して、ウォルロックは走り出した。巨体にもかかわらず飛ぶように走る。あたりは真っ暗で何も見えない。なのに彼の足には迷いがない。

まるで夜を切り裂く黒い風のように、ウォルロックは走った。

5

川に沿って、アンガスは夜通し歩いた。

途中、何度か立ち止まって川の水を飲んだ。それ以外はひたすら歩いた。

右手には肝臓を握った時の感触がまだ残っている。鼻の奥に悪臭が蘇り、吐き気がこみ上げてくる。そのせいだろうか。昨夜サンドイッチを食べて以来、何も口にしていないのに、空腹は感じなかった。

昼過ぎにはフォンス村に到着した。

村は無人だった。元々小さな村なのに、そこから大勢の死者を出し、村を維持出来なくなってしまったのだろう。生き残った者達も方々へ離散してしまったに違いない。

「当たりだ、アンガス」

姫が厳しい声で呼びかけた。

「この村、もしくはこの周辺に文字《スペル》がある」

「では、村が滅んだのは文字《スペル》のせい？」

「ああ、おそらくな」

アンガスは村の中を見回した。

「文字《スペル》の探索には時間がかかりそうですから、先に墓地に行きましょう」

「その前に少し休め。物も食べず休息も取らないのでは、お前の体が持たない」

「確認するまでは休んでなんかいられませんよ」

アンガスは村を横切った。

大小様々な岩がゴロゴロ転がっている悪路を登る。目の前に巨大なテーブルロックがそびえている。根元が風化して細くなっている。まるでキノコのような形をしている。

その足下にフォンス村の墓地はあった。予想していたとはいえ、その光景にアンガスは息を呑む。赤茶けた土の上には墓石が倒れ、数多《あまた》の白骨が散らばっていた。遺体を包むのに使われていたのだろう。青いシミがついた布切れが岩に引っかかり、乾いた風にはためいている。

何があったのかは一目瞭然《いちもくりょうぜん》だった。

「お前の仮説は立証されたな」

姫の言葉に、アンガスは近くの岩に座り込んだ。両手で頭を抱え、髪を掻きむしる。

「畜生、何が伝統だ！　こんなことをしなきゃ守れない伝統に、どんな価値があるというんだ！」

「気持ちはわかるが、嘆くだけでは何の解決にもならん。文字《スペル》も回収出来ず、病の人々も救えない」

姫はアンガスの膝の上から彼の顔を見上げる。

「考えろアンガス。遺体は白骨化しているのにカンゾウだけは腐らず残った。しかもそのカンゾウは燃やしても燃え尽きることがない。それはなぜだ？」

アンガスはバンダナの上から右目を押さえた。

「忘れ病患者からは文字《スペル》の気配がした。忘れ病患者の肝臓は持ち主が死んだ後も腐らなかった。これらを説明するのは一つだけ。忘れ病患者の肝臓には、文字《スペル》があるんだ」

「それはありえない」と姫は反論する。「文字《スペル》は四十六しか存在しない。患者のカンゾウすべてに文字《スペル》が書かれているはずがない」

「文字《スペル》を砕き、その欠片を飲ませたのかも」

そこでアンガスは首を横に振る。

「いや、砕くことは出来ない。文字《スペル》は決して壊れないいんだから」

彼は口元に手を当てて考え込んだ。

「一般的な流行病の場合、病原体が伝播し感染を広める。忘れ病の原因が文字《スペル》なのだとしたら、この文字《スペル》は病原体のように自己増殖する能力を持っているのかもしれない」

「それはアザゼルの受け売り知識か？　私にはよくわからんが、お前には理解出来るのか？」

「ええ――でも、証拠がない」彼は立ち上がり、右手に『本』を持ち直した。「ここで考えていても仕方がありません。とりあえずフォンス村に戻って、文字《スペル》を探しま――」

タ――ン！　という音が響いた。同時に足下の赤土がビシッとはぜる。銃撃だ。アンガスは緊張に身を強《こわ》ばらせた。

「動くな！」男の声がした。「何しに来やがった、このコソ泥め！」

右手に開いた『本』を持ったまま、アンガスは両手を肩の高さに上げた。

「怪しい者じゃありません」

ゆっくりと声の方を振り返る。

「忘れ病の発生原因を調べに来たんです」

「やかましい！」

声の主は三十半《なか》ばの男だった。服装は西部風だったが、髪は枯草色で目は茶色っぽい灰色だ。おそらく東部出身だろう。男は水平二連銃をかまえ直し、その銃口をアンガスに向けた。

「ここに近寄るな。とっとと出てけ！」

「僕は墓を荒らしに来たわけじゃありませ――」

「黙れ！　ドタマ、ブチ抜かれたいのか！」

まったくとりつく島もない。

「困ったな」

ここは姫に頼むべきかとアンガスが考えた時、どこかからヒュウヒュウという音が聞こえてきた。

遠雷かと思い、彼は空を見上げた。

しかし上空には雲一つない。

「まさか……？」

男が呟いた。銃をかまえることも忘れて空を仰ぐ。ヒュンヒュンと風を切る音がだんだん大きくなる。そしてついに、巨大なテーブルロックの裏側から音源が姿を現した。

アンガスは目を剝いて、それを凝視した。

錆《さ》び付いた枠組みで出来た胴体。座席は縦並びに二つ。その後ろには小さなプロペラ。下方向に突き出た前二本、後ろ一本のアームには、お情け程度の小さな車輪がついている。

形だけ見れば自走車《オートムーヴ》に似ていなくもない。

けれど、それは空を飛んでいた。

「回転翼機《ジャイロ》？」

アンガスは無意識に呟いた。胴体の上にある三枚の羽根が下から風を受けて自動回転し、揚力を発生させる。天使族の空飛ぶ機械だ。

「なんてこった！」

男は回転翼機《ジャイロ》を追って走り出した。よく見ると、機を操っているのは子供だった。必死に操縦桿《かん》を握り、ペダルを操作しているが、回転翼機《ジャイロ》はぐらつくばかりで安定しない。

「あれじゃ落ちる！」

回転翼機《ジャイロ》に目を向けたまま、アンガスは岩場を駆け下りた。先を走る男もそれを承知しているのだろう。大声で子供の名前を叫んでいる。アンガスは彼に追いつき、追い越した。

「エンジンを切れ！」

走りながら、上空に向かって叫んだ。

「滑空降下してもローターは風を受けて回り続ける！　失速せず着陸出来る！」

少年は頷いたようだった。唸りを上げていたエンジンが停止した。回転翼はゆるゆると回り続けていたが、回転翼機《ジャイロ》は徐々に高度を下げていく。ついに車輪が接地した。ガリガリと大地を削りながら前進を続けたかと思うと、ギギギ……と嫌な音を立てて鉄の筐体《きょうたい》が歪んだ。胴体が逆立ちし、地面に当たった回転翼がひしゃげ、破片が飛び散る。

「ジミー！」

男は大破した回転翼機《ジャイロ》に駆け寄った。操縦席を覗き込み、そこにいる子供の肩を揺さぶる。

「おい、ジミー。しっかりしろ！」

「早く運び出して！」軋みを上げている筐体を背中と右腕で支えながら、アンガスは叫んだ。「もう持たない、急いで！」

男は子供の体を操縦席から引きずり出した。二人が機から離れたのを確認し、アンガスも機体から手を離す。赤土の上を転がり、そのまま地に伏せる。

直後、反《そ》り返った回転翼機《ジャイロ》の筐体は大音響とともにへし折れた。

「うわ……」

今になって冷や汗が噴き出してくる。アンガスは地面に座り、右手で汗を拭った。『本』を抱え直し、よろよろと立ち上がる。

「ジミー、無事か？」

震える声で呼びかける男の腕の中から、少年がぴょんと起き上がった。十歳ぐらいだろうか。男と同じ、枯草色の髪と灰色の瞳を持っている。

少年はアンガスを見て、うひゃっと嬉しそうに笑った。アンガスに駆け寄り、その腰にびたーっと抱きつく。

「う、うわぁ……!」

アンガスは面喰《めんく》らってたたらを踏み、バランスを崩して尻餅《しりもち》をついた。けれど少年はかまうことなく彼にスリスリと頬ずりする。振りほどくわけにもいかず、アンガスは手足をばたつかせた。見かねた男が後ろから手を回し、少年を抱き上げた。少年は男の腕の中でニコニコ笑っている。アンガスに手を伸ばし、「あー」とか「うー」とか奇声を上げている。まるで赤ん坊のようだ。

「俺はピット・ケレット。これは息子のジミー。あんたは?」

「アンガスです」答えながら彼は立ち上がった。「アンガス・ケネスといいます」

「そうか……」

男はきまり悪そうに頭を掻いた。

「さっきは脅したりして悪かった。気が立ってたんだ。許してくれ」彼は深々と頭を下げた。「それと、ジミーを助けてくれてありがとう」

「いえ、そんな……僕は何もしてませんから」

「たいした礼も出来ねぇが、よかったら家で飯でも喰ってってくれ」

その誘いにアンガスが答える間もなく、

「きゃー!」

ジミーが歓声を上げた。少年は父親の腕から抜け出し、再びアンガスに抱きつき、彼にグリグリと頭をこすりつける。

「はいはい、わかったから。一緒に行くから」

アンガスは苦笑し、少年を引きはがした。

「そんなに押されたら、また転んじゃうよ」


ケレット親子の家は、フォンス村から少し離れた丘の上にあった。周囲に家はない。ぽつんとした一軒家だ。石と乾燥レンガで出来た家の裏側には厩舎がある。だが、そこにいたのは馬ではなかった。

「う……」

アンガスは思わず顔をしかめた。

厩舎に置かれていたのは自走車《オートムーヴ》だった。壁際に並んでいるのは飼い葉《かいば》でなくドラム缶だ。

「そいつは自走車《オートムーヴ》ってんだ」ピットは笑いながら、アンガスの肩をドンと叩いた。「馬より速くて手間もかからねぇ。便利な乗り物さ」

「音と振動を除けばね」

「え？　何だって？」

「い、いえ。格好いいなぁって言ったんです」

「だろ？　こいつはお気に入りの一台なんだ」

ピットは愛おしそうに自走車《オートムーヴ》のボンネットを撫でた。「俺はハーパーの出なんだが、ここに来る前はミースエストで自走車《オートムーヴ》を作って暮らしててよ。ま、作るっていっても、遺跡から筐体を拾ってきて、組み直して、エンジンを載せるだけなんだが」

「なるほど――それにしてもすごい」

あの回転翼機《ジャイロ》。もう少し調整すれば本当に飛べそうだった。説明書も見本もないのにあそこまで補修するなんて、きっと腕のいい機械工なのだろう。

「さ、遠慮はナシだ。入った入った」

木の扉を開いて家の中に入ると、そこは暖炉のある居間になっていた。木製のテーブルと椅子、正面には西部伝統の模様織りが飾られている。

「そのへんに座っててくれ」

勧められるまま、アンガスは椅子に腰掛けた。ジミーは「ぶーん」と言いながら、両手を広げて走り回る。どうやら回転翼機《ジャイロ》の真似らしい。

「それにしても、なぜこんな辺鄙《へんぴ》な土地に家を？」

「辺鄙ってほどでもないが……」

ピットは苦笑し、暖炉に火を入れた。

「デイジーがフォンス村の出身でな。このあたりは広いし、いい風が吹くって聞いてたからさ」

「確かに回転翼機《ジャイロ》を飛ばすには絶好の条件ですけど……奥さんは反対しなかったんですか？」

ピットは暖炉に鍋をかけてから、首を傾げた。

「ジャイロって――何だ？」

「ジミーが乗ってた空飛ぶ機械のことですよ」

鍋を掻き回しながら、ピットは怪訝《けげん》そうな顔でアンガスを見た。

「ああ、ありゃ自走車《オートムーヴ》だ。錆び付いてもう動きゃしないから、しまい込んでたヤツだ。ジミーにも触るなよって、いつも言っていたんだが」

アンガスは笑った。冗談だと思ったのだ。

「普通、自走車《オートムーヴ》は空を飛びませんよ？」

「そりゃあ飛ばねぇさ」ピットも愉快そうに笑った。「今日壊れたヤツはヘッポコだったけどよ。裏の馬小屋に置いてあるヤツは、それこそ飛びそうなくらいに速いんだぜ？　今度乗っけてやるよ」

微妙に話が嚙《か》み合《あ》わない。ピットは本当に「あれは自走車《オートムーヴ》だ」と信じているようだ。

背筋がぞくりとした。これは記憶の改竄《かいざん》だ。忘れ病の原因である文字《スペル》。記憶を喰う文字《スペル》。それは、この近くにある。

「デイジーがいてくれりゃあ、もっとマシなモン喰わせてやれたんだがな」ピットは手作りのシチューを皿によそった。「半年前に忘れ病で逝っちまってな」

「そう……だったんですか」

「ま、そんな顔すんな」

ピットは無理やり笑顔を浮かべてみせた。走り回っているジミーを捕まえ、椅子に座らせる。

「コイツの面倒見るので手いっぱいでさ。悲しんでる暇はねぇよ」

ジミーにスプーンを持たせてから、彼はアンガスを振り返った。

「さ、喰ってくれ。おかわりもあるぞ？」

トウモロコシのパンをシチューに浸して食べながら、アンガスは考えた。おそらくデイジーも、あの墓地に眠っているのだろう。だからこそ彼は墓荒らし達が許せなかったのだ。

そこで、ふと違和感を覚えた。だったらなぜ彼は「何しに来やがった」だなんて、当たり前のことを訊いたのだろう？

食事を終え、後片付けをすませると、あたりはもう暗くなりかけていた。ピットはアンガスに泊まっていくように勧めた。アンガスはありがたく、それに応じることにした。

ピットは暖炉の前に毛皮を敷き、簡単な寝床を作ってくれた。ジミーはキャッキャッとはしゃいで、毛皮の上をゴロゴロと転がり回っている。

「ここで寝る？」と問いかけると、ジミーはクスクスと笑った。

「それじゃ――」アンガスは『本』を開いた。「姫に子守歌を歌って貰おうね？」

「私が？」

突然の指名に、姫は珍しくうろたえた。

「私が歌っても、この子には聞こえないだろう？」

「それを試してみたいんです」

アンガスは『本』を膝の上に広げた。ジミーはうつぶせになると、じっと『本』を見つめる。

「お前、私が見えるのか？」

姫が尋ねた。しかしジミーはきょとんとしている。

「いいだろう。心して聴くがいい」

そう宣言して、姫は子守歌を歌い始めた。優しく穏やかな声が、暖かい毛布のように眠りへと誘う。

ジミーの瞼が落ちた。ことんと横になり、アンガスの膝に頭をのせたままスースーと寝息を立て始める。姫は『本』から身を乗り出し、その寝顔を覗き込んだ。

「かわいいな」と呟いてから、彼女は複雑な表情でアンガスを見上げた。「どうやらこの子には私が見えているし、声も聞こえているようだぞ？」

ジミーは文字《スペル》に触れたことがあるのだ。

アンガスは暖炉に薪を足しているピットの後ろ姿を見つめた。

「おや、そんなとこで寝ちまったか？」

ピットはジミーを揺り起こそうとした。

「あ、よければこのままで」

アンガスはそれを制止した。これからする話はジミーには聞かせたくない。

「少しお話を伺ってもいいですか？」

「ああ――」

ピットは暖炉の傍に木の椅子を持ってきて、それに座った。暖炉の火を使い、煙草に火をつける。この地方では一般的な銘柄《めいがら》『ハーヴェスト』だった。

「ジミーはいくつですか？」

「今年で十歳になるよ。中身は赤ん坊だけどな」

「いつからです？」とアンガスは問いかけた。「生まれつき……ではないでしょう？」

「わかるのか？」

男は沈痛な面持ちでジミーを見つめた。

「半年くらい前だ。フォンス村で遊んでいて事故にあったんだ」

「何があったのか、聞かせて貰えませんか？」

ピットは渋《しぶ》い顔をした。あまり思い出したくないようだった。

「子供っていうのは難しいよな。ダメだと言うと、余計にやりたがる。自走車《オートムーヴ》だって、いじっちゃいけねぇっていつも言ってたんだが――結局はあの始末だろ？」

ピットはため息に乗せて煙を吐き出した。

「デイジーが死んで間もない頃、コイツはフォンス村の染色所に潜り込んだんだ。近寄っちゃいけねえって常々言われていたから、余計に入りたくなっちまったんだろうな。ま、それだけならまだよかったんだが――」

　ピットは煙草を暖炉に投げ捨てた。

「ジミーは誤って釜に落ちたんだ。村人がすぐに助け出してくれたが、その時にはもう様子がおかしかったらしい。それ以来、ずっとこの調子だ。言葉も忘れ、すっかり赤ん坊に戻っちまった」

「ピットさん」

　アンガスは彼に向き直った。

「ジミーは本当に染色釜に落ちたんですか？」

　ピットはぎょっとしたように身を引いた。

「え？　な、なんでだ？」

「染色を行う村にとって、染色泥は門外不出の貴重品です。どこの村でも必ず染色所には鍵をかけます。そこにジミーが入れたとは思えない」

「そ、それは――」

「大切なことなんです。本当のことを教えてください。ジミーはどこで記憶をなくしたんですか？」

　ピットは答えない。暖炉の炎が苦しげに歪んだ横顔を浮き上がらせる。彼は新しい煙草に火をつけた。その先端が、かすかに震えている。

　口を開こうとしない彼に向かい、アンガスはさらに問いかけた。

「フォンス村ではインディゴ草の代わりに、何か別の染料を使っていたのではありませんか？」

　ピットは驚いたように目を見張った。

「なんでお前、それを知ってるんだ？」

やはりそうなのだ。

これですべて合点《がてん》がいく。

ここ一帯は砂漠化が進み、インディゴ草が採れなくなっていたのだ。そこで彼らは代替の染料を探した。彼らが何を見つけたのかはわからない。けれどその代替染料には文字《スペル》が刻まれていた。そして文字《スペル》は染料を媒介にして人々に疫病《えきびょう》を広めた。

「ジミーはその代替染料の採れる場所に行って、記憶を失ったんですね」

「訊かねぇでくれ」ピットは頭を抱えた。「思い出したくねぇんだよ！」

「でも忘れ病の原因はその代替染料なんです。このまま放置したら忘れ病は世界中に蔓延してしまいます。僕はそれを防ぎたいんです」

アンガスは語気を強めた。

「お願いします。協力してください！」

震える唇の端から煙草が落ちた。ピットは両手で顔を覆い、低い声で呟いた。

「いまさら伝染防いだって、デイジーは戻ってこねぇ……」

この家の壁に飾ってある伝統的な模様織り。あれはデイジーが織ったものだ。デイジーはフォンス村の出身――フォンス村でインディゴ綿を織り、そこで忘れ病に感染したのだ。

「俺にはもうジミーしかいねぇんだ。こいつを守るためなら、俺は何だってする」

「ピットさん……」

「どうしてもっと早く来てくれなかったんだよ！」

彼は椅子から立ち上がった。怒りに満ちた目でアンガスを睨みつける。

「デイジーが死ぬ前に、ジミーがこんなんなっちまう前に、どうして助けに来てくれなかったたんだ！」

父親の大声にジミーが目を覚ました。起き上がり、くすんくすんと泣き声を上げる。

「ごめんね……」

アンガスはジミーの背中を撫でた。その手から奪い取るようにして、ピットはジミーを抱き上げた。

「話は終わりだ」

短く言い残し、親子は寝室へと消えていった。

後に残されたアンガスは自分の手を見つめた。ジミーの温もりがまだ残っている。

「僕が躊躇《ちゅうちょ》していたせいだ」

右手を握りしめ、額に押し当てる。

「あと半年早くここに来ていたら、デイジーさんもジミーの記憶も救えていたかもしれないのに」

そんなアンガスに向かい、姫は言った。

「来たのが今でなく一年後だったら？　あの親子は忘れ病に感染し、死んでいただろう」

彼女は閉ざされた扉を見て、再びアンガスに目を戻した。

「でも私達は今ここにいる。あの親子を救うことが出来る。私達は間に合ったのだ——違うか？」

「…………」

「失ったものを憂《うれ》えるよりも、まだ救えるもののことを考えろ」

アンガスは頷いた。歯を喰いしばり、嗚咽《おえつ》を喉の奥で殺しながら——何度も何度も頷いた。

6

西の地平に大月《カリタス》が顔を出した頃。俺を背負ったウォルロックは、先行していたペルグリン達に追いついた。より正確に言えば、彼女達が渓谷の入り口で俺達を待っていたのだ。思考渓谷《コギタティオ》とその背後に連なる不安定山脈《アンスタビリス》は、月の光に照らされ、青黒く不気味な姿を晒している。

俺はウォルロックに「下ろしてくれ」と言ったが、ペルグリンがそれを許さなかった。当然、ウォルロックは彼女の指示を優先させた。

「渓谷はオオカミの縄張りだ。ここに入ったら、オレ達もエサと見なされる」

ペルグリンは厳しい眼差《まなざ》しで俺を見た。

「オマエにその覚悟はあるか？」

「ここまで来て引き返す馬鹿がいるかよ」ウォルロックの背中から、俺は渓谷の奥を指さした。「あっちだ。まだ生きてる。急げ！」

ペルグリンは無言で背を向けた。戦士達が走り出す。足場の悪さもものともしない。ウォルロックが最後尾を行き、俺はその背中から指示を出した。

「この岩場の向こう側だ。気をつけろ。オオカミがいるぞ」

オオカミは肉食の野生動物で、ほとんどの場合、複数で行動する。一番強い個体がボスとなり、群れを率いる。とても賢く強く、恐ろしい動物だ。

この知識はここに来るまでの間にウォルロックの頭から拝借した。勝手に頭の中を覗くのは礼儀に反するが、緊急事態だ。許して貰おう。

戦士達は岩場を登った。さすがに息を切らしていた。褐色の肌には玉のような汗が浮いている。岩場の頂点に到達し、彼らはその場で足を止めた。

眼下には砂礫《されき》の斜面が広がっていた。所々に岩が頭を突き出している。その一つを黒い獣が取り囲んでいた。オオカミだ。俺よりも大きい。それが十五……いや二十頭はいる。張り出した岩の下に向かい、唸り声を上げている。砂礫を掘り起こし、出来た隙間に頭を押し込み、潜んだ獲物を引きずり出そうとしている。

「あそこだ」

俺はウォルロックの背中を叩いた。彼は立ち止まったまま動こうとしない。指示を仰ぐように、じっとペルグリンを見つめている。

「数が多すぎる。オレ達だけでは歯が立たない」

呻くようにペルグリンは言った。

「クロウのことは諦めろ。運がなかったのだ」

今までの俺なら、彼女の言葉に憤慨しただろう。弟を見殺しにするのかと、彼女を罵っていただろう。だが今の俺は首輪をしていない。放散される彼女の怒りに、苦悩と悲しみが織り込まれているのを感じることが出来る。

「下ろしてくれ」

俺はウォルロックに言った。心の中で謝りながら、暗示を言葉に乗せた。

「俺を地面に下ろすんだ」

ぎくしゃくとウォルロックは膝をつき、俺は地面に立った。歩き出そうとすると、ペルグリンが立ち塞《ふさ》がった。

「馬鹿な真似はするな。行けばオマエも死ぬ」

俺は彼女を見上げた。ペルグリンの心から悲鳴が聞こえる。クロウを助けたい。獣達を蹴散《けち》らし、今すぐあの岩に駆け寄りたい。だが自分が切り込めば、仲間達もついてくる。彼らを巻き添えには出来ない。クロウの命は諦めなければいけない。身を切るような思いで、決断した彼女の本心が見える。

「俺に策がある。お前達はここで待機しててくれ」

そこで俺は笑ってみせた。

「心配するな。必ずクロウを連れて戻ってくる」

一瞬、ペルグリンの気持ちが揺らいだ。その隙に俺は彼女の脇をすり抜け、斜面を下った。俺に気づいたオオカミ達がこちらに向かって走ってくる。白い牙、爛々《らんらん》と光る黄色い眼、ムッとするような腐敗臭。怖いと思ったら負けだ。暗示が野生動物にも利くのかどうか、わからないが試してみる価値はある。俺は両目に力を込めて奴らを睨んだ。

得体の知れない化け物。一瞬にして百の命を奪い去る恐ろしい化け物。それが俺だ。恐れ、平伏《ひれふ》し、牙を収めろ。

――俺に従え！

飛びかかろうとしていた一頭が、甲高い声を上げて退いた。群れがぐるりと俺を取り囲む。頭を下げ、牙を剥き出し、低く唸ってはいるものの、襲ってはこない。俺は思念で彼らを制しながら、クロウが隠れている岩に向かった。

少しでも怯《おび》えた様子をみせたら、奴らはいっせいに飛びかかってくるだろう。俺は焦らず、ゆっくり歩いた。オオカミ達は俺を取り巻き、少しずつ間を詰めてくる。ようやく岩に到着した俺は、オオカミを睨んだまま呼びかけた。

「無事か。クロウ」

生きている気配はする。でも返答はない。

「クロウ、俺だ。アザゼルだ。返事をしろ」

「――ア……アザゼル？」

掠《かす》れた声が答えた。気を抜かないよう集中しながら、俺は呼びかけた。

「怪我は？　一人で立てるか？」

「なんとか、大丈夫」

「じゃ出てこい。急がずに、ゆっくりとな」

背後で人の動く気配がする。岩の下、わずかな隙間から出てきたのはヤギの頭だった。オオカミ達の唸り声が大きくなる。前足の爪が岩盤を引っ掻く。その音にヤギが怯えて暴れ出す。

「コラコラ、じっとしろ」

クロウがヤギの首を押さえた。だが恐慌を起こしたヤギは暴れるばかりだ。それがオオカミ達の食欲を煽《あお》ったらしい。猛烈に腹を空かせた一頭が、俺に向かって飛びかかってくる。顔をかばって跳ね上げた左腕に、鋭い牙が喰い込んだ。

その瞬間、俺はオオカミの脳に死のイメージを叩《たた》き込《こ》んだ。心臓が止まりかけるたび、俺を引きずり込もうとする暗闇。オオカミは一瞬硬直した後、腕から離れた。大地に横たわり、だらりと四肢を弛緩《しかん》させる。死んだのか、それとも圧力《プレッシャー》に耐え切れずに気絶したのかはわからない。確かめている暇も、余裕もない。

「道を開けろ！」

オオカミに言葉が通じるとは思っていない。だがそれに乗せた思念は別だ。俺は正面にいるオオカミを睨んだ。

「死にたくなければ道を開けろ!」

オオカミ達が一歩二歩と後じさる。

周囲を威圧し、俺は歩き出した。ヤギを連れたクロウが続く。俺達を取り囲んだまま、オオカミ達はジリジリと移動する。夜気に入り混じる敵意と恐れ、怒りと戸惑い、空腹と死の恐怖。あまりの濃密さに息が詰まりそうになる。

その時——低く唸り続けるオオカミの群れを割って、一頭のオオカミが現れた。目を見張るほど大きい。俺よりも大きい他のオオカミでさえ、まるで小物に見えてくる。

そいつは恐れることなく、俺の目の前にやって来た。灰色の豊かな毛並み、理知的とさえいえそうな灰色の眼、堂々とした態度、気品さえ感じさせる動き。こんな状況なのに感嘆せずにはいられなかった。なんて美しい生き物だろう。間違いない。こいつがボスだ。いや、ボスというより闇の獣を統べる王だ。その方が相応しい。

オオカミ王はその鼻先をしゃくった。人のような動きだった。鼻先を下げ、グルル……と低い声で唸る。取引を持ちかけられているのだと直感した。

俺はクロウに人の言葉で呼びかけた。

「そのヤギはくれてやれ」

「イヤだ」クロウはヤギの首を抱きしめた。「せっかくここまで守り通したんだぞ!」

「ヤギを放せば俺とお前は見逃して貰える。だが断れば、全員が殺される」

クロウは呻いた。すすり泣きながらも両手を解く。怯えたヤギは頭を振って駆け出した。岩場をぴょんぴょんと跳ねていく。呪縛《じゅばく》から解き放たれたオオカミ達がそれを追いかけていく。オオカミ王は俺を一瞥した後、ゆっくりと背を向けた。その姿が渓谷の奥へと消えていく。

俺は安堵の息を吐いた。どっと冷や汗が噴き出してくる。ガクガクと膝が震え、立っていられない。

「クロウ――アザゼル――！」

砂礫の斜面をペルグリン達が滑《すべ》り降りてくる。

「大丈夫か？」

ウォルロックが俺を助け起こした。

大丈夫だと答えようとしたが舌が動かない。そんな俺を、彼は背負い上げた。下ってきた斜面を登り始める。それを半ばまで登った時、近くから獣の叫び声が聞こえた。

オオカミの牙に引き裂かれる恐怖。その恐ろしい感触を締め出すため、俺は目を閉じ、すべての感覚を閉ざした。

7

夜明け前、アンガスはピットの家を出た。

東の空は白々《しらじら》と明るくなってきていたが、空気はまだ肌を刺すように冷たい。

「本当に文字《スペル》のある場所がわかったのか？」

尋ねる姫の姿は、朝日に半分透けてみえた。

「もう教えてくれてもいいだろう。どこなんだ？」

「墓地です」アンガスは答えた。「ジミーは母親の墓参りに行って、文字《スペル》に触れたんだと思います」

吐く息が白い。墓地に向かう悪路を上りながら、アンガスは説明する。

「初めて会った時、ピットさんは『何しに来やがった』と言いました。もし彼が墓泥棒を警戒していたのだとしたら、この言葉は不自然じゃありませんか？　墓泥棒が墓地ですることなんて、たった一つしかないんですから」

「しかし、それだけでは根拠とするに足りん」

「ここは目的もなく住むには過酷な土地です。食料も燃料も確保が難しい。けれど彼らは食べる物にも困らず、薪も豊富に持っていた」

「誰かが援助している、と？　食料や燃料を与える代わりに、墓を見張らせていたというのか？」

アンガスは俯いた。認めたくなかった。けれど他に考えようがない。

「ピットさんは墓地の監視を強要されたんです。多分、モルスラズリの人々に」

姫は言葉にならない唸り声を上げる。

アンガスはさらに続けた。

「インディゴは赤褐色の染料です。それが空気に触れることにより酸化し、あの青を生む。代替染料もそれと同じだったんです。おそらく雨で岩盤から泥が溶け出し、遺体をくるんだ布にしみ込んだんでしょう。やがて泥は酸化し、泥水が滲《し》みた部分だけが青くなった」

彼は足を止めた。足下に掘り返された白骨が転がっている。それをくるんでいた布には青いシミが出来ていた。

「モルスラズリの人達が遺体から肝臓を奪ったのはついでにすぎない。彼らの本当の狙いは――この染料だったんですよ」

アンガスは目の前にそびえるテーブルロックを見上げた。地平に顔を出した太陽が、岩壁の頂点を赤く輝かせている。

「あとは……雨を降らせてみればわかります」

「それは私の役目だな」

姫は彼を見上げた。

「私をここに置いて、お前は離れて――」

「かまいません」とアンガスは遮った。「水浴びしたい気分なんです。どうかこのまま、ここにいさせてください」

姫は何か言いたげに口を開いたが……結局何も言わず、正面に向き直った。

「では、しっかり支えていろ」

「――はい！」

彼女は目の前にそびえる岩の塊を見上げた。

誕生の文字《スペル》よ
いま一度　目覚め来たれ
天に昇りて　風を抱き
大気を裂いて　戻り来たれ

上空に暗雲が渦を巻く。美しい朝焼け空がみるみるうちにかき曇り、重苦しい真っ黒な雲で埋め尽くされる。

ぽつり……と雨粒が落ち、アンガスの足下に黒いシミを作った。それを皮切りに、滝のような雨が降ってくる。そのただ中に立っていたアンガスは、髪も服も、あっという間にずぶ濡れになった。

それでも彼は挑むようにテーブルロックを見上げていた。雨に濡れた岩は青黒く色を変えていく。

「見えた」鋭い声で姫が言った。「文字《スペル》だ――二つある」

青黒く変色した岩肌に赤い文字《スペル》が浮き出した。縦に『Oblivion』、横に『Split』。二つの文字《スペル》が『l《エル》』を介して直角に交差している。

「二十九番目の『Oblivion《忘却》』と四十二番目『Split《分裂》』だ」

アンガスは『本』のページをめくり、二十九ページを開いた。

「そこまでだ」

背後からピットの声がした。背中に水平二連銃が押しつけられる。

「そいつに手を出さないでくれ」

「あれは忘れ病の元凶です。『分裂』して人の肝臓に蓄積し、大切な記憶を『忘却』させる。このまま放置しておくわけにはいきません」

背中に当たる銃口を無視して、アンガスは言った。

「姫、歌ってください」

「しかし――」

「歌ってください」

意を決したように姫は頷いた。アンガスに背中を向け、文字《スペル》が刻まれた巨大な岩と向かい合う。

砕け散りし　我が魂
帰り来たれ　悔恨の淵《ふち》へ
いま一度　我が元へ

「おかしな真似はやめろ！」ピットは銃をかまえ直した。「お願いだ、何もせずに帰ってくれ！」

「撃ちなさい。それで貴方の大切な人が守れるのなら——守れると信じているのなら」

アンガスは正面を向いたまま、背後に立つ男に言った。

「僕は僕の信じる方法で、貴方とジミーを守ってみせます」

激しき悔恨　慟哭《どうこく》の記憶
恨みの情念　忌まわしき歌
永遠《とわ》に続く　この苦しみ
我を救うは　死と忘却のみ

縦軸の赤い文字《スペル》が浮き上がり、一息に収縮する。そして射抜くような勢いで『本』にパシッ！と張り付いた。すかさずアンガスはページをめくり、今度は四十二ページを開く。

生を望むか　死を望むか
彼《か》を愛するか　憎むのか
どちらも真と　心は叫び

岩盤に残されていた横軸の文字《スペル》が赤い光を放った。かと思うと、それは一瞬にして『本』に黒く焼き付いた。それを確認してから、アンガスはゆっくりと背後を振り返る。

ピットは膝をつき、顔を覆って泣いていた。

「夢だったんだ。空を飛ぶことが、回転翼機《ジャイロ》で空を飛ぶことが、諦められなかったんだ」

「回転翼機《ジャイロ》のこと、思い出したんですね」

「デイジーはイヤだって言ったんだ。それを俺が無理言って、ここに連れてきた。ここにはいい風が吹いているから……回転翼機《ジャイロ》を飛ばすには最高な風が吹いているからって――」

だから彼は回転翼機《ジャイロ》を封印すると同時に、その記憶にも鍵をかけてしまった。『忘却』の影響もあっただろう。けれどそれ以前に――この記憶は覚えているには辛すぎたのだ。

「俺の夢がデイジーを殺した。あいつが死んだのは俺のせいなんだ」

ピットの慟哭に、低い地鳴りが重なった。

不穏な気配を感じて、アンガスはテーブルロックを見上げた。ガラガラと岩が剝離《はくり》し始めている。

「立って！」アンガスはピットの腕を摑んだ。「岩が崩れる。ここにいちゃ巻き込まれる！」

けれどピットは動こうとしない。両手で顔を覆ったまま、彼はすすり泣いている。

「もういい。俺には生きてる資格もない。ここでデイジーと一緒に眠らせて……」

「馬鹿言うな！　貴方が死んだらジミーはどうなるんだ！」

ピットは顔を上げた。アンガスは彼の腕を取り、自分の肩にまわすと、よろめきながら走り出した。その背後から、不気味な唸りが聞こえ始める。まるで岩の奥底に封じられていた怪物が目覚めようとしているようだ。

ゴゴゴゴ……ォンッッ……！

重たい破壊音がした。アンガスは背後を振り返った。テーブルロックの一角が崩れ、地面に落ちた音だった。もうもうと舞い上がる土煙。大地がビリビリと震動する。

しかしそれは崩壊の幕開けにすぎなかった。巨大な岩が傾き始める。岩を貫くように幾本もの亀裂《きれつ》が走る。轟音《ごうおん》が鳴り響き、天高く土煙が舞い上がる。

――逃げ切れない！

ピットを支えて走りながら、アンガスは思った。崩壊速度が速い。加えてあの質量。このままでは飲み込まれる。

「ジミー……？」

ピットが呟いた。かと思うとアンガスの腕を振りほどき、前方に向かって両手を振る。

「ジミー！　ここだ！」

爆音を上げて自走車《オートムーヴ》が走ってくる。それは二人の傍で急停車した。運転していたジミーが助手席に移動する。と同時に、ピットは運転席に座った。アンガスも迷うことなく助手席に飛び乗った。膝の上にジミーをのせ、さらに『本』を抱える。

「しっかり摑まってろ！」

ピットはアクセルを底まで踏み込んだ。エンジンが獰猛な咆哮《ほうこう》をあげる。タイヤが激しく空回りする。加速の勢いで一瞬、前輪が浮きあがる。

自走車《オートムーヴ》はもの凄《すご》いスピードで走り出した。以前に経験した自走車《オートムーヴ》とは較べものにならない。あの自走車《オートムーヴ》が弓矢だとしたら、これはまるで弾丸だ。

「あうーっ！　あーっ！」

ジミーが奇声を上げ、アンガスの肩越しに背後を指さした。つられてアンガスも後ろを振り返る。もうもうと渦を巻く砂煙。その向こう側で巨大なテーブルロックがゆっくりと——ゆっくりと倒壊していく。

大轟音が響きわたった。積乱雲のような土煙が自走車《オートムーヴ》に追いつき、彼らを飲み込む。砂礫や石がバラバラと降ってくる。アンガスはジミーを抱きしめ、身を盾にして彼を守った。

自走車《オートムーヴ》は走り続けた。丘を登って下り、さらに二つの丘を越えた。そしてエンド川の岸辺に到達した所で、ピットはようやくブレーキを踏んだ。

三人は自走車《オートムーヴ》を降りた。顔も髪も埃で真っ白になっている。ジミーは服を脱ぎ捨て、川の浅瀬に飛び込んだ。アンガスも顔と髪を洗い、洗ったバンダナを右目の上に巻き直した。それから自走車《オートムーヴ》の横で煙草を吸っているピットの傍へと歩いていく。

「助かりました」アンガスはピットに右手を差し出した。「僕だけじゃ逃げ切れなかった。ありがとうございました」

ピットは複雑な顔をして、アンガスを見た。

「俺は——礼を言われるようなことは——」

「貴方の運転がなかったら、ジミーも僕も岩に潰《つぶ》されてました」

そこで言葉を切り、にやっと笑う。

「もちろん一番の功労者は自走車《オートムーヴ》を持ってきてくれたジミーですけどね？」

ピットは苦笑し、叩くようにして彼の手を握った。

その二人めがけて、ジミーが川の水を撥《は》ね飛ばす。

「コラ！」

ピットが拳を振り上げると、ジミーは嬉しそうに両手を広げ、笑いながら逃げていく。

「ジミーは言葉を忘れてしまったけど、自走車《オートムーヴ》や回転翼機《ジャイロ》の操縦方法は覚えてるんですね」

「ああ、考えてみりゃ不思議だよな」

「もしかしたら、同じなのかもしれません」

アンガスはピットに向き直った。

「記憶をなくしてもなお、貴方はここを離れなかった。東部出身の貴方のことです。逃げようと思えば逃げられたはずなのに、貴方は逃げなかった」

「――確かに」

ピットは煙草を捨て、靴先で吸い殻に土をかけた。

「なんでだろうな」

「夢を忘れられなかったから――っていうのはどうです？」

アンガスは空を見上げた。

「回転翼機《ジャイロ》という言葉は忘れても、空を飛びたいという夢だけは残った。回転翼機《ジャイロ》の存在を忘れても、空を飛ぶ夢が貴方をこの土地につなぎ止めた」

「その結果、何もかも失っちまったけどな」

「まだジミーがいる」アンガスは自走車《オートムーヴ》のボンネットを叩いた。「弾丸のように走る自走車《オートムーヴ》もある」

「そういやデイジーにも言われたっけ」

川で遊んでいるジミーを見つめ、ピットは独り言のように呟いた。

「夢を呪縛と取るか、希望と取るかは貴方次第なのよってな。畜生、こんな大事なことまで忘れちまうなんて……情けねぇ」

拳を当てて洟をすする。ピットは眼差しを上げ、青い空を睨んだ。

「アンガス、俺は誓うぞ。いつかきっと回転翼機《ジャイロ》で空を飛んでみせる。もちろんすぐには無理だが、いつか必ず、この空を飛んでみせる」

ピットはドン……！　と拳で胸を叩いた。

「そしたらお前を一番に——いや、ジミーの次に乗せてやるからな！」

「楽しみにしてます」

そう答えてから、アンガスは困ったように眉根《まゆね》を寄せた。

「でも本当のこと言うと——僕、高いのも速いのも苦手なんです」

ケレット親子はこの地を離れ、ミースエストに向かうという。その前にモルスラズリまで送っていくという申し出を、アンガスは丁重に断った。これから起きるであろう騒動に、彼らを巻き込みたくなかったのだ。

「東の渓谷を抜ければミースエストに出られるはずです。道は荒いですが、この自走車《オートムーヴ》ならなんとかなると思います」

「わかった。ありがとな」

「こちらこそ」

差し出されたピットの手をアンガスは握り返した。

「もし僕に伝えたいことがあったら、デイリースタンプ新見聞社《ニュースペーパー》の人間に言付けてください」

「わかった。それじゃ、達者でな」

「ピットさんも。ジミーも元気でね」

「また会おう」

アンガスを残し自走車《オートムーヴ》は走り出した。その助手席から身を乗り出し、ジミーは精一杯に手を振る。

「バイバイ！」と少年が叫んだ。「バイバイ、バイバイ、バイバイ！」

「バイバイ！　またね！」

アンガスも叫んだ。鼻の奥がツンとする。泣きそうになるのを堪え、アンガスは手を振った。弾丸のように走る自走車《オートムーヴ》が地平線の彼方に見えなくなるまで手を振り続けた。

8

夜明け前。俺達は村に帰還した。

ラピス族は総出で出迎えてくれた。村は喜びに沸き返り、今夜の冒険譚《たん》を聞きたがった。それは他の者達に任せることにして、俺はペルグリンに、リグレットに会わせてほしいと頼んだ。

リグレットに預けた首輪を元に戻して貰わなければならない。行きも帰りもウォルロックに背負われていたくせに、俺は自力では歩けないほど疲れ切っていた。左腕の傷もズキズキ痛む。首輪から解放されたまま意識をなくすようなことになったら、大勢の人間を道連れにしかねない。

ペルグリンは俺に肩を貸し、リグレットのいるホーガンへと案内してくれた。

「オレは外で待っている。何かあったら呼んでくれ」

俺は礼を言い、中に入った。薄暗がりの中、部屋の中央にリグレットが立っていた。両手で銀色の首輪を握りしめている。その顔は相変わらず無表情だったが、それでも俺にはわかった。彼女はずっと、俺の無事を祈ってくれていたのだ。

胸が詰まった。

咄嗟に思った。

出来ることなら彼女を抱きしめ、このままどこかへ連れ去ってしまいたい。

「クロウは無事だ」気持ちを押し殺し、俺は右手を差し出した。「首輪を、返してくれ」

彼女は琥珀色の目で俺を見つめた。

「お前は罪人ではない。これをつける必要はない」

「俺の力は怪物のようなものなんだ。時々、俺自身にも制御出来なくなる。だからそれがないと、この先みんなに迷惑をかける」

「しかし、これはお前の自由を拘束するものだ」

「ああ。でもお前に頼めばいつでも外してもらえる――そうだろう？」

何か言いたげなリグレットに向かい、俺は笑いかけた。

「頼む、早く戻してくれ。でないとお前に、誘惑の暗示をかけてしまいそうだ」

「戯《ざ》れ言《ごと》を」

ふ、と彼女は息を吐いた。

笑った――のだろうか？

「これはもはや罪の証ではない。お前が真にラピス族の一員となった証だ。今、私がそう定めた」

彼女は俺の首に手を回した。ひやりとした金属の感覚が首に巻き付く。様々な感情のざわめきが一瞬にして途絶える。大地の鼓動や夜の吐息も、もう何も聞こえない。

「お前のことを案じていた」

彼女は俺の体に腕を回し、そっと俺を抱きしめた。

安堵感が胸に満ちる。張り詰めていた緊張の糸が緩んでいく。

「よく、戻ってきてくれた」

俺は答えようとしたが——出来なかった。体重を支えきれなくなった膝が砕け、そのままずるずると床に倒れ込む。

「アザゼル！」

悲鳴のような声。誰かが俺の体を揺さぶり、頬を叩いている。

「死ぬな、アザゼル！」

頬で水滴が弾けた。薄く目を開く。間近にリグレットの顔がある。その目から溢れた涙が俺の顔に落ちてくる。

泣いている——？

泣いているのか、リグレット？

「どこにも行くな、アザゼル」

俺の頭を、彼女は胸に抱きしめた。

「これからもずっと——ずっと私の傍にいてくれ」

彼女の鼓動が聞こえる。命の響きが聞こえる。温かい血が全身を駆けめぐる音が聞こえる。

「どこにも……行かない」

リグレット——俺の自由《リバティ》。

今、ようやくわかったよ。

俺はお前と出会うために今まで生きてきた。

だから、たとえこの身が滅びようとも——

「俺は……お前の傍に……いる」

9

モルスラズリに到着する前に、日が暮れてしまった。

アンガスは川辺の岩陰に横になり、そこで一夜を明かすことにした。雨に濡れた服はすでに乾いていたが、それでも川面《かわも》を渡る風は冷たい。コート一枚で野宿するには辛い季節になってきていた。暖かい毛布のことを思い、ジョニーが貸してくれたジグザグ柄の毛布を思い出す。ジョニーは今、どうしているだろう。詐欺師《さぎし》まがいの手法で小銭を稼ぎ、弟捜しの旅を続けているのだろうか。

翌朝早く、寒さで目を覚ました。川の水を飲み、川辺に密生したコケイチゴを食べ、アンガスは再び歩き出した。

真昼近くになって、ようやくモルスラズリが見えてきた。日のあるうちは絶えることがなかった煙突の湯気が消えている。文字《スペル》の本体が消えると同時に、あの燃料も燃え尽きたのだ。

「どうする?」と姫が尋ねた。

今頃、町は大騒ぎになっているに違いない。自分が姿を見せたら、きっと火に油を注ぐことになる。文字《スペル》は回収した。これで忘れ病も収束するだろう。立ち寄ることはない。このまま逃げてしまえばいい。

けれど、アンガスはぐっと顎を引き、町を睨んだ。

「正面から行きます。彼らに一言、言ってやらなきゃ気がすまない」

「いい度胸だ」姫は嬉しそうに笑った。「安心しろ、お前のことは私が守る」

「いざという時はお願いします。でも相手はフリークスクリフの悪党達とは違いますから、僕がいいと言うまで暴れないでくださいね」

むう……と姫は唇をとがらせた。

「そのくらい、言われなくてもわかっている」


モルスラズリはパニックになっていた。

あと一ヵ月は持つはずだった燃料が、突如燃え尽きてしまったのだ。他に燃料はない。なすすべもなく染料は冷えていく。

「これじゃ使いものにならないよ！」

斑《まだら》に染まった糸を抱え、職人達が叫んでいる。

「いったい何が起こったんだ！」

人々は困惑し、うろたえ、頭を抱えていた。

アンガスは開いた『本』を左手に抱え、モルスラズリのメインストリートを歩いていった。

町の人々は彼を指さし、険しい表情でヒソヒソとささやきあった。柱の陰に隠れる者もいれば、誰かを呼びに走り出す者もいる。通りの先から険しい顔をした染色職人達がやってきた。背後にもわらわらと人が集まってくる。手に斧《おの》や棍棒《こんぼう》を持っている者もいる。どう見ても友好的な雰囲気ではない。

群衆の中にはヘザーもいた。彼女は青ざめ、不安そうに彼を見つめている。もう大丈夫だよと声をかけたかったが、やめておいた。きっと彼女もそれを望んではいないだろう。

アンガスは足を止めた。町の人々が遠巻きに彼を取り囲む。恐怖と憎悪の視線が全身に突き刺さる。

「お前か、染色所に忍び込んで燃料に細工しやがったのは！」

両手を藍色《あいいろ》に染めた染色職人が叫んだ。

「このガキが！」

「何てことしてくれたんだ！」

アンガスはぐっと奥歯を嚙みしめた後、大声で言い返した。

「テーブルロックは崩れた。フォンス村の墓地も埋まった。もう染料を採ることも、遺体を漁《あさ》ることも出来ないぞ！」

「な……ッ」

「てめぇ……なぜそれを知ってる！」

逆上した職人達が彼に詰め寄った。

「待て」

それを制止する野太い声。若い職人達が無言で左右に分かれた。人垣の間を通って姿を現したのは体格のいい中年男だった。広い額、頑固そうに張り出した顎、真っ黒だった髪にも、今は白髪が交じっている。口の端にくわえた『ハーヴェスト』からは、焦《こ》げた麦の匂いがした。

笑いかけようとしたが、出来なかった。体の震えを堪えるのが精一杯だった。青く染まった両手――あの拳に殴打された時の痛みを覚えている。アンガスは男に向かい、緊張した声で呼びかけた。

「久しぶりですね――父さん」

「自分が何をしたか。お前、わかっているのか？」

剣呑《けんのん》な緊張感が漂う中、彼の父親ダネル・ケネスは唸るように続けた。

「長い間、モルスラズリの職人達が、名誉と誇りをかけて守ってきたインディゴ染めの伝統。お前はそれを滅ぼそうとしているんだぞ」

外見は老け込んだけれど、変わっていないなとアンガスは思う。父と僕とはいつも平行線だ。どこまでいっても、決して交わることはない。

「何とか言ったらどうなんだ！」

声を荒らげるダネルに対し、アンガスは静かな口調で切り返した。

「同じことを僕も訊きたい。自分が何をしたのか、貴方はわかっているのか？ あの代替染料は体内に蓄積し、恐ろしい病を引き起こす。あの染料のせいで、たくさんの人が記憶を失い、命を失った」

ダネルに向かい、アンガスは一歩踏み出した。

「半年前、フォンス村の生き残りから、貴方達は代替染料のことを聞いた。貴方達はその危険性を充分に承知していながら、それを使う道を選んだ。自分を、家族を、仲間達を危険に晒すとわかっていて、なぜあんな紛《まが》い物を使った？ そんなに伝統を守りたかったのか？」

「お前に何がわかる」ダネルは煙草を吐き捨て、靴底で捻り潰した。「この地を離れたお前に、この土地の何がわかるってんだ！」

紅潮したダネルの顔を見て、アンガスは怒りが萎《な》えていくのを感じた。

ケヴィンは言った。この町を出ていきたかったと。この町で父のように生きていくのは嫌だと。そのことに絶望し、彼は自らの命を絶った。

ダネルも一度は町を出て、バニストンでホリーと出会った。なのに彼は当時のことを子供達に話して聞かせようとはしなかった。彼は本やスタンプを嫌い、町の外を嫌った。

それは――なぜだ。

本当は彼も、この土地を出ていきたかったのではないだろうか。本やスタンプを嫌ったのも、すべては憧《あこが》れへの裏返し。叶わぬ希望は絶望となり、彼をこの土地に縛り付けた。

「貴方は伝統に縛られている」

アンガスの言葉を拒《こば》むかのように、ダネルは顔を背けた。アンガスはさらにもう一歩、彼に踏み込む。

「貴方の言う『守るべき伝統』が人をこの地に縛り付けるのであれば、そんなもの存在しない方がいい。そんなもの滅びてしまえばいいんだ！」

何かを打《う》ち砕《くだ》くかのように、アンガスの声は町中に響き渡った。

乾いた風が砂塵《さじん》を巻き上げる。

誰も何も言わない。動く者さえいない。

「勝手なことを言うな！」

アンガスを取り囲んだ群衆、その後方から声が上がった。人々をかき分けて若い男が現れる。その顔には見覚えがあった。ケヴィンが死んだ夜、物置小屋で憎々しげに彼を睨んだカーヴァンだった。

「みんな耳を貸すな。こいつは俺達を憎んでる。こいつは俺達に復讐《ふくしゅう》しようとしてるんだ！」

「違う！　僕は――」

「今のと同じことを言ったんだろ。だからケヴィンは絶望して死んだ」

カーヴァンはアンガスを指さした。

「お前がケヴィンを殺したんだ！」

一瞬、言葉に詰まった。

言い返せなかった。

アンガスは助けを求めてヘザーを見た。だが彼女は俯いたまま、目を合わせようとしない。

「燃料も染料もない。これじゃ暮らしていかれない」

「これからどうすればいいんだ！」

「俺達の染料を返せ！」

飛んできた石が、アンガスの右肩に当たった。

「天使還りのお前に何がわかる！」

「出てけ！」

浴びせかけられる怒声と悲痛な叫び声。投げつけられる乾いた石。投石の一つが頭に当たった。一瞬、目の前が暗くなって、アンガスは膝をつく。左手に抱えた『本』の上から姫が何かを言いかける。

「大丈夫……まだ立てます」

右手で頭を押さえた。ぬるりとした血の感触。それでも彼は立ち上がり、町の外を目指して歩いた。歯を喰いしばり、罵声と投石の中を歩いた。急がなかった。これが僕の役割なのだと自分に言い聞かせた。放置すればフォンス村の二の舞いになっていた。誰かがやらなければならないことだった。人々から憎まれることも、怒りをぶつけられることも覚悟の上だ。

投石が左手に当たった。痛みに指が痺れ、『本』が地面に落ちる。それを拾おうとして伸ばした手を、モカシンが踏みつける。

歴代メフィスト賞受賞者推薦コメント

風森章羽さん（第49回受賞）
くだらないのに楽しい。けれど、ほろ苦くて切ない。青春とは、山田である!!

柾木政宗さん（第53回受賞）
最強を最強と言い切れる山田こそが最強で最高。2年E組がうらやましくなりました。

砥上裕將さん（第59回受賞）
こんな角度の切り口があったのかと驚かされ、こんな結末まであるのかと震えた！

真下みことさん（第61回受賞）
自分には経験がないはずの男子校での日々が、妙な生々しさで蘇ってきました。

五十嵐律人さん（第62回受賞）
ダサくて、眩しくて、切なくて。青春の全てと感動のラストに、大満足の一作。

潮谷　験さん（第63回受賞）
校舎に忘れてきた繊細な感情を拾い上げてくれるような物語でした。

あらすじ

夏休みが終わる直前、山田が死んだ。飲酒運転の車に轢かれたらしい。山田は勉強が出来て、面白くて、誰にでも優しい、二年E組の人気者だった。

二学期初日の教室は、悲しみに沈んでいた。担任の花浦が元気づけようとするが、山田を喪った心の痛みは、そう簡単には癒えない。席替えを提案したタイミングで、スピーカーから山田の声が聞こえてきた……。騒然となる教室。死んだ山田の魂は、どうやらスピーカーに憑依してしまったらしい。甦った山田に出来ることは、話すことと聞くことのみ。〈俺、二年E組が大好きなんで〉。声だけになった山田と、二年E組の仲間たちの不思議な日々がはじまった――。

カバーモデルは
俳優の菅《すご》生《う》新《あら》樹《き》さん!
第65回メフィスト賞受賞作
『死んだ山田と教室』
金子玲介
2024年
5月16日発売!
KODANSHA

「う……」

痛みに呻くアンガスの目の前で、青に染まった手が『本』を拾い上げた。べろりとページが開く。つり下げられた姫は、彼に向かって叫んだ。

「アンガス、まだか！」

「まだです……」手を踏みつけられたまま、彼は言った。「僕はまだ……立てます」

「じゃあ、もう二度と立てなくしてやるぜ！」

カーヴァンはアンガスを蹴り倒した。

怒りで目の前が暗くなる。キリキリと右目が痛む。アンガスはバンダナの上から右目を押さえた。

耐えるんだ。

ここで文字《スペル》を解放したら大勢の人が死ぬ。

「こんなもの──！」

カーヴァンは『本』を両手で摑み、切り裂こうとした。が、もちろん『本』は破れない。

「なんだよ、そんなのも破れねぇのか？」

「オレに貸してみろよ」

若い男達が次々に『本』に手を伸ばし、それを破ろうとする。姫はぎゅっと唇を嚙み、その屈辱的な仕打ちに耐えていた。

腹の底から煮えくりかえるような怒りがこみ上げてきた。憎悪と憤怒《ふんぬ》で胸の中が真っ黒に塗り潰されていく。大勢が死ぬ？　それがどうした？　こんな奴ら、死んだってかまわないじゃないか？

アンガスは顔を上げた。右目を覆っていたバンダナを毟《むし》り取る。

「やめろ、アンガス！」

姫の声に、一発の銃声が重なった。

騒然としていた人々は動きを止め、銃声が響いた方角に目を向ける。

人垣の向こう側に馬車が止まっていた。その荷台には一人の男が立っている。斜めに被った鍔広帽。風になびく長い黒髪。右手に持った回転式六連発拳銃《けんじゅう》を空に向けている。その銃口からは薄く硝煙が漂っている。

「そこまでだ」

男は群衆に銃口を向けた。鍔広帽の下、茶色の双眸が周囲を睥睨《へいげい》する。鋭い眼光、浅黒い顔、賞金首情報《ウォンテッド》の似顔絵に描かれた頽廃《たいはい》的な美貌《びぼう》。レッド・デッドショットは、怯えたように後ずさる人々を見て、その薄い唇に酷薄な笑みを浮かべた。

「下がれ。でないと頭に風穴が開くぞ？」

けれどアンガスは気づいた。彼の左頬にホクロはない。その左手に文字《スペル》もない。あれはレッドではない。ヘタレな詐欺師だ。あんな風に格好つけても、足は震えているに違いない。

「大丈夫ですか？　ご主人様」

隻腕《せきわん》の青年が駆け寄り、アンガスを助け起こした。彼は美しい眉をつり上げ、人間達を睨みつける。

「これ以上、私のご主人様に暴力を振るうおつもりなら、ただではすみませんよ」

彼は右腕を伸ばした。カクンと手首の関節が外れ、神経銃の銃口が現れる。

「やめるんだ、アーク」

アンガスは右目を押さえて立ち上がった。カーヴァンの正面に立ち、左手を差し出す。

「『本』を返してください」

カーヴァンの視線が、差し出されたアンガスの手と、その背後で六連発をかまえているジョニーとの間を忙しく行き来した。半分逃げ腰になりながら、彼は『本』を頭上に振りかぶる。

「そんなに欲しけりゃ持ってけよ！」

アンガスめがけて『本』を投げつけようとする――その手首をダネルが摑んだ。彼はカーヴァンから『本』を取り上げ、無言でアンガスに差し出した。アンガスも無言でそれを受け取った。ダネルは背を向け、群衆の中へと分け入っていく。その背に従うように、町の人々も歩き出す。

アンガスもまた、父の姿に背を向けた。アークの肩を借り、馬車まで歩き、荷台の上に倒れ込む。ジョニーは身を翻して御者台に座り、手綱を握った。

二頭の馬が走り出す。アンガスは荷台に倒れたまま、後方に流れゆく故郷の町並みを眺めた。父に殴られ、町の人々に疎《うと》まれ、子供達からは虐《いじ》められた。

あるのは辛い思い出ばかり。

なのに、悲しい。

今度こそ、もう二度と戻れない。

「今は理解されずとも、いずれ解《わか》る日が来る」

胸の上に置いた『本』から姫の声がした。

「お前はよく頑張った。誰が何と言おうと、お前は故郷を救ったのだ。私はそれを誇らしく思うぞ」

アンガスは『本』を見た。目が合うと、姫は優しく微笑んだ。

「我慢しなくていい。泣いてもいいいんだぞ？」

「うん――」

アンガスは目を閉じた。

それでも涙は出なかった。悲しいけれど、泣きたくなるほどじゃない。辛いけれど、死にたくなるほどじゃない。状況は七年前と同じ……いや、石を投げられて追われた分、今回の方が悲惨だった。

なのに——なぜだろう。

目を開くと、流れ出る血を拭《ふ》いてくれているアークが見えた。もしジョニーとアークが来てくれなかったら、きっと文字《スペル》の力を解放していた。恐ろしい過ちを繰り返すところだった。

それを彼らが、止めてくれた。

「……ありがとう」

「礼など不要です」濡れた布で彼の額を拭きながら、アークは懇願《こんがん》した。「ですからもう二度と、私を置いて消えたりしないでください」

もちろん——と答えたかった。彼らが一緒にいてくれたなら、どんなに心強いだろう。でも、アンガスには答えられなかった。文字《スペル》を回収する旅には危険がつきまとう。そんな運命に彼らを巻き込んでしまっていいのだろうか。

「しっかりして。目を開けてください、ご主人様！」

頰を叩かれて、アンガスは目を開いた。

「そんな大袈裟《おおげさ》な傷じゃないよ」

だから心配しなくていい……と言いたかったのだが、アークは聞いていなかった。

「ジョニー、どうしましょう。血が止まりません」

「おいおい、自動人形のくせに止血も出来ないのかよ」ジョニーは悪態をつくと、後ろ手にアークを手招く。「代われ、代われ。交替だ」

「でも私は馬車の運転の経験がありま——」

「手綱さえ握ってりゃ、あとはハムレットとオフィーリアがなんとかしてくれる」

御者台に移動したアークに手綱を押しつけ、ジョニーが荷台に移ってくる。

「また無抵抗か？　ほんまもんの馬鹿だな、お前」

ジョニーは無遠慮にアンガスの髪を掻き回し、傷口に乾いた布を押しつける。そんな彼を見上げ、アンガスは小さな声で呟いた。

「よく……ここがわかりましたね」

「ホントだよ。せめて一言残してけばいいものを、突然消えやがってさ。お前がどこに向かったのか調べんの、マジで苦労したんだぜ？」

ジョニーは大袈裟に肩をすくめた。

「しかもこっちは文無しだろ。宿代がわりに働かされるし、喰い逃げはしなきゃなんないし、色々と大変だったんだからな？」

「実際に働いたのは私です」御者台から抗議の声があがる。「それに自動人形《ドール》の動力源は水です。水を体内で水素と酸素に分解し、水素を動力とする完全独立型ですから、実際に喰い逃げしたのはジョニーだけです」

「うるさいな。お前は黙ってろっての！」

「──どうして追ってきたんですか？」

アンガスは尋ねた。

「僕と一緒にいると危ない目に遭う。それはフリークスクリフで充分思い知ったでしょう？　別れるいい機会だったのに、なぜ追いかけてきたんです？」

「何言ってんのよ。オレ達、仲間だろ？」

ジョニーは片目を閉じ、顔の前でチッチッと指を振った。

「おっと、『そうでしたっけ?』とか言うなよ?　オレだって恥ずかしいんだからな?」

「考え直したほうがいいですよ。この先、僕と一緒にいたら、きっと後悔することになる」

「だろうな。オレもそう思う」

ウンウンと頷いてから、ごほん!　とわざとらしい咳払いを一つ。

「でもオレ、もう逃げるのはやめたんだ」

「──逃げる?」

「ああ、オレは現実を見るのが怖かった。弟を追いかけるフリしながら、実はずっと目をそらしてた。フリークスクリフで『希望』ってヤツを見た時、俺はそれをイヤってほど自覚した」

ジョニーにしては珍しく、真顔で首を横に振る。

「これじゃダメだって思ったのよ。とにもかくにも白黒つけなきゃ、何も始まらねぇってな。でないと俺の人生、永遠にあそこで止まったままだ」

「──とはいえ、一人で立ち向かうのはイヤなのだろう?」姫が混ぜっ返した。「うむ、さすがはヘタレ。素晴らしい心意気だ」

「って、姫。ホメてないでしょ、ソレ?」

「わかるか?」

「わからいでか!」

ジョニーは歯を剝いてみせる。それを無視し、姫はアンガスへと向き直った。

「『希望』と『絶望』は表裏一体。ケヴィンは自分の夢に押し潰された。戦うことを拒否し、己の絶望に負けたのだ。けれどピットも言っていただろう?　夢を呪縛と取るか、希望と取るかは本人次第だと。だからもうケヴィンのことで思い悩むのはよせ。お前に出会い、『希望』に触れたことで、未来を見出した者だっているのだ」

そこで姫はジョニーを見上げた。

「——そうだな？」

「まったく、姫様のおっしゃる通りでございます」

ジョニーは大仰《おおぎょう》な仕草《しぐさ》で頭を下げてみせた。その後、顔を上げ、照れたように笑う。

「てな訳で、オレ達ゃこれからも一蓮托生《いちれんたくしょう》よ。今回みたいな抜け駆けはナシ。いいな？」

「でも——」アンガスは右目を押さえた。「僕は弱い人間です。文字《スペル》の呪いに負けて、自分を見失ってしまうかもしれない。他でもない僕自身が、貴方達を危険に晒すかもしれない」

アンガスは御者台に座るアークに目を向け、それからもう一度ジョニーに目を戻した。

「それでも——仲間でいてくれますか？」

「う……」ジョニーはあからさまに身を引いた。「そう言われると、ちょっとヤだなぁ」

「なんてことを言うんですか！」

アークが怒りの声を上げ、荷台を振り返った。

「私はずっと傍にいますから。ご主人様に不要だと言われるまで、ずっとお傍におりますから！」

拳を握って力説するたび手綱が振り回される。それに抗議して、ブルブル……ッと牝馬《ひんば》が嘶《いなな》いた。

「ほら、オフィーリアもお供すると言ってます！」

「あ〜もう、自動人形はこれだからヤだよ」

ジョニーは帽子を取り、頭を掻きむしる。それを見上げ、姫は真顔で問いかけた。

「で、結局、お前はどうしたいんだ？」

アークもアンガスも彼を見つめる。注目を浴びたジョニーは居心地悪そうに肩をすくめ、両手を肩の高さに上げてみせた。

「はいはい、付き合いましょ。そのかわり、宿代とメシ代はアンガス持ちね？」

「わかりました」アンガスは苦笑した。「仲間の喰《く》い扶持《ぶち》ぐらいは僕がなんとかします」

「よっしゃ、そうと決まればこっちのもんだ！」

晴れやかな笑顔でジョニーは立ち上がった。身を翻して御者台に向かう。

「ほら、どけどけ人形。交替だ」

「だから人形と呼ばないでください。私にはアークという名前があるんです！」

「やかぁしい。あったかいメシと柔らかなベッドが俺を呼んでるんだよ」

ジョニーはアークから手綱を奪うと、意気揚々と宣言した。

「さぁ、次の町に向かって出発だ！」

10

大地の人にとって、オオカミは大地の象徴なのだそうだ。それと渡り合った俺は『大地と対話する者』として一目置かれるようになった。

それが本当だとしたら、オオカミに噛まれた傷のせいで高熱を出したりしないと思うんだが、そういう細かいところは気にしない。ラピス族は本当におおらかだ。

俺が寝込んでいる間にラピス族は移動の準備を始めた。トウモロコシの収穫が終わったので、西の草原に居を移すのだ。彼らは手早く荷物をまとめ、一週間もしないうちに先発隊がこの地を離れた。

新しい土地までは歩いて二日ほどの距離だった。

母湖《マーテルこ》から流れ出す川、それに沿って灌木の林が広がっている。雪が降り出すまでの間、ここでヤギを太らせ、冬を乗り切るための体力をつけさせるのだという。

俺達が到着した時、すでに村は完成していた。ゴートと一緒に荷物をホーガンに運び入れていると、ブラックホークが顔を出した。彼は俺を外へと呼び出し、ゴートのホーガンの隣にある、やや小さめのホーガンを指さした。

「これはお前のだ」とブラックホークは言った。「お前は一人前のラピス族。自分の家を持ってもいい頃合いだ」

思ってもみなかった素敵な贈り物だった。ゴートは何も言わなかったが、いつまでも彼のホーガンに居候し続けるのは申し訳ないと思っていたのだ。

「ありがとう」

俺は自分の家を見つめ、ブラックホークに向き直った。「大切に使わせて貰うよ」

「じゃ、さっそく……」と言って、クロウが俺のホーガンに入ろうとする。俺は慌ててその飾り帯を摑んだ。「これは俺のホーガンだぞ？　なんでお前が先に入る？」

「だってオレ、転がり込むし？　住み心地、気になるよ？」

「って、俺の許可は二の次か？」

「アザゼルがオレを追い出すはずない」

「訊いてみろよ。案外わかんねぇぞ？」

「ええっ、困る困る。これから寒くなる。外で寝られなくなる。オレ困る」

「クロウ……」笑いを堪え、ブラックホークが呼びかけた。「行くところがないならオレの家にこい。アザゼルに迷惑をかけるな」

「そうじゃ。自分のホーガンを持ったからには、他に招きたい者もおるじゃろうしな」

ゴートはヒヒヒ……と笑う。周辺にいた者達もクスクス笑った。俺にはわけがわからない。どういう意味なのか尋ねてみたい気もしたが、なんとなく聞きそびれてしまった。


その夜。場所が変わったせいか、俺はなかなか寝付けずにいた。そこで俺は上着を羽織《はお》り、蠟燭を載せた土皿を持ってホーガンを出た。

村は寝静まっている。俺は林を抜け、湖畔に出た。砂の上に腰を下ろす。夜風が肌寒いが、我慢出来ないほどじゃない。寄せては返す波の音が聞こえる。見上げると、まるで銀の粉を吹き付けたような見事な星空が広がっていた。

湖の上に黒い塊が浮いている。雲ではない。あれは浮き島——第十三聖域だ。あそこで過ごした悪夢のような日々を思い出す。エネルギーを生み出すための歌。そのためだけに生かされる人々。常にお互いを監視し合い、自由に考えることさえ許されない世界。

あの牢獄《ろうごく》でガブリエルは今頃どうしているだろう。出来ることなら彼にもこの世界を見せてやりたい。自由で、おおらかで、生きることを心から楽しんでいるラピス族。きっとガブリエルもラピス族との生活が気に入るに違いない。

「ここにいたのか」

背後から声がした。ペルグリンだった。彼女は俺の傍までやって来て、隣に腰を下ろした。刻《きざ》み煙草《たばこ》をパイプに詰め、火打ち石で火をつける。パイプの先から白い煙が立ち上り、焦げ臭い匂いが漂う。

「オマエも吸え」

ペルグリンがパイプを差し出した。彼らにとって、パイプは名誉の証。それを分かち合うということは、相手を同胞として認めるということだ。

一瞬、逡巡した後、俺はそれを受け取った。

久しぶりに吸った煙草は口に苦く、それでも青草の爽《さわ》やかな香りを残した。

「まだ礼を言っていなかった」

暗い湖面に目を向けたまま、ペルグリンは言った。

「クロウを助けてくれて、ありがとう」

「俺の方こそ、お前に詫《わ》びなければと思っていた」

パイプを彼女に返し、俺は続けた。

「お前がクロウに辛く当たるたび、なんてひどい女だろうと思っていた。俺はお前のことを誤解していた。どうか許してほしい」

「誤解されることが目的なのだ。謝ることはない」

ペルグリンは笑った。煙草を吸い、白煙を吐く。

「オレ達の父親レッドホークは首長《チーフ》ブラックホークの兄。十年前、ルーフス族との戦で死んだ伝説の勇者だ。オレ達はラピス族の中でもっとも勇敢な戦士の家系。だから男が生まれると、立派な戦士になるよう子供の頃から厳しくシゴかれる」

「けど、クロウは戦士には向かなかった」

「ああ。オマエも気づいているようだが、クロウは目が悪い。遠からず光を失うことになるだろう。しかし、それでもクロウに戦士の装束を着せ、バイソン狩りに向かわせようとする者もいるのだ」

「だからお前が戦士になったんだな」女なのに……とは言わなかった。言えば間違いなくぶっ飛ばされる。「クロウを痛めつけたのは期待を自分に向けさせるため。お前は戦士になり、誰よりも強くなることで、クロウを庇《かば》おうとしたんだな」

ペルグリンは何も言わず、俺にパイプを差し出した。俺はそれを受け取り、一服した。白い煙が夜空に淡く溶けていく。

「オマエは不思議な男だ」苦笑の混じった声が聞こえた。「ウサギ一羽狩《わ》れないくせに、オオカミの群れに素手で飛び込む勇気を持つ」

俺は煙にむせて、パイプを彼女に突き返した。

「――悪かったな」

「誉めているのだ」笑いながらペルグリンはそれを受け取る。「歌姫が心動かされるのも当然だな」

ペルグリンとリグレットは従姉妹《いとこ》同士。彼女ならば知っているだろうか。リグレットの魂を傷つけた、サストの原因となった出来事を。

「リグレットは『母親を殺した』と言った」

空咳を挟み、俺は声を潜める。

「一体どういうことなのか。もし知ってるなら教えてほしい」

ペルグリンは黙って煙草を吹かしていたが、やがて心を決めたように俺に向き直った。

「いずれは誰かから聞くだろう。噂《うわさ》で歪められた話を聞くよりは、今ここで真実を話そう」

昔を思い出すように彼女は目を閉じた。

「子供時分のリバティはお転婆な娘だった。弓の腕前は同じ年頃の誰よりも優れていて、小動物を捕らえては晩御飯にと持ち帰った」

俺はそれを想像しようとした。けれど何の感情も浮かべない彼女の顔から、お転婆な少女時代を思い描くのは難しかった。

「リバティの母はストリングスと言った。彼女はラピス族ではなくカプト族の出身だった。カプト族の歌姫だったストリングスを、どうやって手に入れたのか。知りたければブラックホークに訊くといい。その顔の傷はどうしたのかと訊けば、話してくれるはずだ」

歌姫を手に入れるためには、それ相応の代償が必要ということだろう。俺にだってそのくらいはわかる。俺はリグレットに会うために生まれた。けれどリグレットは違う。彼女は歌姫になるために、この世に生まれたのだ。

「リバティが六歳の時、ストリングスの弟が結婚することになった。彼女はリバティを連れて、結婚祭に行く予定だった。だが運悪く、リバティは疱瘡《ほうそう》にかかってしまったのだ。もちろん一緒に連れて行くことは出来ない。ストリングスは彼女を村に残し、一人で結婚祭に出かけていった」

ペルグリンは煙を吐いた。まるでため息のように。

「結婚祭からの帰り道、ストリングスは落石に打たれて命を落とした。それを知ったリバティは泣きながら告白した。母さんが死んだのは自分のせいだと。自分が母親を呪う歌を歌ったせいだと」

病気の自分を置いていってしまった母親に、腹を立てる子供の心理——わからなくはない。

「でも、歌で人が殺せるものなのか?」

ペルグリンは首を横に振った。

「リバティの歌は素晴らしい。けれど『大地の鍵』でもない限り、歌で岩は砕けないし、人の命を奪うことも出来ない。ストリングスが死んだのは不幸な事故だ。リバティのせいではない。オレは何度も彼女にそう言った。でもリバティは、すべて自分のせいだと思い込んでしまった」

ペルグリンは肩を落とした。いつも堂々としている彼女が、今は妙に小さく見える。

「リバティは無口になり、感情を表に出さなくなった。激しい感情は不幸を招くと信じ、笑うことも泣くこともしなくなってしまった。オレがいくら説得しても、彼女は殻に閉じこもったままだった」

ペルグリンはパイプの先を俺に向けた。

「なのにオマエはいとも容易《たやす》く、彼女の心を解かした。オマエはリバティのサストを癒やした。これで障害はなくなった。来年の祭り《パウワウ》では、今度こそ彼女が『大地の鍵』に選ばれるだろう」

『大地の鍵』。それは大地の人の頂点に立つ歌姫の称号のはず。だが――

「あまり嬉しそうじゃないな？」

「『大地の鍵』に選ばれるのは、とても名誉なことだ」と言いながら、彼女は首を横に振る。「けれど『大地の鍵』はその役目にある限り、カネレクラビスに留まらなければならない。しかも役を退き、別の歌姫に『大地の鍵』を譲る時には声を潰される。アザゼルがもたらした秘歌の流出を防ぐためにな」

「そんな――まさか、嘘だろう？」

「嘘でこんなことが言えるか」

ペルグリンは乱暴にパイプを叩き、煙草の吸い殻を叩き出した。

「来年の実りの月、祭り《パウワウ》が開かれる。『大地の鍵』を選出する祭りだ。そこで『大地の鍵』に選ばれたら少なくとも三年――再選されればもっと長い間、彼女は村に戻れなくなる」

吸い殻を踏みつけて火を消してから、彼女は俺を振り返った。

「あまり時間はない。悔《く》いの残らぬよう、今のうちに契《ちぎ》っておけ」

一瞬、話の飛躍に頭がついていかなかった。

「何だって？」

「オマエはラピス族の英雄だ。リバティとの間に子を儲《もう》けても、なんら問題はない」

「ち、ちょっと待ってくれ。どうしてそういう話になる？」

慌てる俺に対し、ペルグリンは怒りに目を剝いた。

「オマエはリバティを愛してないのか？」

「だから、それとこれとは話が別だろ？」

「別ではない。愛する者と契りを結び、子を生《な》し、家族となってともに暮らす。それが当然の成り行きだ」

「お前達にとってはそうかもしれないが――」

反論しかけた俺の胸元を、ペルグリンが摑んだ。

「つべこべ抜かすな。リバティはオマエを愛している。オマエが彼女の気持ちを裏切るようなことがあったら、オレはオマエを許さない」

「俺だって彼女とともにいられたら、どんなにいいだろうと思う。でも――俺には無理だ」

「言ってみろ、なぜ無理なのだ？　返答次第では命がないと思え？」

彼女の目がギラリと光った。

やばい、こいつ本気だ。

「俺の心臓には欠陥がある。ちょっとでも負荷をかければ、それだけで悲鳴を上げる」

「――本当か？」

「ほんの少し走っただけで俺がぶっ倒れるのは、お前も知っているだろう？」

彼女は俺の胸ぐらを放し、顔を歪めた。

「では、本当なのだな？」

「残念ながら」

「なんということだ」

彼女は星空を仰いだ。

「たとえリバティがオマエと伴侶《はんりょ》になることを願ったとしても、オマエのサストのことを知ったら、一族は決してオマエ達の婚姻を許さないだろう！」

第七章

1

「せっかくここまで来たのだ。西部一帯の遺跡を巡ろうじゃないか」

例によって例のごとく、絶対的な姫の独断により、アンガス達は冬の西部を旅することになった。モルスラズリの隣町アケルウスを出て、アンスタビリス山脈を南から西、西から北、北から東へ、ぐるりと迂回するルートを取る。

寒さが厳しくなるにつれ、野宿は辛くなってきた。アンガスとジョニーは毛皮の上着を着込み、裏に毛皮のついたモカシンを履き、羊の革で出来た手袋を塡《は》めて寒さに備えた。

夜営は避け、出来る限り宿を利用する。なかなか距離は稼げなかったが、その分、時間に余裕が生まれた。アンガスはそれを本の修繕作業に充てることにした。何しろ三人と馬二頭の旅だ。そのうち一人は食費がかからないとはいえ、今までに較べたら倍以上、経費がかさむ。

最初に向かったのはビビタス湖の西にある遺跡だった。そこで十六番目の『Effort《努力》』を回収するとともに、たくさんの本の欠片を掘り出した。さぞかし姫は渋い顔をするだろう——と思いきや、

「今は馬車もあるし仲間もいる。本を発掘せねば喰い扶持が稼げないのであれば、仕方あるまい」

どうやらここに来て、意見を改めたようだ。

「姫がそんなこと言うなんて、驚いたな」

「うむ。本の身になってよく考えてみたのだ。遺跡に埋もれたまま朽ち果てるくらいなら、発掘されて本好きに読んで貰った方がよかろう、とな」

「てか、姫」ジョニーが横槍《よこやり》を入れる。「本の身になって考える前から……姫は本よ？」

この後、局地的な突風が吹き荒れ、約一名が吹き飛ばされたのは言うまでもない。

西部には鋼鉄道路《レイルウェイ》も駅もなく、町も村も少ない。しかも季節は真冬だ。道行きには危険を伴う。容赦のない吹雪や強風に襲われ、彼らは幾度となく遭難しかけた。今まで以上に過酷な旅だったが、アンガスはそれをむしろ楽しいと感じていた。

アンガスは自分の容姿が西部地帯では奇異に映ることを十分承知していたので、極力人目を避け、暇さえあれば宿にこもって本の修繕に精を出した。

ある時、雪に行く手を阻《はば》まれ、暇をもてあましたジョニーが「オレも手伝う」と言ってスタンプを描いたことがあった。彼のスタンプは予想以上に素晴らしく、間違いもなかった。さすがは名工ラスティの息子と思いきや、これが本の修繕となると、まるで話にならない。彼の直した本では、囚《とら》われの姫を救い出しに行った王子がいきなり糸を紡ぎ始めたり、魔法でアヒルにされた王女が剣を振りかざして悪党どもを滅多打ちにしたりするのだ。まったく、センスの欠片も感じられない。

「これはこれでいいんだよ」とジョニーは言い張った。「俺達がどう粗削りしようと、最後の形を仕上げるのは、神の摂理なんだから！」

本の欠片は大事な資源だ。これ以上、荒らされてはたまらない。アンガスはジョニーを追い払い、その後一切、修繕中の本には触れさせなかった。

西部では本はあまり一般的ではない。特に山間《やまあい》の小さな村では、今までに一度も本を目にしたことがない人もいる。そんな人々にも、ジョニーは言葉巧《たく》みに本を売りつけ、その金で食料や旅の道具の買い出しをしてきた。

アークは人目を集める看板兼荷物持ちとしてジョニーにかり出された。天使そのものの外見を持つアークは理由もなく喧嘩《けんか》を売られたり、罵声を浴びせかけられたりした。でも彼は困った顔をするだけで、決して言い返したりはしなかった。

ベリディス湖の近くにある遺跡で、五番目の『Prosperity《繁栄》』を入手した後、彼らは進路を北に取った。海岸線に沿って馬車を走らせること一週間。ゴツゴツとした岩場の中に灰色の遺跡を発見する。海中に没した石板には第十四番目の『Wisdom《英知》』が刻まれていた。

それを回収した後、アンガスは旅の地図を広げた。

「このまま東に向かうとプラトゥム平原ですね」

そこはエヴァグリン連盟保安官《リーグ・マーシャル》が自慢していた、彼の故郷だった。

「緑の草原と青く澄んだスペクルム湖。麗しのプラトゥムかぁ。きっと綺麗な所なんでしょうね」

「今の季節に緑の草原があるわけねぇだろが」

ジョニーは荷台に座り、ヤスリで爪の手入れをしている。せっかくの気分に水を差された気がして、アンガスはジョニーを睨んだ。それに対し、ジョニーは仕方ないだろと言うように肩をすくめる。

「それにこのあたりも乾燥化が進んで大変らしいぜぇ？」フッと息を吹きかけて、爪についた粉を吹きとばす。「聞くところによると、昨年は湖に流れ込む水が絶えちまって、スペクルム湖は半分に縮んじまったそうだ。北からはオルトゥス砂漠も迫ってきてるらしいしな」

その話は立ち寄った村でアンガスも耳にした。土地の乾燥化。それに度重なる小さな地震。西部の人々は不安そうに、山の神がお怒りになっているのだとささやき合っていた。

「これも文字《スペル》のせいなんでしょうか？」

「おそらくな」

姫は暗い水平線に視線を投げた。色の悪い雲が空を覆っている。凍《い》てついた風が吹きつけてくる。

「とりあえずはこのまま北上しよう。確か、近くにラテルとかいう村があったな？」

「はい。北に二十リントほどです」

「では急ごう。また雪になりそうだ」


ラテル村で雪をやり過ごしてから、彼らは北東に向かった。海岸線を離れると、しばらくはなだらかな平原が続いた。が、それもすぐに岩石砂漠へと姿を変える。大陸の北西部に広がるオルトゥス砂漠に入ったのだ。

その最中、ミニョル湖というオアシスの畔《ほとり》にある遺跡で二十一番目の『Self-control《自制》』を回収する。西部の人間は迷信深い。彼らは天使の呪いを恐れていて、遺跡には決して近づこうとしない。そのため西部の遺跡は盗掘にも遭わず、本の保存状態も非常によかった。掘り出し物もたくさん見つかった。

「今夜は祝杯を上げなきゃな！」

喜び勇んで手綱を握るジョニーに、

「ご主人様に経済的負担をかけるような真似はやめてください」とアークが抗議した。「祝杯といっても、お酒を飲むのは貴方だけなんですから」

「なんだよ、たまにはハメ外したっていいだろが」

「ジョニーが羽目を外すのは『たまに』ではなく『いつも』です」

「なにおぅ？　言うじゃねぇか、この木偶《でく》人形！」

「私にはアークという名前があります。人形と呼ばないでください！」

些細なことで四六時中言い争ってはいるけれど、仲が悪いわけではない。二人にとって、言い争いは言葉遊びのようなもの。それがわかっているから、アンガスは何も言わず放置している。

それに、彼には気になっていることがあった。

最近、姫に元気がない。こうやって西部の遺跡を回ろうと言い出したのは彼女だし、旅に疲れたというわけでもないだろう。仲間達と旅することが嫌なのかとも思ったが、たまに見せる笑顔はジョニーやアークをからかっている時だったりする。

何が原因なのか、アンガスにはわからない。もちろん尋ねることも出来たのだが、彼は訊かなかった。時期が来たら彼女の方から話してくれる。いつもそうだった。だから彼は、それを待つことにした。


その後、オルトゥス砂漠の縁にあるリーウスを経由し、駅馬車の街道に出た。南にはアンスタビリス山脈がそびえ、北にはオルトゥス砂漠が広がっている。ここからアウラまでは馬車でおよそ一日の距離だった。立ち寄れない距離ではないが、水も食料もギリギリの貧乏旅行だ。寄り道をしている余裕などないことは、アンガス自身が一番よく知っている。

それでも出来ることなら、アウラで拾った日記を返しに行きたかった。本の修繕をする合間を縫って、彼はアウラの日記を修復し続けていた。セラに関する記述がないか探していたのだ。けれど最初に見つけた、本を読む姿以外には、それらしきスタンプは発見出来なかった。

セラに会いたい。

彼女と話がしたい。本当のことが聞きたい。

セラは元気にしているだろうか。スタンプの修業は進んでいるだろうか。時々は僕のことを思い出してくれているだろうか。必ず戻ると約束してから、もう十ヵ月が経ってしまった。あんな約束のことなど、彼女は忘れてしまっているかもしれない。

そんなアンガスの思いをよそに、馬車は高原地帯《ハイランド》を走り抜けた。彼らが目指したのはウォラーレ湖。そこには以前、姫の独断でカネレクラビスに向かうことになったため、行き損ねた遺跡があった。

ここのところ、ずっと晴天が続いていた。厳しかった寒さも少しずつやわらぎ始めている。ウォラーレ湖を水源とするウェニーレ川は増水していた。雪解けが始まっているのだ。

高原の盆地にあるウォラーレ湖は神秘的な湖だった。水面に空を映し、時間とともにその青色を微妙に変化させていく。湖の外周は断崖絶壁。その崖に、ヤギの角のような白い岩が突き出ていた。それが遺跡だった。湖を見下ろす白い遺跡、中央には小さな祠《ほこら》があり、水晶玉が祀《まつ》られている。

アンガスはそっと手を伸ばし、祠から水晶玉を取り出した。文字《スペル》が刻まれた物は時の経過から切り離される。中央に文字《スペル》を浮かび上がらせたこの水晶玉も例外ではなく、その表面は磨き上げられたばかりのような輝きを放っていた。

「第十番目──『Curiosity《好奇心》』だ」

アンガスは水晶玉を右手に、左手に十ページを開いた『本』を抱える。

「どうぞ」

彼の声を合図に、姫は歌い始める。

砕け散りし　我が魂
帰り来たれ　悔恨の淵へ
いま一度　我が元へ

まだ見ぬ場所　世界の果て
遥《はる》かな地平　遠き星々
求めよさらば　叶えられん
探求の心が　未来を開く

姫の歌声は何度聴いても心に響く。優しい余韻に浸るアンガスの右手から、虹色《にじいろ》の蝶《ちょう》が飛び立った。それは彼の目の前をひらひらと横切り、その左手――『本』の上へと着地した。

「これで二十七個」呟くように姫が言った。「地図に載っていた遺跡は、すべて回ったことになるな」

「ええ」

アンガスは曇ってしまった水晶玉を祠に戻した。本の欠片を探しているジョニーとアークに合流しようと歩き出す。

「アンガス」

姫の声に、彼は足を止めた。

「はい？」

姫は背を向けたまま、なかなか言葉を続けようとしなかった。アンガスは待った。彼女が再び口を開くまで、じっと待ち続けた。遠くの空で雲雀《ひばり》が鳴いている。ジョニーとアークの話し声も聞こえてくる。

「お前――」と姫が言った。「どうして私と一緒に旅をしてくれるのだ?」

すぐには答えず、アンガスは考えた。姫の気鬱《きうつ》の原因はこれだったのだろうか?

「初めて会った時、私はお前に言った。文字《スペル》を宿している限り、お前は死ぬことが出来ない。だが文字《スペル》の回収に協力するなら、お前に宿った文字《スペル》も回収してやろう。すべての文字《スペル》を集め終えた時には、お前を解放してやろう……と」

姫はゆっくりとアンガスを振り返った。

「覚えているか?」

「はい」アンガスは頷いた。「あの時は生きているのが辛くて――それから解放されたくて、旅を始めた気がします」

姫の表情が曇った。アンガスは慌てて言葉を続ける。

「でも今は違います。なぜかと問われても、うまく答えられないんですけど――」

そこで彼は、ほんの少しだけ微笑んだ。

「この旅を続けているのは死にたいからじゃありません。それだけは確かです」

「そうか」と言ったきり、姫は黙り込んだ。

何か思い出したんですかと、出来ることなら尋ねてみたかった。なぜ『本』は渓谷の洞窟にあったのですか? なぜ姫は『本』に宿っているのですか? 文字《スペル》と姫にはどんな関係があるのですか?

「私はあの洞窟で、長い間待ち続けていた。誰かが私を見つけ、私を拾い上げてくれることを、長い間、ひたすら祈り続けていた」

姫は顔を上げ、アンガスを見つめた。

凜《りん》とした双眸。緩やかに波打つ黒髪。その姿を美しいと思った。今まで見てきたどんな人間よりも美しいと思った。

「気になるか？」

姫の口元に悲しげな微笑みが浮かぶ。こんな表情、今まで見たことがない。

「私が何者なのか、知りたいか？」

「知りたくないと言えば嘘になるけど——」アンガスは咳払いをして、姫から視線をそらした。「姫が言いたくないことを、無理に訊こうとは思いません」

「お前は優しいな」

そう呟くと、姫は再び彼に背中を向ける。

「帰ろうか——バニストンに」

「はい」

何となくほっとして、アンガスは歩き出した。

その足下には春の野草が芽吹き始めている。すべてを凍り付かせていた冬が終わろうとしていた。

バニストンはその名の通り、燃石《バニストン》の採掘で栄えた街だ。今では廃坑になっているが、街の周囲には幾つもの燃石《バニストン》坑跡が残っている。燃石《バニストン》坑に敷かれていたトロッコが、鋼鉄道路《レイルウェイ》の発祥に繋がったというのは有名な話だ。

そのバニストンに続く鋼鉄道路《レイルウェイ》の沿道を、今、二頭牽《ひ》きの馬車が行く。

「へ……へくちゅん！」

クシャミをして、アンガスは洟をすすった。毛布にくるまっていても背筋がゾクゾクする。雪が溶け、あたりはすっかり春めいてきたというのに、どうやら風邪をひいたらしい。

「大丈夫ですか？　ご主人様？」

「うう……なんとかね」

頭が重い。アンガスは荷台に横になった。それでも右手に持った新見聞《ニュースペーパー》は手放さない。第一面には、最近横行している詐欺事件の手口が記されていた。二面、三面にも空き巣や集団スリ事件の記事が連なる。治安の良いバニストンにも、じわじわと荒廃の波が押し寄せてきているようだ。これも文字《スペル》の影響なのかもしれないと思うと、ただでさえ重たい頭がますます重く感じられる。

「う……くっしゅん！」

再びクシャミをして、アンガスは空を仰いだ。目の奥がズキズキする。顔は熱いのに背中は寒い。ぽかぽかとした日差しさえも恨めしい。

「お、見えてきたぞ。バニストンだ」

ジョニーが言う。彼は荷台を振り返り、アンガスを見て顔をしかめた。

「どうでもいいけど、オレにうつすなよ？」

「お前は大丈夫だ」アンガスに代わって、姫が断言した。「ナントカは風邪をひかないと、昔から言うだろう？」

馬車はバニストンに到着した。街外れにある厩舎に馬と馬車を預け、彼らは街に繰り出した。

「うひょ～っ、久しぶりの大都会だぜ！」

ジョニーは嬉しそうに両手を空に突き上げた。

「まずは酒ッ！　それから女ッ！」

「その前にエイドリアンの所へ行きましょう」

アンガスは言った。熱のせいか、大地が揺れている気がする。

「一度、彼女に根性叩きなおして貰うといいです」

「絶対にイヤ！」

ジョニーはベェと舌を出し、脱兎のごとく走り出した。少し離れたところで振り返り、

「宿が決まったら知らせる。支払いは頼んだぞ！」と言うが早いか、そのままメインストリートへと走り去っていく。

「まったく……」

アンガスは閉じた『本』を小脇《こわき》に抱えなおした。その他の荷物をすべて背負ってくれているアークを振り返る。

「──んじゃ、行こうか」

彼らはデイリースタンプ新見聞社《ニュースペーパー》に向かった。何の連絡もしないまま、一年近くが経過していた。みんな元気だろうかと思いながら、事務所の扉を開く。

以前と変わらぬ光景が飛び込んできた。職人達は机に向かい、明日の原稿を書いている。事務所の奥ではエイドリアンとアンディが難しい顔で打ち合わせをしている。

アークに「ここにいて」と言い残し、アンガスは彼らの傍へと歩いていった。手前で足を止め、

「お取り込み中、失礼します」と声をかける。

「アンガス！」

「アンガスくん！」

エイドリアンとアンディは異口同音に叫んだ。

「この馬鹿！　どこ行ってたんだ！」エイドリアンは彼に駆け寄り、ぎゅっと抱きしめた。「モルス

ラズリの件、聞いたよ。お前ときたら連絡すらよこさないんだもの。姫が一緒だから馬鹿な真似はしないと思ってたけど……心配したんだからね？」

「ごめんなさい」

心配をかけたことは心苦しかったが、それ以上に嬉しかった。自分を気にかけてくれる人がいる。自分を迎え入れてくれる場所がある。それが嬉しい。

「実は姫の提案で西部の遺跡を回ってきたんです」

「おや、あんなに西部に行くのを嫌がっていたのに、どういう心境の変化だい？」

エイドリアンはアンガスを放し、彼の顔をしげしげと眺めた。

「そういやお前、ちょっと変わったね？」

「そうですか？」

「ああ、なんて言うか……」彼女は顎に手を当て、ふふっと含み笑いした。「逞《たくま》しくなった、かな？」

答えに窮し、アンガスは照れ笑いをした。これ以上誉められると、余計に熱が上がりそうだ。彼は話を変えることにした。

「ええと、旅の詳細は今夜にでも話すとして……とりあえず、旅の仲間を紹介します」

彼は事務所の出入り口を振り返った。手招きすると、アークは背負った荷物をぶつけないよう注意しながら、彼の傍へとやってくる。

「縁あって一緒に旅をしている、アークです」

アークは深々と一礼した。そこでアンガスは口に手を添え、声を潜める。

「アークは天使族の遺産――自動人形《ドール》なんです」

「噂に聞いたことはあるけど……」アンディは感心したように呟いた。「本当に本物かい？」

「はい、ご主人様のおっしゃる通りです」

にっこりと笑顔で答えるアークに、今度はエイドリアンが尋ねる。

「ご主人様って、アンガスのこと？」

「はい、そうです！」

嬉しそうにアークが答える。

「これはまた、奇妙な連れが出来たねぇ」

アンガスの耳に口を寄せ、エイドリアンはささやいた。

「旅の話を聞くのが楽しみだよ」

「ええ、その時にもう一人、紹介出来るといいんですが……これがもう、逃げ足が速くて」

「ま、いいさ」

エイドリアンは彼の肩をポンポンと叩いた。

「今日はなるべく早く戻るようにする。先に帰って、元気な顔を見せてあげてよ。アイヴィもトムも、それにセラも、お前のこと心配してたんだよ？」

懐かしい彼らの笑顔が目に浮かんだ。

「みんな変わりありませんか？」

「あ……ああ」

エイドリアンはぎこちなく頷いた。

「きっとお前も驚くよ？　一目見た時からアイヴィは見抜いていたらしいけど――それにしても、あれほどまでとは思わなかったねぇ」

何を言いたいのか、アンガスにはよくわからない。

「あの……何のことですか？」

「セラだよ。彼女は地図屋と——」と言いかけて、エイドリアンは急に手を打った。「っと、待った！　それどころじゃなかったんだ！」

「はい？」

「お前の話に出てきた地図屋の息子……名前はウォルター・ヘイワードだったよね？」

「そうですが？」

スタンプを教えてくれた地図屋のこと。山小屋で暮らした少年時代。なぜモルスラズリを追われることになったのか。エイドリアンにはすべて話してある。

「ウォルター・ヘイワードという名の青年が、半年前からこの街で地図店をやってるんだ」

「ウォルターが？」

雪山に消えたウォルター。歓喜の園に行ってしまったウォルター。無事でいてほしい、生きていてほしいと何度も願った。けれど——

「ウォルターが……生きている？」

アンガスはまじまじとエイドリアンの顔を見た。

「本当にウォルターなんですか？」

「珍しい名前じゃないから、必ずしもお前の友人とは限らないけど——」

「どこですか？」エイドリアンの言葉を遮って、アンガスは尋ねた。「どこに行けば会えますか？」

「店はターキーストリートの四番街に——」

聞き終わらないうちに、アンガスは身を翻した。

「待ってください、ご主人様！」

叫ぶアークを事務所に残し、アンガスは階段を駆け下りる。足が地を離れ、体が浮き上がる。体が軽い。まるで背中に翼が生えたみたいだ。

もちろん、それは錯覚だった。アンガスはつんのめるようにして階段を転がり落ちた。

2

俺に釣りを教えてくれたのはウォルロックだった。ヤギの腸から作った釣り糸も、ヤギの骨で作った釣り針も、すべて彼のお手製だ。岩の下にいる虫をエサにするのだと、教えてくれたのも彼だった。

俺は仕事の合間に母《マーテル》湖に行き、湖に張り出した岩の上から釣り糸を垂れた。釣果があれば言うことなしだが、釣れなくてもかまわなかった。静かに一人で考える時間こそ、俺が欲していたものだった。

寝ても覚めてもリグレットのことが頭から離れない。いつでもその姿を探し求め、会話をすれば心が躍り、その手に触れただけで心臓が高鳴った。反対に、彼女に会えなかった日は心が沈み、まともに仕事も手につかない有様だ。

「それは恋だ」とクロウは言う。「自分の想《おも》い、キチンと相手に伝えるべきだよ」

想いを伝えるのはいい。その先が問題なのだ。彼女が俺を受け入れてくれたとして、それからどうする？　彼女は稀代《きたい》の歌姫だ。誰かと結婚すれば、一族は歌姫の子を期待する。

けれど俺には無理だ。俺とでは子孫を残せない。子供を作れない男を歌姫の伴侶にするわけにはいかない。ラピス族のためを思うなら、大人しく身を引くべきだ。たとえ一緒になれなくても、彼女の傍にいて、彼女を想い続けることは出来る。

そう――頭ではわかっている。

でも嫌だ。嫌なのだ。彼女を誰にも渡したくない。彼女が他の男と所帯を持ち、子を生すことなど想像もしたくない。理性に従うべきか、感情に従うべきか。いくら考えても答えが出ない。

「お～い！」

クロウの声に、俺は我に返った。

湖面では浮きがリズミカルに動いている。急いで引き上げたが、エサを持っていかれた後だった。

「釣れたか？」

「お前が大声出すから逃げられた」

俺は振り返りもせずに答えた。

「バツとしてエサ取ってこい」

「うえぇ……アザゼルは最近、人使い荒い」

「居候《いそうろう》が文句を言うな」

「へぇ～い」

クロウは再び湖畔へと下りていく。

俺は釣り針に新しいエサをつけて湖に投げた。水面に波紋が広がっていく。枯れ木で作った浮きがゆらゆらと揺れる。俺はそれに神経を集中させた。考えごとに没頭していたせいか、今日はまだアタリがない。俺一人ならそれでもいいが、クロウと競うとなれば話は別だ。

背後で足音がした。

「早いな。もう取ってき――」

違う——この気配。クロウじゃない。

俺は振り返ると同時に立ち上がった。

そこには一人の男が立っていた。茶色がかった長い金髪。アクアマリンの瞳。透けるような乳白色の肌は、懐かしくも忌《い》まわしい天使族特有の色。

「ガブリエル……？」

俺の声に、彼は優しく微笑んだ。懐かしい微笑みだった。なのに俺の頭の中には警鐘が鳴り響いた。こいつ——本当にガブリエルか？

「二ヵ月ほど前、貴方の思念を感じました。最初は幻かと思いました。でも諦めきれなくて、その後もずっと行方を捜していました」

二ヵ月前——クロウを捜すために首輪を外した時だ。あの時、思念を捉えられていたのだ。

「貴方にまた会えるなんて、まるで夢のようです。よく生きていてくれました」

ガブリエルが足を踏み出した。俺は一歩後じさる。ここは湖に突き出した岩の上、逃げ場はない。飛び込んでも怪我をする高さではないが、水浴びするにはさすがに水が冷たすぎる。

「なぜ逃げるのです？」

さらにもう一歩踏み出し、ガブリエルは両手を広げた。

「私達には貴方の力が必要なのです。一緒に聖域へ戻りましょう」

「やめろ」

ガブリエルの白い顔を、俺は睨み付けた。

「お前は誰だ。ガブリエルに何をしやがった」

途端、ガブリエルの表情が一変した。

「なぁんだ、バレてたんだ？」ふて腐れた子供のように唇を突き出す。「首輪付きのくせになんでわかるの？　ムカつくなぁ」

それは舌っ足らずな、幼い少女の声だった。

「ガブリエルは壊れちゃったの。だから私が貰うことにしたんだ」

これは心縛だ。ラファエルに乗っ取られたツァドキエルと同じだ。このガブリエルの中には、別の誰かがいる。

「誰だ、貴様は」

「私はツァドキエル。ああっと、アンタにホレてたあの馬鹿女と一緒にしないでね。私はその次のツァドキエル。アンタが殺したラファエルと同じ、優秀遺伝子のハイブリッドよ」

その手が神経銃を引き抜き、銃口を俺に向けた。

逃げられない——と思った瞬間、

「でやっ！」

かけ声とともに、クロウがツァドキエルを殴り倒した。両手で大きな石を持っている。

「誰、これ？　ヤバいやつ？」

ツァドキエルは頭を押さえて呻いている。俺はその脇をすり抜け、クロウに駆け寄った。

「逃げろ！」

首輪をつけている限り、俺に精神攻撃は効かない。けれどクロウには精神波に対する免疫がない。このままでは彼も心縛される。

「でも、アザゼルは？」

「いいから逃げろ！」

俺はクロウを突き飛ばし、早く行けと手を振った。クロウが落とした石を拾い、ツァドキエルに向き直る。まだ殴られたダメージから立ち直っていない。今なら首輪付きの俺でも殺せる。

「——殺……す？」

自分自身の殺意に、ぞくりと身が冷えた。

ガブリエルを殺す？　この俺が？

彼を殺さなければ平穏は破られる。この地に残りたいなら、リグレットの傍にいたいのなら、今ここで彼を殺すしかない。ガブリエルの魂は喰われてしまった。こいつはただの抜け殻だ。俺の知っているガブリエルはもう戻らない。これはツァドキエルの操り人形。ガブリエルではない。

「クソっ」

いくら言い聞かせても駄目だった。俺には出来ない。ガブリエルを殺すなんて出来っこない。

「——あぁく」

か細い声でツァドキエルが言った。頭を押さえ、空に向かって叫ぶ。

「アーク、コイツを拘束して！　それと、私を殴ったあのサル、捕まえてきて！」

天から羽音が降ってくる。

俺は上空を見上げた。舞い降りてくる三体の自動人形《ドール》——その背中には美しい銀色の翼が生えていた。

彼らは着地し、揃って右手を俺に向けた。手首がかくんと外れ、奥から銃口が現れる。音もなく発射された神経針が俺に突き刺さる。手から石が落ちる。痛みを感じる暇もなく、全身から力が抜ける。急速に意識が薄れていく。

「アザゼル——！」

クロウの声。あの馬鹿、逃げろと言ったのに。

ぼんやりとした視界にクロウの姿が映る。転びそうになりながら、こちらに向かって走ってくる。

三体の自動人形《ドール》が彼を取り囲み、いとも簡単に彼を拘束する。

「畜生、サルの分際で私を殴ったな！」

ツァドキエルがガブリエルの体を起こした。

このままではクロウが殺される。

なんとかしなければ――

「このヤロウ、アザゼルに何した！」

拘束されてもなおクロウは暴れ続けている。

「うるさい！」ツァドキエルがクロウの顎を摑み、その目を覗き込む。「獣なら獣らしく、仲間を喰らっていればいいんだよ！」

「待て――」

声が、出た。

俺はベルトから薬草採取用のナイフを抜いた。その刃を自分の喉に押し当てる。

「そいつを心縛したら……喉を切る」

「死にたきゃ死ねば？　バカじゃないの？　それで脅してるつもり？」

「聖域を維持するためには……俺の歌が必要なはずだ。そのために……俺を捜していたんだろう？」

ほとんど音にならない声を、俺は喉から絞り出す。

「俺が死んだら……聖域は落ちるぞ？　それでもいいのか？」

ちぇっ、とツァドキエルは舌打ちした。

「アーク、そのサルを放して」と命じ、すぐに「あ、ちょっと待って」と呼び止める。

ツァドキエルは石を拾い、罵詈《ばり》雑言を吐きまくっているクロウの頭を殴った。自動人形《ドール》の腕の中、クロウはぐったりと力を失う。

「もういいよ、放り出して」

拘束を解かれ、クロウは岩の上に倒れた。弛緩した体。頭から流れ出した血が、岩の上に血溜《ちだ》まりを作っていく。駆け寄って無事を確かめたいが、もう体が動かない。

「さてと」

ツァドキエルは俺の手からナイフを奪った。

「ウリエルはアンタを歌う人形にしたいんだってさ。ま、ここで簡単に殺しちゃうより、その方が面白いかもね」

岩の上に転がっている神経銃を拾い上げ、俺の胸に押し当てる。

「なんにもわかんなくなったアンタの顔に、ラクガキしに行ってあげるよ」

プシュという音が聞こえた。胸に痛みを覚えた。もはや限界だった。今度こそ俺の意識は奈落《ならく》の底へと落ちていった。

3

誰かが手を引っ張っている。最初はそっと、次にはもう少し強く、しまいにはぐいぐいと、誰かが『本』を引っ張っている。

アンガスは瞼を開いた。目の前に知らない顔がある。彼は反射的に『本』を胸に抱え込んだ。

「ど……泥棒？」

「なんだよ、その態度」

答えたのは茶褐色の肌をした青年だった。彼はアンガスを横目で睨み、口を尖らせる。

「胸の上に本を載せてちゃ重いだろうから、退《ど》けてやろうとしただけじゃんか」

「え？　そ、そうなの？　ごめん」

アンガスはあたりを見回した。古ぼけた木の天井、汚れた窓ガラス、あたりに漂うインクとカクタスガムの匂い。デイリースタンプ新見聞社《ニュースペーパー》の一階、印刷所だ。

「僕、どうしてこんな所で寝てるの？」

「お前、階段から身投げしたんだよ」青年は馬鹿にするように鼻を鳴らした。「ダセぇな。ったく、こんなヤツのどこがいいんだか」

理由はわからないが、よく思われていないらしい。言い返したい気もしたが、頭がガンガンしてそれどころではなかった。何か急用があった気がするのだが——頭が痛くて思い出せない。

「セラのこと散々泣かせやがって……いまさらどのツラ下げて彼女に会おうってんだ」

「セラ？　セラが、なんだって？」

「そんなんだから取られちまうんだよ、あのイケ好かねぇキザな地図屋にさ！」

いけ好かない……キザな……地図屋？

「そうだ！　ウォルター！」

アンガスは跳ね起きた。途端、激しい頭痛に見舞われる。

「ううううう……」

「あ〜あ、馬鹿につける薬はねぇな」

青年は肩をすくめると、印刷所から出ていった。扉の向こうから声が響く。

「エイドリアンさ〜ん！　目ぇ覚ましたよ！」

階段を下りてくる足音がする。「野暮用言いつけて悪かったね、ダニー」

「別に。じゃ、オレ、仕事に戻りますから」

今度は階段を上っていく靴音。

「気分はどう？」

エイドリアンが印刷所に入ってきた。彼女は小さな木の椅子を引いてきて、アンガスが寝ていた長《なが》椅子《いす》の傍に座った。

「少しは落ち着いた？」

「いいえ」アンガスは左手を額に当てた。「混乱して……もう何がなんだか」

「無理もないね」

エイドリアンはポケットから煙草を取り出した。あたりに人気がないことを確認してから、こっそりと火をつける。

「どこか痛む？　手足はちゃんと動かせるかい？」

アンガスはそっと四肢を動かしてみた。関節がギシギシ痛んだが、動かせないほどではない。

「体は動きます。けど——頭がガンガンします」

「お前が寝てる間に医者に診て貰った。頭は打っていないって。頭痛がするのは風邪のせいだろう」

そこで困ったように眉を寄せ、エイドリアンはふうっと煙を吐いた。

「だけどお前が目覚めないもんだから、アークが心配してね。ジョニーを捜してきますって、出ていっちゃったんだよ」

「はぁ……」その様子が目に浮かぶようだ。「すみませんでした」

「アークから話は聞いたよ。もう一人の仲間ってのは、あのジョナサン・ラスティなんだって？」

「そうです。師匠、彼をご存じなんですか？」

「直接会ったことはないよ。けどこの業界では有名な話さ。ロバート・ラスティが殺された夜、行方不明になったジョナサンとデヴィッドの兄弟はね」

エイドリアンは一服し、感慨深そうに呟いた。

「あの息子達、生きていたんだね」

そうだ。生きていたといえば――

「僕、ウォルターに会わなきゃ」

アンガスは立ち上がろうとした。それだけで、目の奥がズキズキと痛む。

「慌てるなって。そんなにフラフラしてちゃ、ターキーストリートに着く前に倒れちゃうよ」

「でも――」

「急がなくても彼は逃げやしない」彼女はアンガスの肩に手を置いて、再び彼を座らせた。「それに、まだお前に話していないことがある」

ふわり……と温かい手が頭に触れた。労《いたわ》るように彼の頭を撫でる。

エイドリアンは穏やかな口調で切り出した。

「セラに文字《スペル》のことを話した」

アンガスは顔を跳ね上げた。

「なぜ――？」と言ったきり、後が続かない。文字《スペル》の秘密は知るだけでも危険を伴う。それでなくても彼女は何者かに狙われている。それなのに……どうして？

「セラが知りたがったから」

静かな声でエイドリアンは答えた。

「なんでお前が旅をしているのか。セラはずっと知りたがってた」

彼女はゆっくりと煙草を吹かした。

「あの地図屋がこの街に来てから、セラは思い悩んでいた。知り合いなのかと尋ねてみたけど、否定されたよ。でもね、あの二人の間には何かがある。だからセラがとった行動にも、何か理由があるんだよ」

「セラは……何をしたんですか？」

エイドリアンはすぐには答えなかった。煙草を床に捨て、靴底で火を揉《も》み消《け》した。時間をかけて吸い殻を拾い、同情に満ちた目を彼に向ける。

「婚約したんだよ。ウォルター・ヘイワードと」

「え、ええっ？」

思わず腰を浮かせたアンガスの膝から『本』が床に落ちた。ページが開き、憮然とした表情の姫が姿を現す。アンガスはそれにさえ気づかず、エイドリアンに喰ってかかった。

「だってセラはまだ十三歳……いや、もう十四歳か。どっちにしてもまだ子供じゃないですか？　なのに婚約？　冗談でしょう？」

「西部では十五歳が結婚適齢期だと聞いたよ。ホリーだって十七歳で結婚してる」

「それにしても、早すぎる！」

「お前の頭の中では、セラはまだ男の子みたいな姿をしてるんだろう？」

エイドリアンは歪んだ笑みを浮かべた。

「一目見ればイヤでもわかると思うけど、セラほどの美少女はそういないよ。バニストンに住む若者達は先を争って、彼女とお知り合いになろうとしている」

エイドリアンは両手を肩の高さに上げてみせた。

「それでもセラは待ち続けたんだ。白い髪をした王子様が戻ってきてくれるのをね。だけどその前に、本物の王子様が現れた。容姿端麗でお金持ち、頭も切れて性格もいい。しかも彼はセラにぞっこん惚《ほ》れ込《こ》んでた。噂によればプロポーズの言葉は『僕は待つ。君が振り向いてくれるまで、僕はいつまでも待ち続ける』だったそうだよ」

アンガスは絶句した。何がショックなのか、わからないほど衝撃を受けていた。いろんなことが一度に起こりすぎて、脳の処理能力を超えてしまったようだ。

「アンガス、惚《ほう》けている場合じゃないぞ」

姫はアンガスを睨み、さらにエイドリアンを見上げた。

「ここ最近、事件が多くないか？」

「事件？　あの詐欺事件のこと？　確かに犯罪件数は増えてるけど」

「やはりな」

彼女は険しい顔をして言った。

「この街に文字《スペル》が持ち込まれている」

「なんだって？」

アンガスは姫を床から拾い上げた。東部最大の都市バニストンでアウラやフリークスクリフと同じことが行われたら、それこそ大惨事になる。

「そんな大切なこと、どうしてもっと早く教えてくれないんですか！」

「誰のせいだと思っている！」

嚙みつくように姫は言い返した。

「私だって焦っていたのだぞ！　なのにこの街に入ってから、お前は一度たりとも『本』を開かなかったじゃないか！」

4

俺が脱出してから約一年。聖域は見る影もなく荒廃していた。かつての楽園のイメージはどこにもない。下級天使の姿は消え、エネルギーは枯渇し、食糧の生産さえままならない。精神ネットワークシステムは崩壊寸前だった。

白い楕円《だえん》形の部屋。白一色の無機質な床。刻印からエネルギーを引き出すためのホールには二体の自動人形《ドール》を伴ったウリエルがいた。

「お前を殺し損なったことが私の最大の罪」

車椅子《くるまいす》に座したウリエルは、抑揚のない合成音声で言った。

「お前が余計な入れ知恵をしたせいで、下級天使達は暴動を起こしたのよ」

飛び降りる寸前に、俺はパロットネットワークを使ってメッセージを残した。四大天使がお前達の心を乗っ取ろうとしている。アクセスクリップを外せ。乗っ取られるな。自分の意志で行動しろ。籠の中から己の心を解き放て——と。

「心縛化がすでに終了していた者達を除いて、下級天使達を一掃しなければならなかった。事に当たったミカエルとスリエルは命を落とし、他にも大勢の上級天使達が意味もなく殺された。おかげでエネルギー不足に拍車がかかったわ。この楽園を維持するため、お前の歌が必要になるくらいにね」

そうか。俺の声は正しく届いていたのだ。本人達さえ気づかないまま、自由意志を搾取され続けていた中下階級の天使達に。彼らは自由を求めて蜂起《ほうき》し――殺された。目覚めたがゆえに、彼らは殺されたのだ。

「やはりお前は破滅を呼ぶ悪魔の子だった。けれど、もう思い通りにはさせないわ。お前は犯した罪の代償を払うのよ」

彼女に付き従う自動人形《ドール》――美しい夜の天使《レリエル》が、俺に刻印の入った杖《つえ》を渡した。ウリエルは車椅子に座ったまま、無表情に言った。

「選択肢は二つ。心縛されて歌う人形となるか。自ら進んで『解放の歌《リベルタカントゥス》』と『鍵 の 歌《クラヴィスカントゥス》』を歌い、我らにエネルギーを供給するか。ガブリエルに免じて、それくらいは選ばせてあげましょう」

少し間を置いて、彼女は続けた。

「貴方が犯した大罪をガブリエルは自分の罪と考えたの。その贖罪として、彼は自意識が崩壊するまで『解放の歌《リベルタカントゥス》』と『鍵 の 歌《クラヴィスカントゥス》』を歌い続けた。結果、彼がどうなったか。もう知っているわよね？」

ガブリエルはツァドキエルに乗っ取られ、彼女に使役される操り人形と化した。

俺のせいで――俺に関わったがゆえに。

「さあ、選びなさい」

断罪するように『理性の頭脳《ウリエル》』は言った。

彼女の言う通りだった。俺は大罪を犯した。短い人生では償いきれないほどの大きな罪を犯した。

あの時、俺は逃げてはいけなかったのだ。ガブリエルを説得し、搾取された者達と一緒に立ち上がり、自由を勝ち取るために戦うべきだったのだ。命を捨てようとするのではなく、命を懸けて戦わなければならなかったのだ。

俺は地上で自由を手に入れ、幸福を手に入れ、それに満足していた。後に残された者達のことなど考えもしなかった。どんなに後悔しても、もう遅い。大勢の命が失われ、ガブリエルは壊れてしまった。

ならば——同じ過ちは二度と犯さない。

ウリエルは大地の人の存在を知ってしまった。いずれ彼女は大地の人を心縛し、歌う人形にしようと考えるだろう。そうさせないためにも、大地の人に天使と戦う術を教えなければならない。それが出来るのは、俺だけだ。

「『解放の歌《リベルタカントゥス》』と『鍵の歌《クラヴィスカントゥス》』を歌おう」

死に逃げ込むことは容易い。けれど、俺はもう逃げない。たとえ魂を売ってでも生き延びる。望みを繋ぎ、脱出する機会を待つ。俺は必ず、彼らの元に戻ってみせる。

5

バニストンに文字《スペル》がある。最悪な事態を招く前に、それを発見し、回収しなければならない。

なのにアンガスは高熱を出し、そのまま寝込んでしまった。朦朧《もうろう》としながら夢を見た。目覚めれば色も形も記憶にない。ただ悪夢の感覚だけが、体中に残っている。

そんな彼をアークはつきっきりで看病してくれた。アイヴィは彼にも食べられるようにとお粥《ポリッジ》を煮てくれたし、トムは本を持って見舞いに来てくれた。エイドリアンも日に一度は必ず顔を出し、文字《スペル》に関する情報を報告してくれた。あのジョニーですら、エイドリアンの留守を見計らって、彼を訪ねてきてくれた。けれどセラは――すでにこの家を出て、地図屋の家で暮らしているというセラは、一度も姿を見せなかった。

起き上がれるようになるまでに二週間かかった。

ようやく回復した頃には、逆に気持ちが萎《な》えてしまっていた。

「僕はウォルターを置いて逃げたんだ」

見舞いと称して昼飯を食べに来たジョニーを相手に、アンガスは独り言のように呟く。

「地図屋さんの徘徊はいつものことだった。僕がきちんと気をつけていれば、あんなことにはならなかったんだ。ウォルターは、きっと僕を恨んでる」

「そんなの、会ってみなきゃわからねぇだろ」

アイヴィが作ってくれたターキーサンドをぱくつきながら、ジョニーは言った。

「だいたいそのウォルターって若造が、マジにお前の友達かどうかもわからねぇんだし」

「それは――そうだけど」

「じゃ、ウダウダ言ってないで確かめに行こうぜ？　悩むのはそれからでも遅かねぇだろ、な？」

「ヘタレもたまには良いことを言う」

膝の上に置かれた『本』の上から、姫はアンガスを見上げる。「それにお前が恐れているのはウォルターではない。お前はセラがウォルターと婚約したという事実から目をそらしたいだけだ」

「ち、違いますよ！」

「違わない」姫は断言した。「お前は自覚している以上に、あの娘を意識している」

アンガスの部屋には、床が見えなくなるほどあちこちに本が積み上げられていた。姫はその一角を指さす。そこにはアウラで拾った日記が載っていた。

「でなければ、なぜあれを持ってきた？　お前があれの解読に努めていたこと、私が知らないとでも思ったか？」

「それは――」

セラが歌姫であることを証明する手がかりが、書かれているかもしれないと思ったからだ。彼女のことが気になったからじゃない。

「初めて会った時から、あの娘はお前をまっすぐに見た。白い髪を奇異の目で見ることもなく、青い目を怖がることもなかった。それでもお前、助けて貰えるとは思っていなかっただろう？」

その通りだった。今まで通りすがりの人に石を投げられたことはあっても、助けて貰ったことはなかった。でもセラは違った。彼女は震える手でロープを解いてくれた。

「モルスラズリにいたヘザーとかいう女。髪の色を誉めてくれたというだけで、お前は彼女に惚《ほ》れたのだろう？　ならばセラを意識せずにいられるはずがないではないか。だからこそお前は言ったんだ。別れ際、駅のホームで『必ず帰ってくる』だなんて、エイドリアンにさえ言ったことがないのにな」

アンガスは答えずに、目を閉じた。認めたくなかった。セラが待っていてくれなかったことに失望している自分を。親友かもしれない男に嫉妬《しっと》している自分を。

「それに――」と姫は続ける。「ここには文字《スペル》がある。この街がアウラのようになるのを、お前は黙って見ているつもりなのか？」

わかっている。このままじゃいけないことはわかってる。でも、怖いのだ。セラは僕の右目のことを知っている。もう以前と同じようには見てくれない。

「こんなことなら——戻ってこなければよかった」

ささやくように呟いた。

そんなアンガスを見上げた後、姫はジョニーを振り返る。

「おいヘタレ。私の代わりにコイツをぶん殴れ」

「やめてください！」アークが悲鳴を上げる。「ご主人様は病み上がりなんです。暴力はいけません！」

「お前は黙ってろ」

姫は一喝し、再びアンガスに目を戻す。

「人は誰であれ、何かを恐れ、不安におののきながら生きている。だがそれを言い訳にするな。最初から強い人間などいはしない。私とて、すべてを知るのは怖い。けれど私は、もう後悔しないと決めた。失ったものを嘆き悲しみ続けるくらいなら、今ここで傷を負い、血を流した方がはるかにマシだ」

そうだ——その通りだ。

姫の言うことは、いつも正しい。

「セラが好きなのだろう？　ならばあの娘がどういう行動を取ろうと、彼女にどう思われようと、関係ないではないか。彼女のためにしてやれることが、お前にはまだある。それを為《な》しとげろ。ローンテイルに蹴り倒されても決して屈しなかった勇気を、たとえ恨まれてでも故郷の人々を救おうとした勇気を、もう一度私に見せてくれ」

「……わかりました」

アンガスは膝の上で両手を握りしめた。

「やって、みます」

固く握った拳が、腕が、体が震える。

「一緒に、来て、くれますか？」

「もちろんだ」と姫は答え、

「どこまでもお供します」とアークが言った。

「となれば急がば回れ――じゃない、善は急げだ」

ジョニーは椅子から立ち上がった。

「早く着替えろよ。みんなで乗り込もうぜ。その問題の地図店によ？」


ターキーストリート四番街の真新しい建物、テラスに掲げられたスタンプ看板では旅人が地図を広げている。看板の中で彼は歩き続ける。同じ場所から逃れられないのだと知るよしもなく、はるかな目的地を目指して。

アンガスは看板を見上げた。扉を開く勇気が湧《わ》かない。このまま踵を返して逃げ出したい衝動に駆られる。

「ああもう、煮え切らねぇヤツだなぁ」

しびれをきらしたジョニーが彼の腕を摑み、もう一方の手で地図店の扉を開いた。先に立って店に入り、アンガスを中へと引きずり込む。

新しい店内には塵《ちり》一つ、蜘蛛《くも》の巣《す》一つない。壁に貼られた様々な地図。正面にはカウンターがあり、その後ろには中二階のテラスが張り出している。

「ウォルター・ヘイワードはいるかい？」

ジョニーの声に、カウンターにいた若い娘は目をパチパチと瞬いた。

「店長とお約束がおありですか？」

「そんなもんねぇよ」

「では、お取り次ぎ出来かねます」

「いいから旧友が訪ねてきたって言ってくれ。会わないと後悔するぞってな」

「脅迫する気？」娘は目を吊り上げた。「難癖《なんくせ》つけるつもりなら、市保安官《シティ・マーシャル》を呼ぶわよ」

「おいおい、そんなつれないこと言うなよ」

「お引き取りください」

頑として譲らない娘に対して、今度はアンガスが口を開いた。

「僕はアンガス・ケネスといいます。お店の邪魔をする気はありません。ただウォルターと……セラに会いたいだけなんです」

「アンガス・ケネスさん？」娘の口調が幾分和らいだ。「お名前は伺ったことがあります。確かセラさんのお友達でしたね」

彼女は咳払いをし、つんと顎を突き出した。

「ケネスさんがお見えになったことは伝えておきます。ですので今日はお引き取りください」

「そりゃないだろ、嬢ちゃん」ジョニーが再び割って入った。「友達と会うのに予約がいるのかよ？」

「そういう決まりなの！　そうでなくても最近、物騒《ぶっそう》な事件が多いんだから。貴方のような悪党、店長に会わせるわけにはいかないわ！」

「ええ？　オレのどこが悪人に見えるってのよ？」

「見たまんまでしょ！」

「あんなこと言ってるぞ？　おい、アンガス。何か言い返してやれよ！」

アンガスはため息をついた。

「もういい——帰ろう」

「よくねぇよ。せっかくここまで来たのに。引き返したら、お前、二度と来ないつもりだろ！」

「仕方がないよ。会いたくないって言うんだから」

「会いたくないんじゃない。会わせて貰えねぇだけだ」

「同じだよ」

「ぜんぜん違うって！」

店番の娘がわざとらしい咳払いをした。

「喧嘩するなら外でどうぞ？」

「あ～もう……」

ジョニーは頭を掻きむしった。かと思うと、店の奥に向かって大声で叫んだ。

「おい、ウォルター！　ウォルター・ヘイワード！　出てこいよ！」

「大声出すと本当に市保安官《シティ・マーシャル》を呼ぶわよ！」

娘が負けず劣《おと》らず大きな声で叫んだ時、

「どうした？　賑《にぎ》やかだな？」

若い男の声がして、中二階のテラスに男が現れた。色褪《いろあ》せた金髪に灰茶の瞳。すらりとした長身に、灰色のスーツがよく似合っている。

彼はジョニーを見て、わずかに首を傾げた。

「どなた様ですか？」

「見りゃわかるだろ！」

ジョニーはアンガスを前に押し出し、啖呵《たんか》を切った。

「アンガスと愉快な仲間達だ！」

アンガスは男を見上げた。ウォルターに似ているようにも思えるが、まったく別人にも見える。髪の色も目の色も、もっと薄かった気がする。だが当時、彼は十五歳。最後に彼を見てからすでに八年が経過している。八年もあれば子供は大人になる。

「アンガス？」

男はテラスから飛び降りた。カウンターをひょいと乗り越え、アンガスの目の前に立つ。

「白い髪──青い目──間違いない」

その端整な顔が不意に歪んだ。

アンガスははっと息を吞んだ。今にも泣き出しそうな男の顔。それは『あの人は俺を見ない』と言った時のウォルターにそっくりだった。

男は手を伸ばしたかと思うと、アンガスをぎゅうと抱きしめる。

「またお前に会えるなんて──これは夢じゃないだろうな！」

彼の温もりが伝わってくる。アンガスは確信した。これはウォルターだ。夢でも幻でもない。ウォルターは生きていたのだ！

「ウォルター！」

アンガスは懐かしい友の名を呼んだ。

「君にずっと謝りたいと思ってた。あんなことになるなんて、ごめん──本当にごめん」

「謝るのは俺の方だ」

アンガスを抱きしめる腕に、ぐいと力が加わる。

「俺は逃げたんだ。正気を失っていくあの人を見ていられなくて、アンガスに面倒を押しつけたんだ。お前があの人を追って雪山に入ったことを知って、俺がどんなに後悔したか！」

「もう二度と――会えないと思ってた」アンガスは彼を抱きしめた。「ウォルター、また君に会えるなんて、こんなに嬉しいことはないよ！」

彼と過ごした幼い日々が脳裏に鮮明に蘇る。あの頃の思い出はその一片一片が何物にも代え難《がた》い、特別な輝きに満ちていた。刹那《せつな》であるがゆえに忘れがたく、どんな瞬間よりも燦《きら》めいていた。

「もし～し」

無粋《ぶすい》な声がした。

「感動の再会は大変結構なんですがね。そろそろオレ達のことも思い出しちゃあくれませんかね？」

「誰だい、この人は？」

ウォルターの問いかけに、アンガスはジョニーとアークを紹介した。ウォルターは二人と握手して、それから店の奥を指さしてみせる。

「積もる話もたくさんあるし、今夜はうちで夕食を食べていってくれ。いいだろ、アンガス？」

「うん――」

「どうした？」

「あの……」彼は上目遣いにウォルターを見る。「ここにセラがいるって聞いたんだけど？」

「ああ、彼女は留守だ。サニディに腕のいい医者がいてね。喉の様子を診て貰いに行ってる」

「そう……なんだ」

アンガスは息を吐いた。がっかりしたのか、ホッとしたのか。自分でもよくわからない。

「お前さ、セラとはどういう仲だったんだ？」

ウォルターが遠慮がちに尋ねてくる。

これにはアンガスの方が驚いた。

「何も聞いてないの？」

「だってほら……彼女は」と言って、自分の喉を指で叩く。「ニュートン女史の所でスタンプの修業をしていたのは知ってる。けどセラがどこの出身で、どうしてバニストンに来たのかは聞いていない。知らなくてもかまわないと思ったしね」

照れたように笑ってから、ウォルターは中二階に続く階段へと彼らを誘う。

「奥へどうぞ。ジョニーとアークも遠慮するな」

アークに食事は必要ない。そこでアンガスは彼に伝言を頼むことにした。「ウォルターと一緒に食事するから、夕食はいらない」。アイヴィのことだ。これだけで意図は汲んでくれるだろう。

通された居間は真新しい木材の匂いがした。床には毛足の長い絨毯《じゅうたん》が敷かれている。中央には革張りの長椅子。腰を下ろすと、体が包まれてしまうくらいに柔らかい。

「あの雪山で方向を見失い、さまよっている時に、お前の言葉を思い出したんだ。渓谷で迷ったら、川に沿って下っていけって……」

人数分のコーヒーを淹《い》れ、ウォルターは当時のことを話し始めた。

「寒くて凍えそうになりながら俺は歩き続けた。どこをどう歩いたのかよく覚えてないけど、気づいた時にはベッドに寝てた。コギタティオ渓谷にあるカクメンって村の人達に助けられたんだ」

アンガスもその後の出来事を話した。文字《スペル》や姫に関する部分を隠したので、どうしてもぎこちない話になる。それでもウォルターはコーヒーを飲むのも忘れ、彼の話に耳を傾けていた。

「それは、辛いな」

聞き終わった後、ウォルターは同情を込めた声で呟いた。

「でも、お前のせいじゃない。あんまり気にするなよ」

「うん――ありがとう」

「それで、今は仲間達と一緒に本集めの旅をしている？」

「……うん」

「夢を叶えたってわけか。羨ましいな」

「そういうウォルターだって……」アンガスは豪華な居間をぐるりと見渡してみせる。「地図屋として大成功してるように見えるけど？」

「これは父の遺産だよ。彼が死んで、俺がすべてを相続したんだ」

アンガスはきゅっと下唇を噛んだ。やはり地図屋さんは死んでしまったのだ。ウォルターが無事だったので、もしかしたらと思っていたが、奇跡はそう何度も起きてはくれないようだ。

「なぁ、アンガス」

ウォルターは背もたれから体を起こし、身を乗り出した。

「お前、歓喜の園の話を覚えてるか？」

「もちろん――」と言って、アンガスは苦笑した。「でもあれは幻だったんだろ？　地図屋さんの頭の中にだけ存在する幻の楽園なんだって、ウォルターも言ってたじゃないか」

「幻じゃない」ウォルターは不意に声を潜めた。「歓喜の園は実在する。その証拠に天使達は再びあの人を助けた。あの人は雪山では死ななかった。あれから約一年後、サウザンスーラで殺されたんだ」

「殺され……た？」

アンガスは首を傾げた。なんだか話の先が読めなくなってきた。

「あの人の所持品から身元がわかって、俺の所に連絡が来たんだ。遺体を確認したけど、確かに父だったよ。でも雪山で死んだはずの彼がなぜサウザンスーラにいたのか、今でもわからないんだ。なぜ彼の左腕が切断されていたのかもね」

ジョニーがコーヒーを噴き出した。アンガスもゴクリと唾を飲み込む。

「それって……ロバート・ラスティ殺害事件？」

「よく知ってるな」少し驚いたようにウォルターは目を見張った。「ロバート・ラスティが殺された夜。あの人はそこにいて、彼と一緒に殺されたんだ」

切断された地図屋の左腕。それは今、レッド・デッドショットについている。誰の肩にでも繋がる腕を地図屋はどこで手に入れた？　それこそ天使の住む楽園——歓喜の園ではないのか？

「それ以来、俺は歓喜の園を探し続けた」

ウォルターは立ち上がり、一枚の大きな地図を持って戻ってくる。

「これ、覚えているか？」

それは昔、山小屋のテーブルの上に広げられていたアンスタビリス山脈の地図だった。

「この地図はあの人が、師匠であるスペンサーから受け継いだものなんだ。これは俺の推測だけど、スペンサーはコレを見て『地図』というものを知ったんじゃないのかな」

ウォルターは表面を内側にして地図を縦に二つ折りにする。折り目にそって、縦長の切れ目が入っているのがわかる。けれど地図は真っ二つにはならない。両端が四分の一ずつ、切れずに残っているのだ。ウォルターは切れ目を割るようにして、地図を左右に広げた。そして輪になった部分をページ状に折りたたむ。と、そこには四枚のページを持つ薄っぺらな本が現れた。

「これが『ツァドキエルの書』。何のことはない。コイツは初めから、俺達の目の前にあったんだよ」

彼はそれをアンガスに向かって差し出した。

「読んでみてくれ」

アンガスは半信半疑のまま、『ツァドキエルの書』を受け取った。薄い本の表に手を当て、「スタンダップ」と呟く。

一枚目の紙をめくった。

目の前に現れたのは白茶色の髪をした男だった。『ラジエルの書』に出てくる舞台役者に似た、ゆったりとした白い服を身にまとっている。男は閉じていた目をゆっくりと開いた。乳白色の肌。鮮やかな緑色の瞳。間違いない――天使族だ。

その天使は厳かな声で、詩を口ずさみ始める。

地上に住まう　同胞達よ
我らが故郷は　ここにはあらず
天空に楽園を　求める者よ
ここを目指せ　歓喜の園を
そこに至れば　すべてが叶い
求めるものは　与えられるだろう

天使は再び目を閉じた。その姿は半透明になり、背後に雪を頂いた山脈が見えてくる。突出して見えるのはイオディーン山とブローミン山。南西の方角から見たアンスタビリス山脈のようだ。
不意に視界が切り替わった。暗い。洞窟のようだ。天井からは鍾乳石《しょうにゅうせき》が牙のように生え揃い、その下には真っ黒で滑《なめ》らかな床が広がっている。床の中央には石で出来た扉が立っている。

四人の塩作りが交差する場所
暗き入り口は開かれる
地底から出る怨嗟《えんさ》の声を
子守歌で鎮魂せよ

また風景が変わった。
今度はどこかの広間にいる。床の上には奇妙な色の七角柱が四本立っている。

四人の塩作りが並ぶ場所
天空の道が開かれる
天使の智慧《ちえ》と知識を持って
世界の素を振り分けよ

明るい場所に出た。壁は白く、床も天井も白い。正面に両開きの扉がある。

四人の塩作りが導く場所

歓喜の園は開かれる
それは十七番目の楽園
秘されたその名を賛美せよ

目の前から幻影《ヴィジョン》が消えた。

本を読み終わった時に感じる軽い目眩──

「まるで宝の地図だね」

アンガスは『ツアドキエルの書』を閉じた。ウォルターにそれを差し出し──はっと息を呑む。

本の裏側、折りたたまれた地図。それを囲む美しい意匠。

「ちょっとごめん」

アンガスは『ツアドキエルの書』をテーブルの上に置いた。それから膝に載せた『本』を開く。

現れた姫は、怪訝そうに首を傾げた。

「どうした、アンガス?」

「本が喋《しゃべ》った!」ウォルターが驚いて立ち上がった。「『スタンダップ』なしに幻影《ヴィジョン》が見えるなんて! しかもアンガス、お前の名を呼んだぞ!」

ウォルターには姫が見えている。その声も聞こえている。彼は文字《スペル》に触れたことがあるのだ。アンガスは『ツアドキエルの書』の表紙にあたる紙を一枚だけめくり、姫にページの裏側……地図が刷られている面を見せる。

「これ、文字《スペル》じゃありませんか?」

姫は顔を横に傾け、折りたたまれた地図の、重なり合った飾り枠を睨んだ。

「こんなところにあろうとはな」

姫はアンガスを振り返った。

「間違いない。三十一番目『Ignorance《無知》』だ」

こうなっては、何も話さずにウォルターを納得させることは出来ない。

「ウォルター、本当のことを話すよ」

アンガスは右目を覆《おお》い隠《かく》すバンダナに手を当てた。

「僕が集めて回っているのは本じゃない。文字《スペル》なんだ」

彼はすべてを話した。姫のこと、文字《スペル》のこと、全滅したアウラ、崩壊したフリークスクリフ、自分の右目に宿る文字《スペル》。それに触れ、兄が正気を失ったことも話した。その上で――彼は言った。

「この『ツアドキエルの書』には文字《スペル》が刻まれている。僕はそれを回収しなくちゃならない」

アンガスは『本』をめくり、三十一ページを開く。

「待ってくれ」

ウォルターは怯えたように姫を見てから、懇願の眼差しをアンガスに向けた。

「頼む。もうちょっとだけ待ってくれ」

「猶予はないんだよ、ウォルター。このままにしておけば、これは恐ろしい災《わざわ》いを――」

「それはわかってる。でも文字《スペル》を回収したら、この地図はボロボロになってしまうんだろ？」

「うん、多分ね」

「じゃ文字《スペル》を回収するのは、もうしばらく待ってくれ。歓喜の園に行くには、この『ツアドキエルの書』が必要なんだ。そこに行けばどんな願いも叶うんだ。お前だって苦労して世界中を回らなくても、旅を終わらせることが出来るかもしれないぞ？」

「それはあり得ない。文字《スペル》を集めるには、代償として血と汗を払わなければならないのだ」

そう言ってから、姫は独り言のように続けた。

「これは——贖罪《しょくざい》なのだからな」

アンガスは姫を見た。その視線から逃れるように姫は目をそらした。贖罪とはどういうことなのか。彼女は何を思い出したのか。聞いてみたかったが、ウォルターがそれを許さなかった。

「俺は歓喜の園に行きたいんだ。セラの声を取り戻すために」

テーブルに両手をついて、彼は頭を下げた。

「お願いだ。歓喜の園にたどり着くまででいい。この地図を取り上げないでくれ」

必死になって頼み込むウォルターを見て、アンガスは何も言えなくなった。ウォルターは本当にセラが好きなのだ。そう思うと胸が痛んだ。

「歓喜の園には、いつ向かうつもり？」

「アンガス！」

批判めいた声で姫が呼んだ。アンガスはそれを無視し、ウォルターを正面から見つめる。

「すぐに発《た》てる？」

「準備は出来てる。あとは雪溶けを待つだけだ」

「じゃ、すぐに出かけよう。アンスタビリス山脈の南西側まで、馬車でも一ヵ月以上かかる。来月には山の雪も溶けてると思う」

「ありがとう——ありがとう、アンガス！」

ほっとしたようにウォルターは表情を緩めた。

「ただし条件が二つある」

アンガスは指を二本立ててみせた。

「一つ目はこれを僕に預けること」と言って、『ツァドキエルの書』を指さす。「文字《スペル》は常にエネルギーを放出している。傍にいると人はその影響を受け、正気を失っていく。地図屋さんがおかしくなってしまったのも、多分この文字《スペル》のせいだ」

ウォルターはゾッとしたように『ツァドキエルの書』を見つめた。アンガスはそれを取り上げ、折り目をのばして一枚の地図に戻した。

「けどそれには時間が必要だ。こうやって文字《スペル》を崩しておいて、あとは直接見たり触れたりしなければ、急激な変化が起こることはないと思う。僕は文字《スペル》に耐性がある。だからこれは僕が預かる。もちろん必要な時には君にも見せる。けど基本的には誰にも見せないし、誰にも触れさせない」

わかったというようにウォルターは頷いた。

「それと、もう一つ」

たたんだ地図をコートの内ポケットにしまい、アンガスは言った。

「歓喜の園には僕も連れて行くこと」

「もちろん、大歓迎だ！」

ウォルターは立ち上がり、両手で彼の手を握った。

「お前が一緒に来てくれるなんて、願ってもないことだよ！」


翌日から、彼らは旅の準備を始めた。アンガス達は慣れたものだが、ウォルターの方はそうも行かない。なにしろこの旅には彼の婚約者が同行するのだ。

三日後、セラがバニストンに戻ってきた。しかし治療が無駄に終わってひどく落ち込んでいるとのことで、会っては貰えなかった。アンガスはがっかりしたが、少し安堵もしていた。もし出発前にセラに手酷《てひど》く突き放されたら、この旅が余計に辛くなる。

そのセラのためにウォルターが用意した馬車は、見事な六頭立てだった。ここまで豪華だと野盗に狙われる危険がある。それを懸念した彼は、用心棒として知己の測量士二人に同行を求めた。

そして一週間後、アンガス達はバニストンを出発した。もちろんジョニーとアークも一緒だ。彼らの馬車を牽くのはハムレットとオフィーリア。たっぷり休養した彼らは元気いっぱい。心なしか足取りも軽い。

その後には桁違《けたちが》いに豪華な馬車が続く。黒毛の六頭が牽いているのは小屋ほどもある幌馬車だ。御者台にいるのは二人の用人棒——栗色《くりいろ》の髪をしたコリンという名の男が手綱を握り、黒髪を短く刈り込んだアレックという男がラッパ銃を手に持ち周囲を警戒している。ウォルターとセラは幌馬車の中にいて、姿は見えない。

その日の夕刻、馬車はミラクルム湖の畔にある宿営地に到着した。男達は手分けして馬の世話をし、薪を集め、水を汲み、夕食を作る。

食事の準備が整った頃、幌馬車から一人の少女が姿を現した。アンガスは少女を凝視し、一度目を閉じてから、もう一度、彼女を見た。

何度見直しても同じだった。

滑らかな褐色の肌。紅茶色の大きな目も相変わらずだ。けれど、その愁いを帯びた表情はアンガスの記憶にはなかった。男の子のように短かった黒髪が肩まで伸びたせいもある。裾の長いドレスを着ているせいもある。だが、決してそれだけではない。何かが——目には見えない何かが、彼女を変貌《へんぼう》させていた。

ウォルターに手を引かれ、セラは幌馬車から降りてきた。導かれるまま、焚き火の傍に置かれた木の椅子に腰を下ろす。

その一挙一動から、アンガスは目が離せなかった。しかしセラは一度も彼の方を見ようとしなかった。会話の糸口を見つけ出すことが出来ず、結局、この日は言葉を交《か》わすことなく終わった。


駆け足の旅に慣れたアンガスにとって、今回の旅は緩やかなものだった。一ヵ月かけて東部を横切り、ミースエストに到着する。久しぶりの大都市だ。用心棒の二人とジョニーは嬉々《きき》として酒場に出かけていった。

「少し外を歩かないか？」というウォルターの誘いを断り、セラは部屋に籠《こ》もってしまった。その扉の前にアークを残し、アンガスとウォルターは隣の部屋でアンスタビリス山脈の地図を広げる。

「謎《なぞ》なのは、やっぱり『四人の塩作り』だな」

ウォルターは立ったまま、タップでポンポンと肩を叩いた。彼とアンガスはこの旅の間、幾度となく『ツアドキエルの書』の謎を解こうと話し合ってきた。

「海水から塩を作っている町や村は、最新のスペンサー地図に書かれているだけでも百はある。岩塩が採れる場所も含めると、その数はさらに増える」

「うん——」

アンガスは椅子に座り、地図を見つめた。しばらく考え込んでから、顔を上げる。

「僕ら、視点を間違えてるのかもしれない」

「どういうことだ？」

「天使は『地上に住まう同胞達よ』と呼びかけてる。つまりこの本は『滅日《ホロビ》』以降、地上に住む天使族を呼び集めるために、天使が作ったものなんだ」

「確かにな」と姫が請け合った。地図の横、テーブルの上には開かれた『本』が置いてある。

「天使が集めたいのは天使族だけ」とアンガスは続ける。「だからこの謎を解くには、天使の視点で考えなきゃいけないんだよ」

ウォルターの目元がぴくりと引きつる。

「じゃ、俺達がいくら考えても、歓喜の園にはたどり着けないってことか?」

「そうでもないよ」アンガスはにやっと笑って、自分のこめかみを叩いてみせる。「忘れたの? 僕の頭の中には、僕の記憶ではない記憶がある」

「そうだった!」

ウォルターの顔がぱっと明るくなった。姫は『本』から身を乗り出し、アンガスの顔を覗き込む。

「では塩作りが誰か、お前にはわかるのか?」

「――多分、ハロゲン族のことだと思う」

「ハロゲン族?」ウォルターは首を傾げた。「聞いたことないな。どこに住んでるんだ? まさかカネレクラビスじゃないだろうな?」

「ハロゲン族は人じゃない。第十七族元素だよ。最外殻に七つの電子を持つ原子で――」説明しかけて、アンガスは苦い物を飲み込んだような顔をする。「ごめん。僕にもよくわからないことを言った」

「謝ることはないけど」ウォルターは苦笑した。「もうちょっとわかりやすく説明してくれ」

アンガスは頷き、少し考えてから話し始めた。

「『四人の塩作り』は四つのハロゲン族――つまり弗素《ふっそ》、塩素、臭素《しゅうそ》、沃素《ようそ》を指しているんだと思う。僕らの知っている言葉で言えば、弗素はフロリーン、塩素はクロリーン、臭素はブローミン、沃素はイオディーンのことだ」

アンガスはテーブルの上に広げたアンスタビリス山脈の地図を指さしながら、説明を続ける。

「この四つの山の頂点、クロリーンとイオディーン、ブローミンとフロリーンを直線で結ぶ」

ウォルターは言われた通り、地図上に線を引く。

「二本の線が交差する」その場所をアンガスはトントンと叩いた。「多分ここに『暗き入り口』があるんだ」

「すごいぞ、アンガス！　最高だよ、お前は！」

ウォルターは椅子ごとアンガスを抱きしめた。喜んで貰えるのは嬉しいが、役に立ったのは自分の知識ではない。そう思うと複雑な気分だ。

そんなアンガスの葛藤をよそに、ウォルターは興奮したように部屋中を歩き回る。

「山に詳しいガイドを雇って、この場所まで案内させよう。後は――」

誰かが扉をノックした。扉の向こう側からくぐもったアークの声が聞こえる。

「お嬢様がそんなことなさらなくても、私が――」

扉が開かれた。そこにはセラが、コーヒーカップを載せた木の盆を持って立っている。淹れたてのコーヒーのいい香りが漂ってくる。

「セラ！」ウォルターは弾けるような笑顔で彼女を迎えた。「それ俺達に？　嬉しいよ、ありがとう」

セラはそれを差し出しかけ――ドレスの裾に足を取られてつんのめった。

「危ない！」

アンガスは椅子から立ち上がった。ウォルターが素早く彼女を支える。盆の上でカップが倒れ、コーヒーがウォルターの腕と胸に降りかかった。

「大丈夫かい？」

ウォルターは優しくセラに問いかけた。

不安そうにセラは頷いた。彼の顔と、コーヒーが染み込んだ白いシャツを交互に見る。

「大丈夫。心配しないで」

笑顔で答え、ウォルターはアンガスを振り返った。

「ちょっと着替えてくるよ」

淹れたてのコーヒーを被ったのに熱そうな素振りも見せない。そんなウォルターを格好いいと思う。同時に嫉妬心がチリチリと胸を焼く。

ウォルターが部屋を出ていくと、

「では私は雑巾を借りてきますね」

コーヒーカップと木の盆を持ち、アークも部屋を出ていった。扉を閉じる瞬間ウインクをしたから、彼なりに気を利かせたつもりだったのだろう。それに気づいているのかいないのか、セラは物言いたげな顔でアンガスを見つめている。

アンガスは戸惑った。今までセラは彼を避けていた。呼びかけに応えるどころか、目を合わせることさえしてくれなかった。右目にある文字《スペル》のことを知られたのだ。疎まれても、嫌われても仕方がないと思っていた。

でも、この状況。セラは僕と二人きりになるために、わざとコーヒーをこぼしたんじゃないだろうか？　そう思い、すぐに否定する。いや、そんなことのためにウォルターに火傷《やけど》を負わすような真似を、セラがするわけないじゃないか。

色々な考えがグルグルと頭の中を駆け回る。何か言わなければと思うほど、なかなか言葉が出てこない。すると突然セラが動いた。彼女はテーブルに歩み寄ると、いきなり『本』を取り上げた。

「セラ、久しぶりだな。元気だっ――」

姫の言葉を最後まで聞かず、セラは『本』を閉じてしまった。かと思うと、今度は『本』をアンガスに押しつける。つい受け取ってしまったが、その意図がわからずに彼は困惑した。

「……セラ？」

セラは扉を指さした。眉を吊り上げた厳しい表情。彼女は手を振り上げ、もう一度、扉を指さす。

「出てけ……ってこと？」

尋ねるアンガスに、セラは首を横に振る。苛立たしげに床をダン！　と踏み鳴らし、今度ははるか遠方を指さす。北東――バニストンの方角だ。

「バニストンに帰れ……と？」

セラは大きく頷いた。せき立てるように床を踏み、何度も何度も北東を指さす。

バニストンに帰れ。私達についてくるな。お前は文字《スペル》を持っている。そんな奴にウォルターの傍にいてほしくない。そういう意味だろうか？

覚悟はしていた。けれど、いざ意思表示をされてみると、やはり辛かった。アンガスはセラから目をそらし、たたんだ地図をコートの内ポケットにしまった。

「目障《めざわ》りだってことはわかってる。でもこの旅には文字《スペル》が関係してる。ここで手を引くわけにはいかないんだ」

アンガスは再びセラに目を戻した。彼女は口を開いたが、やはり言葉は出てこない。それがもどかしいというように首を振る。

「心配しなくていいよ。ウォルターは僕にとっても大切な友人だ。だからこの先、どんなことが起こっても――彼のことは必ず守る」

セラは再び口を開き、必死に何かを言おうとした。けれど彼女の喉はそれを裏切り、乾いた風のような音しか生み出さない。

「文字《スペル》を回収し終わったら、もう邪魔はしない。もう二度と君達の前には現れないと誓うよ」

そう言って、アンガスは微笑んで見せた。

「だから今だけは許してほしい。この旅が終わるまででいい。君と一緒にいることを――君の傍にいて、君を守ることを――どうか許してほしい」

セラは目を見開いた。大きな目にじわりと涙が湧き上がる。それが堰を切って溢れ出しそうになった時、彼女は目元をぐいっと拭った。

顔を上げる。強い信念を宿した目が彼を見る。これは愁いの美少女の目ではない。エイドリアンやローンテイルと同じ、戦う者の目だ。

セラはアンガスに駆け寄った。

「何を――」

問いかけようとした彼の口をセラの唇が塞いだ。

目を閉じる暇もなかった。

柔らかな唇の感触に息が止まる。

セラが離れた。そのまま身を翻し、振り返りもせず、彼女は部屋を出ていった。

アンガスは呆然《ぼうぜん》と、閉じられた扉を見つめた。指で唇に触れてみる。柔らかな感覚がまだ残っている。

突然のキス。決意に満ちたあの瞳。

「セラ……君は何を考えてる?」

6

歌い終えると、杖が手から離れて床に転がった。

視野が狭窄《きょうさく》する。胸を貫かれるような激しい痛みに耐えきれず膝をつく。

そんな俺を夜の天使《レリエル》が助け起こした。昼の天使《シャムシエル》が俺の首に強心剤を打ち、機械的な動きで首輪を填め直す。

「ご苦労様」

ウリエルの冷酷な声が聞こえる。

「それではまた明日」

夜の天使《レリエル》が俺を担ぎ上げ、車椅子に座らせた。昼の天使《シャムシエル》がそれを押し、俺を広間から運び出す。薬が効いてきたらしく、心臓が正しいリズムを取り戻してきた。傍にいるのは昼の天使《シャムシエル》一人だけ。逃げるには絶好の機会だが、それでも俺は動けなかった。

こんなことを、もう何回繰り返しただろう。

この牢獄に連れ戻されてから、どれくらい経っただろう。

一ヵ月……半年……一年……?

畜生——思い出せない。

精神波を遮断する隔離部屋に俺を残し、昼の天使《シャムシエル》は去っていった。俺はよろよろと立ち上がり、テーブルの上に突っ伏した。手を伸ばし、そこに用意されていたパンを摑む。食欲など一切ない。それでもパンを口に押し込み、合成タンパクのスープを喉に流し込む。疲労と緊張で胃が痙攣《けいれん》し、それらを逆流させようとする。俺は口を押さえ、無理やりそれを飲み下した。

クロウが言っていた。

吐くまで喰うな、喰ったら吐くなと。

懐かしくて涙が出そうになった。息を止めて、それを堪《こら》えた。泣けば体力を消耗する。体力が落ちれば死ぬ。いつか隙を突いて、ここから逃げ出すために、今は少しでも力を温存するのだ。

手足を伸ばし、床に俯《うつぶ》せた。体が鉛のように重い。腕一本動かすことさえ億劫《おっくう》だ。日々確実に弱っていく俺の体。このままでは、じきに自力で歩くことさえ出来なくなる。

その前に脱出しなければならない。けれど監視の目は厳しく、チャンスは皆無に等しかった。今の十三聖域は俺一人が支えている。ウリエルにとって俺は最後の命綱なのだ。彼女のことだ。俺をみすみす逃がすようなヘマはしないだろう。

ここに戻ってから、十大天使で顔を見せたのはウリエルだけだった。俺の顔にラクガキしてやると言っていたあのツァドキエルも現れない。イヤミを言いに顔を見せるんじゃないかと思っていたのだが、不気味なくらい何の反応もない。

下級天使達の暴動を鎮静化するため、ミカエルとスリエルは死んだと、ウリエルは言っていた。しかし二人の名を継ぐ者は、まだ選出されていないようだった。

もしかしたら選びたくても選べないのかもしれない。俺が思っている以上に、この聖域は死にかけているのかもしれない。ウリエルは精神ネットワークがなければ生きていけない。彼女は死ぬまでここを離れないだろう。だが他の者達は違う。能力の高い者は危険を察知し、他の聖域へ逃げ出していったのかもしれない。

その時、遠くで何かが崩れる音が聞こえた。重低音が響き渡り、ビリビリと床が震える。

何だ――？

俺は重い体を起こした。今度はもっと大きな揺れが来た。次々と爆発音が鳴り響く。

何が起こったのだろう。外の様子を知りたくても、この部屋には窓がない。ただ一つの扉には外から鍵がかけられている。

俺は扉を叩いた。無駄だと知りつつ、外に向かって叫ぶ。

「今のは何だ。一体何が起こったんだ！」

答えの代わりに、鍵が外れる音がした。扉が開く。千載一遇のチャンスだ。そこにいる人間を押しのけようとして、俺はすんでの所で立ち止まった。

「おっとっと。急に飛び出すんじゃないよ」

懐かしい声。忘れもしない皺だらけの顔。

「レミエル！」

「遅くなってごめんよ。もっと早く助けに来ようと思ったんだが、こっちにもいろいろあってね」

婆《ばあ》さんは皺深い顔をくしゃくしゃにして笑った。

「さ、出ておいで。抜き差しならない状況だから、歩きながら話そう」

彼女は俺に背を向けた。てくてくと達者な足取りで歩き出す。

「お前さん、やってくれたねぇ。パロットを使うなんて、考えたじゃないか」

咄嗟《とっさ》に言葉が出てこなかった。レミエルの口調は飄々《ひょうひょう》として、俺を責める気配はない。それが逆に辛かった。

「――ごめん」

「何を謝ってるんだい。馬鹿な子だね」

「でも――」

「お前さんが謝ることなどないんだよ」

レミエルは足を止めることなく、肩越しに俺を振り返った。

「間違っていると思いながら、今まで誰も正せなかったことを、お前さんは正したんだ。ウリエルが何て言ったかは知らないが、お前さんは正しいことをした。それはみんなもわかってた。私も、ガブリエルもね」

ガブリエルも――

その言葉に、俺は唇を噛んだ。

「それでもね。人死にが出ないよう、なんとかしようとしたんだ。傷が最小ですむようにね。けど芯《しん》まで腐った果実はどうしたって喰えないもんさ。あとはただ、落ちるのを待つしかない」

「落ちる――？」

この振動。ひっきりなしに聞こえる爆発音。もしかして落ちているのか、この第十三聖域は？

「正確に言うと落ちるんじゃないね。他の聖域に撃ち落とされるんだ。壊死《えし》した患部は早いとこ切断しないと、他の部分にも毒が回るから」

精神ネットワークは他の聖域とも繋がっている。第十三聖域に発生した自由を求める思考は、どの聖域にとっても脅威となる。他の聖域は自らの防衛のために、第十三聖域を切り捨てるつもりなのだ。

俺達は建物の外に出た。空を見て、驚きの声をあげる。第十三聖域を押し潰しそうなくらいすぐ近くに島が浮いている。その島の縁からバラバラと黒い物体が降ってくる。それは次々と炸裂《さくれつ》し、町を火の海に変えつつあった。先程から聞こえる爆発音はこれだったのだ。

「おやおや急がないとねぇ」

それどころではないのに呑気《のんき》な口調でレミエルは言う。近くに停《と》めてあったビークルの扉を叩き、その中で待機していた人物に呼びかける。

「じゃ、ミカエル。後は頼んだよ」

ミカエル——だって？

彼は死んだんじゃなかったのか？

俺はビークルの中を覗き込んだ。そこに座っていたのは一体の自動人形《ドール》——俺を拘束したのと同じ、アークエンジェルⅡ型だった。

「ほらほら乗った乗った」

呆然としている俺を、レミエルがビークルに押し込んだ。自分は乗らず、そのまま扉を閉める。

「レミエル、なぜ乗らない？」

「私にはまだ仕事が残ってるんだよ。子供達を脱出艇に乗せてやらなきゃならないからね」

「でも、ここは危険だ」

「私はもう充分生きた」

レミエルは開いた窓から手を差し入れ、俺の頭をポンポンと叩いた。

「地上はお前さんにとって素敵な所だったみたいだね？」にっこりと幸せそうに微笑む。「お前さん、いい顔してるよ。以前はどうにも生気が足りなかったけど、今は文句なしにいい男になった。私が百歳若かったら、ほんとにほっておかなかったよ」

俺は彼女の手を摑んだ。予感ではなく確信していた。この手を放したら、もう二度と彼女に会えなくなる。

「一緒に行こう。ラピス族は受け入れてくれる。どんな人間もまず受け入れてみなければ正しい判断は出来ないと言って、受け入れてくれるんだ」

「それはいい。いつか私も紹介しておくれ」

「レミエル」俺は彼女の手を強く握りしめた。「頼む——一緒に来てくれ！」

「言ったろ、私にはやらなきゃならないことがあるって。お前さんに守りたい者がいるように、私にも守りたい者がいるってことさ」

俺の手を、彼女は優しく叩いた。

「だから手をお離し、アザゼル」

一瞬、力が緩んだ。その隙に彼女は手を引き抜く。

「出しとくれ、ミカエル」

「承知」

ビークルが走り出した。俺は窓から頭を突き出し、叫んだ。

「レミエル！」

彼女は別れの手を振った。

「幸せにおなり」

小さなレミエルの姿が遠ざかる。遠ざかる。爆音が響き渡り、あたりには黒煙が立ちこめる。それに遮られて——彼女の姿は見えなくなった。

7

アンスタビリス山脈の南西。『ツァドキエルの書』にあったものと同じ風景を見つけ出すには、さらに一ヵ月近くかかった。短い雨期を経《へ》て、高原は夏を迎えた。なだらかな丘は鮮やかな緑に覆われている。

高原地帯《ハイランド》にあるサールという町で、アンガス達は馬車を降りることにした。ここから先は徒歩になる。ウォルターは町に出て案内人を探してきた。

その人物を見て、アンガスはあっと声を上げた。

「よう、奇遇だな。兄ちゃん」

『クールウォーター』を燻《くゆ》らせながらニヤニヤ笑いを浮かべているのはベンジャミン・ファーガソン。以前、アウラに向かう際、ワイト行きの駅馬車に乗り合わせた西部の測量士だった。

二本の線が交差する問題の場所を、ベンは知っていると言った。そこには暗闇への入り口……洞窟が口を開いているのだという。そこまでの道程はそれほど険しくない。素人でも三日もあればたどり着けるらしい。

「けど、あの洞窟に入るのはお勧めしねぇな」

そう言って、ベンは顔をしかめた。

「このあたりじゃ有名よ。あの洞窟はあの世に続く。今まで足を踏み入れて、生きて出てきた者はいねぇんだ」

「かまわないさ。案内してくれるか？」

ベンはウォルターを見上げ、物好きだなと言いたげな顔で両肩をすくめた。

「そいつはごめんだ……と言いたいところだが、こちとら腹を空かせた家族を養わなきゃならないんでね。料金によっちゃ、考えてやらなくもない」

交渉する二人の声を聞きながら、アンガスはラティオ島に祈っていたベンの後ろ姿を思い出していた。天使が住むという楽園へ、天使を信仰する者が道案内する。この偶然はあまり気持ちのいいものじゃない。

その日の夕刻。アンガスは『本』をアークに預け、一人で宿を抜け出した。疑惑が彼の頭を占有していた。もしかしたら、僕はずっと監視されていたのではないだろうか。ウォルターとの再会も、彼が発見したという『ツァドキエルの書』も、僕らを歓喜の園に導くために誰かが仕組んだ罠《わな》なのではないだろうか。

だとしたら……何のために?

考えるなと何かがささやく。この世には知らない方がいいこともある。無知こそ人生の媚薬《びやく》。好きこのんで苦労を背負い込むことはない。

アンガスは頭を振って、その声を追い払った。彼のコートの内ポケットには『無知』が入っている。文字《スペル》の支配を受けている人間は、他の文字《スペル》の影響を受けにくくなる。なのに気を緩めると『無知』につけ込まれそうになる。

夕闇《ゆうやみ》せまるサールの町角でアンガスは足を止めた。目を閉じ、深呼吸をし、迷うなと自分に言い聞かせる。すべてを知るのは怖い。でも僕はウォルターやセラを信じると決めた。彼らを疑い、後悔するくらいなら、傷を負い、血を流した方がマシだ。

彼は目を開いた。武器が必要だった。六連発でもナイフでもない、自分なりの武器がいる。

アンガスは一人、雑貨店に向かって歩き出した。

数日後、出立の準備が整った。

コリンとアレックに馬車を託し、他の者はそれぞれ分配された荷物を背負う。華奢に見えて並の男よりもはるかに強いアークは、人一倍大きな荷物を背負っている。

「アンガス、これ持っていけよ」

ウォルターが差し出したのは黒いガンベルトに入った最新式ダブルアクションの六連発だった。ウォルター自身も同じ物を腰に巻いている。

「ありがたいけど遠慮しとくよ」アンガスは苦笑した。「そんなもの持ってても、自分の爪先撃つのがオチだし」

「そうか」ウォルターの目元がピクリと動いた。慌ててガンベルトを引っ込める。「ま、ドンパチしに行くわけでなし——必要ないよな」

彼らは町を出て、草の斜面を登り始める。案内人であるベンを先頭にウォルターとセラが続く。その後ろをアンガスとジョニーが行き、アークがしんがりを務めた。

緑の高原には色とりどりの花が咲き乱れていた。遠くの丘には子供を連れた野生のカリブーやバイソンの群れが見える。群れは草をはみながら、ゆっくりと丘の上を移動していく。

途中幾度かの休憩を挟みながら、彼らは丘を登りきり、いよいよ山間部へと足を踏み入れた。あたりには身《み》の丈《たけ》の倍もあるような大岩がゴロゴロと転がっている。

「昔はここらへんまで氷河が来てたんだ」

首にかけたタオルで汗を拭き、ベンは岩場をぐるりと指さした。

「それがすっかり干上がっちまって、氷河もずっと上の方まで登らねぇと見えなくなっちまった」

「で？　そのずーっと上の方まで行くわけ？」

早くもうんざりという顔でジョニーが尋ねる。

ベンはにやにやと笑って答えた。

「そんなには行かねぇよ。とりあえずこの岩場を登りきったら、今日はそこで泊まりだ」

その言葉通り、岩場で彼らは一泊した。

翌日、日も昇りきらないうちから登山を開始する。やがて岩の間から湯気が噴き出している場所に出た。どこからかツンとした臭いが漂ってくる。ポコポコと泡《あわ》を吐きだす湧き水、その周辺には黄色い粉がびっしりと張り付いている。

硫黄の臭いが漂う谷を抜けると、灌木と緑の高原が広がっていた。水辺には白い鳥が集まり、羽を休めている。草原のあちこちに穴が開き、そこから顔を出したアナウサギ達が、見慣れぬ侵入者を見てチッチッと警戒の鳴き声を上げた。

ベンが腰に吊るした大鉈《おおなた》を振るい、灌木の枝を集めてきた。火を焚き、二日目の夜を迎える。ベンの話では、このあたりにはオオカミが出るらしい。アンガス達は交替で火の番をしながら夜明けを待った。

翌朝。高原を横切ると、切り立った岩場に突き当たった。足下は水に濡れ、ツルツルして滑りやすい。彼らはお互いの体をロープで繋ぎ、一歩一歩、慎重に岩を登っていった。

半日以上かかって岩山を登りきった。が、その目の前には、さらなる断崖絶壁がそびえている。

「うえ〜」疲労困憊《ひろうこんぱい》したジョニーは岩の上に座り込んだ。「まだ登るのかよ〜？」

「これを登んのは素人にゃムリだ」

ベンはそう言って、岩壁の右側を指さした。

「ほれ、そこが噂の洞窟の入り口だ」

岩陰に縦長の裂け目がある。アンガスはそれを覗き込んだ。奥は真っ暗で何も見えない。石を投げ入れてみると、反響音は遠くに消えていった。かなり深そうだ。

まだ昼過ぎだったが、洞窟に潜るにはもう遅い。今夜はここで一泊することになった。まともに体を横たえる平地さえなかったが、それでも疲れきった彼らは岩陰にうずくまるようにして眠った。

そして四日目。用意してきたカーバイドランプに火を入れた。荷物を背負い、洞窟へと足を踏み入れる。鼻をつく饐《す》えた臭いがする。入り口近くにはコウモリが棲《す》み着き、それが落とすフンで地表は埋め尽くされていた。

「うぎゃあ！」ジョニーが奇声を上げた。「なんだこりゃ！　キモチ悪っ！」

カーバイドランプに照らされたフンの山を見て、アンガスも悲鳴を上げそうになった。フンにウジャウジャと大量の虫が群がっている。ベンが先頭に立ち、それらをかき分けて道を作っていく。陽気でお喋《しゃべ》りな西部男も、さすがに顔が引きつっている。

「こりゃ別料金を貰わないと割に合わんな」

堆積《たいせき》したフンの山をようやく越えると、そこには暗闇の世界が待っていた。こうなると腰に付けたカーバイドランプだけが頼りだ。それでも視界はほんの数歩先までしかない。圧倒的な闇は人の根底にある恐怖心を刺激する。彼らは触れ合うほどに身を寄せ合い、一団となって鍾乳洞《しょうにゅうどう》を下っていった。

不意に道が開けた。ランプで周囲を照らしてみる。天井からは幾つもの鍾乳石が垂れ下がっている。その下に広がる真っ黒で滑らかな床――それは水面に闇を映した地底湖だった。黒い水の中から、石の扉が頭を覗かせている。

『ツァドキエルの書』にあった光景だった。

眼前に広がる地底湖を眺め、ウォルターは呻いた。

「あそこまで、泳ぐしかないのか？」

「たとえ扉にたどり着いても、水圧で開かないよ」

「だよな。畜生、どうすればいいんだ」

ウォルターは悪態をつき、不意に咳き込んだ。空気が悪い。耳を澄ますと、どこかからゴボリ……

ゴボリ……という音が響いてくる。

「火山性ガスが噴き出している」アンガスは低い声で呟いた。「急がないと、まずいことになるな」

「『地底から出る怨嗟の声』ってわけだな」

ウォルターの言葉に、アンガスは『ツァドキエルの書』にあった二番目の詩を思い出す。

四人の塩作りが交差する場所
暗き入り口は開かれる
地底から出る怨嗟の声を
子守歌で鎮魂せよ

「鍵は子守歌――か」

「歌ってみるか？」と左手に抱えた『本』が言う。

アンガスは首を横に振った。

「姫の子守歌はルーツがネイティヴだから。ここで歌われる子守歌は天使の子守歌じゃないと」

そこで彼は隻腕の自動人形《ドール》を振り返った。

「アーク、子守歌を歌ってくれる？」

「そういうことであればお任せください！」

アークは人一倍大きな荷物を背負ったまま、右手を胸に当てた。

眠れ　愛し子《いとご》
その目を閉じて
憂いを忘れ　涙を忘れ
深き御許《みもと》に　揺られて眠れ
明日のために
眠れ　愛し子

声は洞窟内に反響し、鍾乳石に共鳴する。見事なハーモニーが黒い水面を細かく波立たせた。

「見ろ！」

ウォルターが湖面を指さした。湖の底が抜けたように、みるみる水が引いていく。ゴツゴツとした湖底が露《あら》わになり、石の扉が完全に姿を現した——かと思うと、水圧を失ったそれは自重で傾ぎ、ばったりと前に倒れた。

その先に現れたのは、どこまでも続きそうな暗い通路だった。どういう仕組みか、壁面にある燭《しょく》台《だい》にぽっぽっ……と明かりが入っていく。

「第一関門通過ってところか」

ウォルターはにやりと笑い、アンガスの肩をドンと叩いた。

「やっぱりお前は頼りになるぜ。お前が一緒に来てくれて、本当にラッキーだよ」

彼はカーバイドランプの火を消し、通路へと足を進めた。その後ろにベンが続き、セラとアンガス、ジョニーとアークが進む。

暗い通路は気が滅入《めい》るほど長く、どこまでも続いていた。初めは緩い下り坂だったが、途中でなだらかな上りに転じた。しかも微妙な角度で曲がっているらしく、自覚しないまま方向が変わっている。前も後ろも見渡せない。自分がどちらの方角を向いているのかもわからない。アンガスは方位磁針を取り出してみたが、針はぐるぐると気ままなダンスを踊るばかりでまったく働く気がない。

アンガスは改めて身を引き締めた。見た目は燃石《バニストン》坑のようだが、ここはもう天使の遺跡の一部なのだ。

長い長い通路に終点が見えた。

石造りの広間に出る。それは本で見た光景の一つ。マス目が切られた床の上に、四本の七角柱が無造作に立っている。

最後を歩いていたアークが通路を抜けて、広場に出た。次の瞬間、彼の背後にゴゴゴ……ンと岩扉が落ちてくる。

「おいおい、冗談だろ！」

ジョニーは岩扉に駆け寄った。ぐいぐいと押しても引いても、扉はびくともしない。

「やべぇよ……閉じ込められた」

ジョニーの呟きに、アンガスは部屋を見回した。

「後戻りは許さないってことか」

彼らが立っている部屋は広く、天井も高い。すぐに酸欠に陥《おちい》る心配はないだろうが、ゆっくりしてもいられない。アンガスは三番目の詩を思い出す。

四人の塩作りが並ぶ場所
天空の道が開かれる
天使の智慧と知識を持って
世界の素を振り分けよ

四本の七角柱は、大きさも形もまったく同じ。違うのは素材だけだ。黄緑色を帯びた石で出来たもの。薄紫の縞が入った青緑の石で出来たもの。綺麗な紫色の石で出来たもの。青紫色の石で出来たもの。

「床にあるマス目は縦が五、横が一八」

天空の道を開くのは天使の智慧と知識。

世界の素を振り分ける。

「四人の塩作りを……周期表の正しい位置に」

アンガスは七角柱の一つを指さした。

「その縞が入った青緑の石はフローライト……フロリーンだ。それをマス目の縦二、横一七に立てて」

「了解！」ウォルターが素早く身を翻し、石の傍へと駆け寄った。

「次はクロリーン。黄緑色の石だ。それは縦三、横一七に」

「まかせてくれ」測量士ベンが指示された七角柱を押す。

「三番目は紫色の石、ブローミン。これは縦四、横一七に」

「はいはい、やりゃいいんでしょ」ジョニーが七角柱を指示された場所に押していく。「結構重いじゃねぇかよ、こいつ」

「最後にイオディーン。青紫色の石」

「はい！」最後の七角柱に手を当てて、アークが待機している。「どこに動かしましょう？」

「縦五、横一七に」

「わかりました！」

アークは軽々と柱を動かし、言われた場所へと移動させた。

四本の七角柱が一列に並んだ。

途端、ガコン……と音を立てて正面の壁が割れた。冷たい風が吹き込み、彼らの頬を打つ。

「すげぇ……」ジョニーが感嘆の声を上げた。

正面に青空が広がる。足下には氷河が眠る深い谷。そこに渡された銀色の細い糸——それは長い長い吊り橋だった。頼りなく揺れる橋の横幅は人の肩幅ほどしかない。こんな細い吊り橋が今まで切れずに残っていたなんて、それだけでも奇跡に近い。

これは何かの罠だろうか。

ウォルターも同じことを考えたらしい。彼はアンガスを振り返り、硬い表情で言った。

「俺が先に行く。無事に向こうにたどり着けたら合図するから——」

「いや、僕が先に行く」アンガスは彼の台詞《せりふ》を遮った。「ウォルターはセラと一緒に後から来て」

「そうはいくか。お前がいなくちゃ誰が謎を解くんだよ」

「ウォルターこそ、セラを置いていく気か？」

「あの……僭越《せんえつ》ながら、ご意見申し上げてもよろしいでしょうか？」言い争うウォルターとアンガスの後ろで、アークが控《ひか》えめに手を挙げた。「斥候には私が適任かと。このメンバーで体重が一番重いのは私ですし、いざとなれば秘密兵器がありますから」

彼は自分の背中を指さしてみせる。どうやら翼のことを言っているらしい。

「あれで飛べるの？」アンガスは目を丸くした。「ただの飾りだと思ってた」

「私の翼にはライドライトというレアメタルが使われています。ライドライトに光を放射すると、浮力が発生するんです。翼の傾きを変えることで推進力も得られますが、浮力を発生させるには一定の太陽光が必要なため――」

「わかったわかった」アンガスは右手を上げてアークを制した。「君に頼むよ。でも危なくなったら迷わずに荷を捨てて戻ってくること。いいね？」

「はい、ありがとうございます。では、さっそく」

アークは橋に向かって歩き出した。ウォルターは何か言いかけたが、アンガスがそれを制止した。

「大丈夫。ここは彼に任せて」

平地を歩くのと変わらない気楽さでアークは橋を渡っていく。ゆらゆらと吊り橋が揺れる。アンガスは瞬きすら忘れて、その様子を見守った。

皆の心配をよそに、アークは無事に橋を渡り終えた。向こう岸から元気に手を振る。

アンガスは詰めていた息を一気に吐きだした。

「大丈夫そうだね」

彼は橋へと踏み出した。銀色の板は思っていたほど滑らない。橋はゆらゆらと揺れたが、銀のロープは軋みもしない。さすがは天使族の技術と思わなくもないが、下は目が眩《くら》むほど深い谷底だ。恐怖心は拭えない。左手に『本』を抱き、右手で橋のロープを摑み、一歩一歩、ゆっくりと足を進める。

「アンガス」

橋の半ばを越えたあたりで、姫が彼に呼びかけた。

「ここには文字《スペル》があるぞ」

「そりゃそうでしょう」気もそぞろにアンガスは答える。「僕の右目に一つ、胸ポケットにも一つ、間違いなく収まってますよ」

「それ以外に、だ」

「歓喜の園が聖域の一つなのだとすれば、そこに文字《スペル》があるのは当然なのでは？」

「だから、それ以外にと言っている」

「えっ……？」

思わず足を止めかけたアンガスに、

「止まるな、歩きながら聞け」と姫は続ける。「ここら一帯には文字《スペル》の気配が満ちている。お前が抱えている文字《スペル》以外にも、複数の文字《スペル》が存在しているようだ。残念ながら正確な数はわからんが——」

姫は一呼吸分の間を挟んでから、続けた。

「ウォルターからも文字《スペル》の気配がする。今までお前が持っている文字《スペル》の気配に紛《まぎ》れてしまっていたが、こうして離れてみて確信が持てた」

アンガスは呻いた。自覚のないままに狂気に走る。それが文字《スペル》の呪いだ。

「やっぱりウォルターは操られていたんだ」

姫は彼を見上げた。アンガスの険しい表情を見て、眉根を寄せる。

「お前……気づいていたのか？」

アンガスは答えなかった。今、ここで説明している暇はない。それは姫も承知しているのか、それ以上尋ねることなく、彼女は正面に目を戻した。

「とにかく警戒を怠るな」

終点が目の前だった。アークが手を伸ばしている。最後の数歩を渡り終え、アンガスはその手を握った。振り返り、向こう岸で待つウォルターに手を振る。ウォルターは手を振り返し、セラの手を引いて橋を渡り始めた。

不安定に揺れる橋の上の二人を見つめ、アンガスは誓いを新たにした。

この先どんなことがあろうと、彼らを信じ、彼らを守る。文字《スペル》に大切な人を奪われるのは……ケヴィンだけで充分だ。


全員が吊り橋を渡り終えると、彼らが出てきた壁の隙間が閉じていくのが見えた。

アンガス達はさらに先へと進んだ。吊り橋の先にはトンネルが続き、やがて小部屋に突き当たった。それは本の最後のページに描かれていた場所だった。

壁は光沢のない銀色、床も天井も目に痛いほど真っ白だ。正面には両開きの扉がある。その表面はつるりとしていて、取っ手もノブも見あたらない。

「ついにここまできたな」

感慨深そうにウォルターが呟いた。

『ツアドキエルの書』に記された、謎めいた詩の最後の一篇――

四人の塩作りが導く場所
歓喜の園は開かれる
それは十七番目の楽園
秘されたその名を賛美せよ

「さて、アンガス？」

ウォルターは彼を振り返り、悪戯っぽい微笑みを浮かべる。

「最後の謎、どう解く？」

アンガスは昔、地図屋から聞いた天使達の話を思い出す。『鍵の歌《クラヴィスカントゥス》』がないと楽園を取り戻すことが出来ない。『解放の歌《リベルタカントゥス》』がないと力を取り出せない。天使達はそれらを歌うことが出来る者を欲している。これは試験なのだ。

「この謎は最初から解けてるんだ」

アンガスは右手の人差し指を立てた。

「かつて天空に存在していたという浮き島は二十二。不活性化した文字《スペル》のうち、十九個はすでに回収済みだ。未発見なのは三つ。七と十三と十七。十七番目の聖域は『歓喜』と呼ばれていた」

彼は左手に抱えた『本』を前に突きだした。

「姫、聞かせてください。歓喜の『鍵の歌《クラヴィスカントゥス》』を」

「うむ——」

重々しく頷き、姫は背筋を伸ばした。静まりかえった白い部屋に、澄んだ声が流れ出す。

天と大地と　炎と水と
其《そ》の輝かしき　いのちと魂
全ての喜びは　汝《なんじ》らと共に
生きる奇跡を　分かち合わん

玲瓏《れいろう》な歌声の残響が、ゆっくりと染み渡る。

音もなく扉が開かれた。

ウォルターがセラの手を引き、扉の向こう側へと進む。そのすぐ後をアンガスも追った。

晴れ渡った空。太陽が眩しい。高地特有の爽やかな風が花の香りと若葉の匂いを運んでくる。

目の前に広がっているのは四方を高い山で囲まれた広大な盆地だった。灌木の林が周囲を取り囲んでいる。なだらかな斜面には羊の群れがいる。青々とした麦畑の中には、ぽつりぽつりと人影も見える。遠目でよくはわからないが、大人もいれば子供もいるようだ。盆地の中央にはこぢんまりとした集落があり、煙突からはゆるゆると白い煙が昇っている。

アンガス達がいるのは山の斜面に築かれた白い神殿の祭壇だった。周囲には金色の髪をした者達が、頭《こうべ》を垂れて傅《かしず》いている。白い肌、ゆったりとした白い服、その背中には銀とも白銀ともつかない、虹色の光沢を持った翼が生えている。

自動人形《ドール》だった。二十……いや三十体はいるだろう。その一体が顔を上げ、アンガスを見た。他の自動人形《ドール》とは異なる唯一の女性体の自動人形《ドール》は、にっこりと微笑んだ。

「ようこそ、歓喜の園へ」

銀の鈴が揺れるような、心地よい声。

「私はウリエルと申します。この園に仕えます自動人形《ドール》でございます。この度は主人に代わり、皆様をお出迎えに参りました」

誰も何も言えなかった。

この光景は、想像をはるかに超えていた。

沈黙を破ったのは笑い声だった。

「やった、やったぞ！　ついに見つけた！」

ウォルターだった。彼は笑いながらセラの手を取って踊り出す。つられてジョニーがヘラヘラと笑い、その横ではベンも笑っている。

けれどアンガスは笑えなかった。この先に待ち受けていることを考えると、とても笑う気にはなれなかった。

「お疲れでしょう」とウリエルが立ち上がった。一拍の間を置いて他の人形達も立ち上がる。左右に分かれて道を空ける。祭壇から盆地の中央へと続く、白い緩やかな坂道が現れる。

「お食事をご用意してございます。どうぞこちらへ」

ウリエルは先に立って歩き出す。それにウォルターとセラが続いた。ジョニーとベンも歩き出す。

アンガスは周囲を囲んだ人形達を眺めた。一体一体、微妙に顔立ちが違う。けれど浮かべている微笑は貼り付けたように同じだった。

「あの、ご主人様？」アークが背後から声をかけた。「置いてかれてしまいますよ？」

「貴方は私達の仲間ですね」

自動人形《ドール》の一体がアークに呼びかけた。

「腕が欠けていますね。修理しなくてはなりませんね」

「しかし、私はご主人様のお傍を離れるわけにはまいりません」

「手間はかかりません」自動人形《ドール》達がアークを取り囲む。「片腕では充分にご奉仕することもままならないでしょう？」

「それはそうですが――」アークは泣きそうな顔でアンガスに救いを求める。「ご主人様、どうしましょう？」

しばらく逡巡してから、アンガスは答えた。

「せっかくだから直して貰っておいでよ」

「でも――よろしいのですか？」

「心配には及びません」アンガスに代わって人形が答えた。「貴方の修理が終わるまで、貴方のご主人様は私達がお守りいたします」

口調は丁寧だが、譲るつもりはないらしい。仲間を分断されることは好ましくないが、ここで揉《も》めている暇はない。下手に警戒されるのも好ましくない。

「両腕揃ってた方が何かと便利だと思うよ？」

アンガスは気楽な口調を装い、周囲を見回してみせる。

「仲間に会うのは久しぶりだろう？　積もる話もあるだろうし、ゆっくりしてくれば？」

アークは少し傷ついたような顔をした。しょんぼりと肩を落とし、小さな声で答える。

「ご主人様がそうおっしゃるなら……」

数体の自動人形《ドール》に連れられて、アークは祭壇の右側へと歩いていく。それを見送ってから、アンガスは急ぎ足で仲間達の後を追った。

神殿を出て、坂道を下っていく。その両脇《りょうわき》には緑の草原が広がっている。風が遮られるせいなのか、それとも地熱の影響なのか、高地にもかかわらずずいぶんと暖かい。山からは雪溶け水が流れ込み、小さな川をつくっている。

集落には大勢の人々が生活していた。表情はみな穏やかで、見慣れぬ客人達を見ても、警戒するそぶりさえ見せなかった。子供達は歓声を上げて走り回り、大人達は笑顔で挨拶する。

アンガス達は集落の中央にある建物へと通された。壁は石造りで、屋根も石積みで出来ていた。床には羊の毛で織られた敷物がある。部屋の真ん中には一枚岩のテーブルが置かれ、その周囲を小さな石椅子が取り囲んでいる。

彼らが椅子に座ると、自動人形《ドール》達が次々に料理を運んできた。炙《あぶ》り焼《や》きにした羊の肉、茹《ゆ》でたジャガイモ、なにやら香ばしい匂いのするミルク色のスープ。焦げ目のついたパンは焼きたてらしく、まだホカホカと温かかった。

アンガスの隣に座っていたジョニーがゴクリと唾を飲み込んだ。すごいご馳走《ちそう》だ。警戒を怠るなと言われているアンガスでさえ、腹が鳴るのを止められなかった。

粘土を焼いて作られた杯にトウモロコシ酒が注がれる。

ウリエルは深々と頭を下げた。

「どうぞお召し上がりください。お口に合うことを願ってやみません」

「せっかくのご厚意だ。いただこうじゃないか」

そう言って、ウォルターが酒の杯を取り上げ、頭上にかざした。

「楽園への到着を祝って！」

「乾杯～！」

ジョニーが上機嫌で杯を上げ、一気にそれを飲み干した。

「か〜っ、こりゃうめぇ！」

アンガスも杯を手に取った。おそるおそる匂いを嗅《か》ぐ。芳醇《ほうじゅん》な香りが鼻孔をくすぐる。急に喉の渇きを覚えた。考えてみれば洞窟に足を踏み入れてから何も口にしていない。

杯に口をつける。唇に白い液体が触れようとした時、ウォルターの後ろに並んだ自動人形《ドール》達と目が合った。彼らはアンガスを見つめていた。その美しい口元を飾る、冷たい微笑。

氷の指で背筋を逆撫《さかな》でされたような気がした。

「ろうしたぁ？　遠慮ひゅるなよ？」

口いっぱいに羊肉を頬張りながら、ジョニーはパンを取ろうと腰を浮かした。

その体がぐらりと傾ぐ。

「は、はれ？　おかひぃな……なん……」

床に倒れ込んだジョニーは、起き上がろうと努力した。が、伸ばした腕がぱたりと落ちる。

「ジョニー！」アンガスは彼を助け起こし、その頬を叩いた。「どうしたんだ、しっかりしろ！」

「心配ない。寝ているだけだ」

ウォルターの声に、アンガスは顔を上げた。目が合うとウォルターは薄く笑った。およそ彼らしくない、見たこともない冷笑だった。

「お前も寝てしまえばよかったのに。余計な手間をかけさせてくれる」

アンガスは床にジョニーを横たえ、『本』を手に立ち上がった。その上では姫が、いつでも呪歌《じゅか》の詠唱に入れるよう身がまえている。

「お前は誰だ？」とアンガスは問いかけた。

「友人に向かって『誰だ』はないだろう？」

「黙れ！　ウォルターを返せ！」

「返せ？　面白いことを言う」

彼は親指で自分の胸の辺りを指さした。

「この男は最初から私の駒《こま》だ。私の目であり、耳であり、手足でもある」

アンガスは彼を睨んだ。このウォルターは彼であって彼ではない。記憶外の記憶が脳裏にささやく。人の心に入り込み、支配し操る心縛術――これは天使の仕業だ。

「お前……天使だな？」

「いかにも」

ウォルターの声で天使は答え、ウォルターの唇を使って微笑んだ。それは自動人形《ドール》達とまったく同じ、形だけの微笑みだった。

「私の名はツァドキエル。最後の十大天使にして、大賢人の遺伝子を継ぐ者。すなわち神の代弁者だ」

その時だった。

セラが突然立ち上がった。かと思うと、ドレスの裾を跳ね上げ、太股《ふともも》に巻いたホルスターから小さな銃を引き抜く。彼女は迷うことなく、その銃口をウォルターに向けた。

「やめろ、セラ！」

アンガスは叫び、彼女に駆け寄ろうとした。

それよりも早く、ベンがセラの手首を摑んだ。セラは必死に抵抗したが、男の腕力にかなうわけもなく、銃はあっさりと奪われてしまった。

ベンはそれを遠くに投げ捨てた。片手でセラを抱え込み、腰の鞘《さや》から大鉈を引き抜く。

「姫――！」

アンガスの鋭い声。間髪入れずに姫が呪歌の詠唱に入る。

それを、銃声が遮った。

「『本』を閉じろ」

抑揚のない声でウォルターは言った。右手で六連発を握っている。天井に向けていた銃口を、今度はアンガスに向ける。

「『本』を閉じてテーブルに置け。ここには私の支配下にある百名余りの人間と、三十五体の自動人形《ドール》がいる。無駄な抵抗はしない方が身のためだ」

『本』の上から姫がアンガスを見上げた。目顔で、どうする？　と問いかけてくる。

アンガスは答えず、テーブルに身を乗り出した。

「ウォルター！　目を覚ましてくれ！」

「もう一度だけ言う」ウォルターは淡々とした口調で繰り返した。「『本』を置け。命令に従わぬ場合、娘の命はないと思え」

ベンの腕の中でセラがもがいている。必死の形相で頭を横に振る。その喉元に大鉈が押し当てられる。鈍《にぶ》く輝く使い込まれた刃が、セラの肌に薄く喰い込んだ。

「やめろ」

アンガスは『本』を閉じ、テーブルの上に置いた。

「セラを放せ」

ウォルターは立ち上がると、テーブル越しに手を伸ばし、『本』を奪った。アンガスはウォルターを――彼の中にいる天使を睨んだ。

「セラを放せ！」

「そうはいかない」

彼は六連発をホルスターに戻した。ベンの腕に捕らわれているセラに向き直ると、まるでキスを求めるように顔を寄せる。セラは身をよじり、顔を背ける。すると天使は彼女の顎を摑み、無理やり自分の方へと振り向かせた。そして、ウォルターの口調を真似た甘い声でささやく。

「セラ、君は俺の大切な――」

横目でアンガスを見て、嗤う。

「――大切な人質だからね」

アンガスはギリリと奥歯を喰いしばった。

落ち着け、と自分に言い聞かせる。挑発に乗るな。頭に血がのぼったら負けだ。どんなに絶望的な状況でも、諦めてしまったらそこで終わる。まだ何か手があるはずだ。考えろ――考えろ！

ウォルターは身を翻し、部屋の奥にあった羊毛のタペストリーをはぎ取った。その下からは、継ぎ目一つない白い扉が現れる。彼がそれに手を押し当てると、扉は横にスライドした。現れた四角い小部屋へとベンはセラを引きずっていく。それに続こうとしてウォルターはアンガスを振り返った。揶《や》揄《ゆ》するように小首を傾げる。

「もちろん君も同行してくれるだろうね？」

黙って従うのはシャクだったし、床で寝入っているジョニーを置いていくのも心配だったが、今は彼の言う通りにするしかない。アンガスは無言でその小部屋に入った。すぐ後ろにウォルターが続く。

背後で扉が閉じた。かすかに床が振動する。耳の奥がツンと痛み、鼓膜がベコリと音を立てる。気圧の変化――どうやらこの部屋は動いているらしい。

ベンの腕の中からセラがアンガスを見上げている。その大きな目は不安に揺れ、華奢な肩は震えている。色をなくした唇が何か言いたげに歪んだが、やはり声にはならなかった。

彼女に向かい、アンガスは微笑んで見せた。大丈夫――僕がついてる。

「たいした余裕だな」それを見つけた天使が皮肉った。「それともこの状況がわかっていないのか？」

アンガスは彼に向き直った。

「わかってないのはお前の方だよ」

「――何？」

「天使や楽園のためになんか、姫は歌わない」

斜にかまえ、挑発的に笑ってみせる。

「お前の望みは叶わない。絶対にね」

「私を甘く見るなよ、人間」

ウォルターの声で、ツァドキエルは言った。

「この『本』はお前の護衛であり、相棒でもある。この『本』はお前を守るためなら何でもする。それくらい、とっくに調査済みだ」

そこで彼は『本』を肩の高さに持ち上げてみせる。

「心縛化した人間達を通じて、私は世界中の出来事を見聞きしている。お前がトレヴィル砂漠の遺跡で倒した連中も私の駒だった。歌う『本』を見つけた時の私の喜び。刻印を悪《あ》しきものとしか考えられないお前に、この歓喜は理解出来ないだろうな」

くくく……と彼は愉悦の笑いを漏らした。

「呪歌を歌う特殊な『本』と、それを所有している白髪碧眼《へきがん》の青年。お前達は特異な存在だったが、それだけを頼りに捜し回るには大陸はあまりに広い。そこで私は一計を案じた。娘を連れ去った青年は、彼女を故郷に帰そうとするのではないか。そこで私はアウラ周辺に網を張り……待った」

横目でアンガスを見て、自慢げに胸を反らす。「はたしてお前は現れた。待ち受けていたファーガソンが同じ馬車に乗り、お前の正体を聞き出した。あの偽名はお粗末《そまつ》だったな。デイリースタンプ社のアンドリュー・パーカーは実在するし、お前の知り合いでもある。彼からお前を捜し当てるのは造作もないことだった」

あの時、嘘の名前を言ったのは、詮索《せんさく》されるのが嫌だったからだ。自分の正体を隠そうと思ったからじゃない。西部の測量士としては変わっていると思いこそすれ、まさかベンが天使憑きだとは考えていなかった。

「『本』を奪う機会はいくらでもあったが、私はお前達を観察することにした。この『本』は神が私に与え給《たも》うた恩寵《おんちょう》だ。急《せ》いてことをし損ずるわけにはいかない」

そこで彼は、にやりと嗤った。

「『予言の男』がフリークスクリフで何をするのか、興味もあったしな」

アンガスはウォルターを睨んだ。カネレクラビスはネイティヴの土地だ。天使の支配下に置かれた人間が入り込める場所ではない。なのにこの天使——なぜスカイラークの予言を知っている？

「そうか……」

表層に植え付けられた偽の意識。けれどその下には天使がいたのだ。意識のコントロールに関しては天使の方が一枚上手だ。ローンテイルが騙《だま》されるのも無理はない。

「カネレクラビスに測量士を迷い込ませ、歌姫奪取の手引きをさせたのは、お前だな？」

「いかにも」

「馬車にアークの首を投げ込み、僕らをカネレクラビスに導いたのもお前か？」

天使はウォルターの唇を歪めて笑った。

「言っただろう？　私は世界中の出来事を見聞き出来るのだと？　もちろんフリークスクリフでの一件も、モルスラズリでの事件も拝見させて貰った。その結果、お前とこの『本』が、固い絆で結ばれていることがよくわかった。あとはどうやってお前達をここに導くか。それだけが問題だった」

「そのためにウォルターを心縛化したのか」

「それは違う。彼は元から私の駒だった。地図屋は経済力もあれば行動範囲も広い。様々な情報にも通じている。目として使うにはうってつけだ。初めは父親の方を利用しようとしたんだが、少々暗示が効き過ぎて、ちょっとおかしくなってしまった」

彼は頭の横にくるくると円を描いてみせる。

「あれは失敗だった。しかも跡を継いだこの男は、疑い深い上に暗示にかかりにくくてな。なかなか隙を見せようとしない。雪山で死にかかっているところを拾い、ようやく私の物になった」

これでわかっただろう？　というように、天使は両手を広げた。

「お前達は私の掌《てのひら》の上で踊っていたのだよ」

「生憎《あいにく》だけど、お前の掌の上で踊れるほどダンスは得意じゃないんだ」

アンガスは冷ややかに笑った。

「何者かの意図が働いているのは常に感じていたよ。ベンと再会して、その疑惑は確信に変わった。世界中を監視するための情報網を持つ者は、新見聞《ニュースペーパー》の記者か地図屋ぐらいだ。となると一番怪しいのは、この時期に偶然の再会をはたしたウォルターということになる」

「戯れ言を」天使は鼻で笑った。「負け惜しみのつもりか？　そこまでわかっていて、罠に飛び込んでくる馬鹿がどこにいるというのだ？」

「ウォルターは僕を罠にかけたりしない。何者かに操られているに違いない。彼を助けるには後ろにいる黒幕――つまりお前を倒さなければならない。それがここに来た一つ目の理由だよ」

アンガスは人さし指を立てた。それにもう一本、中指を加える。

「二つ目の理由は――セラだ」

セラが息を呑む音が聞こえた。が、アンガスはツァドキエルを睨んだまま、続けた。

「カネレクラビスの四人の歌姫は『解放の歌《リベルタカントゥス》』を歌うことが出来る。アウラの事件の後、お前はその歌姫を手に入れた。けれど彼女は事件の衝撃で声をなくしていて歌うことが出来なかった。無理強いすれば、彼女もスカイラークのように壊れてしまう。ようやく手に入れた歌姫だ。声を取り戻す方法を見つけるまで、失うわけにはいかなかった」

トレヴィル砂漠でセラに会った時から、ずっと不思議に思っていた。なぜあんな無法者達《アウトロー》がセラのような少女を連れていたのか。

「だからお前は、再びレッドに奪われることのないよう彼女に男の子の格好をさせ、町から町へと連れ歩いたんだ」

くくっ……と天使は笑った。

「レッドに命じて歌姫をさらわせたのは私だ。彼と私は協力関係にある。なぜその目を盗むような真似をせねばならん？」

「協力？　互いに利用しようとしただけじゃないか。お前の目的は『解放の歌《リベルタカントゥス》』と『鍵の歌《クラヴィスカントゥス》』

を用いて文字《スペル》から思考エネルギーを取り出し、楽園を復興させることだ。レッドのように人を狂気に陥れ、世界に混乱を招くことじゃない」

そこでようやくアンガスはセラを見た。

彼女の顔が恐怖と不安に歪んでいるのは、喉に突きつけられた銃のせいだけではないだろう。セラには辛い記憶を思い出させることになる。それを思うと胸が痛い。

「セラ……」

アンガスは優しく呼びかけた。

「君はレッド・デッドショットにさらわれたカプト族の歌姫——ホーリーウィングだね？」

セラの大きな目がさらに大きく見開かれる。何か言いたげに口が動いたが、その喉は凍り付いたままだった。

「アウラ町長の屋敷《やしき》には二つの白骨死体が残されていた。あれは町長と……その娘セラの遺体だったんだ。町長の屋敷だけが燃やされていたのは、本物のセラ・フォスターと君をすりかえるための偽装工作だったんだ」

そうだね？　と尋ねるようにアンガスはセラを見た。セラは色のない唇をぎゅっと噛みしめ、悲痛な表情で彼を見上げる。

「なるほど——たいしたものだ」

大仰な仕草でウォルターは両手を上げた。

「お前の言う通り、アウラを滅ぼしたのはこの娘だ。アウラの住人に殺し合いをさせたのは、この娘の歌声だ」

「やめろ！」アンガスは叫んだ。「そうしむけたのはレッドだ。セラが悪いんじゃない！」

「そうだろうか？　本人はそうは思っていまいよ。この娘はな、町長屋敷の屋根裏に閉じ込められている間、本物のセラが羨ましくて仕方がなかったんだ。その思いが『嫉妬』と共鳴し、アウラを滅ぼした。この娘は罪の意識から逃れるために、本当の名前も過去も、歌声さえも固く封じて、自分自身のことをセラ・フォスターだと思い込んだのだ」

人の脳は記憶を改竄《かいざん》する。辛い記憶を忘れ、別の思い出でそれを補塡《ほてん》しようとする。そうしなければあまりに辛すぎて、生きていくことが出来ないから。

アンガスはウォルターの中にいる無慈悲な天使を睨み付けた。

「幼い歌姫が自分のしたことを恐れるあまり、記憶を封じてしまったとしても、誰がそれを責められる？　しかもその重圧が彼女から声を奪った。それは彼女が自分自身に科した罰。それと同時に、もう二度と利用されたくないという意思表示でもあったんだ」

「それに同情して、みすみす罠にかかったというのか。愚かなことだ」

ウォルターは再び扉に手をあてた。音もなく扉が開く。外には薄暗い廊下が伸びていた。無言で促され、アンガスは白い廊下を歩き出す。

寒い。吐く息が白い。白い壁だと思っていたそれは結露に覆われたガラスだった。その向こう側には幾つもの棺《ひつぎ》が並ぶ。眠っているのは白い肌をした人々——天使達だ。

その中に、長い金色の髪を持つ若い女性の姿があった。他の天使とは異なり、彼女の右肩には痛々しい傷が残っていた。目を閉じ、眠っている表情も、心なしか苦悶《くもん》に歪んでいるようだ。

彼女の顔をどこかで見たことがあるような気がした。記憶外の記憶ではない。ごく最近のことだ。だが、どこで見たのかは思い出せない。

「驚いたか？」と天使が言った。「彼らは死んではいない。眠っているだけだ。楽園に戻る日を夢見て彼らは長い眠りについたのだ」

もっと速く歩けというように、彼は『本』の背でアンガスを小突いた。

「天空にあった二十二の楽園。それは一人の愚か者のせいで崩壊した。誇りなき下級天使達は堕天して人間と交わり、地べたでの生活に馴染んでいった。しかし誇り高き上級天使達はそれを潔しとせず、楽園の復興を求めてここに集まってきた」

そこで一度、言葉を切って、彼は問いかけた。

「なぜだか、わかるか？」

「ここに文字《スペル》があったからだろう。『滅日《ホロビ》』を境に力を失った文字《スペル》ではなく、それ以後に生まれた悪しき文字《スペル》が」

歩きながら、アンガスは肩越しに後ろを振り返る。

「いくら天使が長寿でも、『滅日《ホロビ》』から今日まで生きながらえるなんて不可能だ。それを可能とするのが文字《スペル》の力。お前の体には、呪われた文字《スペル》が刻み込まれているんだ」

「ほぅ？」天使は片眉《かたまゆ》を跳ね上げた。「さすが天使還りだ。人間にしておくのは惜しい。お前さえその気になれば、天使として楽園に迎え入れてやってもいいぞ。どうだ、我らとともに来る気はないか？」

こんな状況にもかかわらず、アンガスは笑い出しそうになった。この言葉をモルスラズリを追われた直後の自分が聞いていたら、一も二もなく飛びついていただろう。

けれど今は違う。僕には待っていてくれる人達がいる。迎え入れてくれる場所もある。

「僕は人間だ」

アンガスは正面を向いたまま答えた。

「傲慢《ごうまん》な天使を気取るつもりもなければ、この世界を捨てるつもりもない」

天使は馬鹿にするように鼻を鳴らした。

「昔、同じようなことを言った天使がいたな。人間を信じ、そのために命を懸けた愚かな堕天使が」

ドキン、と心臓が跳ねた。動悸《どうき》が速くなる。心臓の鼓動が頭の中に雷鳴のように鳴り響く。

僕はその天使を知っている。

「だが結局、何も出来ずに死んだ」

アンガスの胸中を知るよしもなく、天使は毒のある声で言った。

「まぁ、堕天使らしい死に様よ」

柱に磔《はりつけ》にされた男の姿が脳裏に浮かんだ。死の運命を知りつつも、最後までそれに抗おうとした。その鋭い眼差しを知っている。

僕は彼を知っている。

あれは——誰だ？

アンガスは右目を押さえた。思い出せそうな気がした。もう少しで彼の名を思い出せそうな気がした。けれど、思考はそこで急停止した。

廊下が終わり、広い部屋に到着したのだ。

天井は黒く、壁は白く、床には灰色のタイルが敷き詰められている。何の装飾もない天井と壁はガラスのように滑らかな素材で覆われている。床の中央には黄緑色の七角柱が立っている。

ウォルターはホルスターから六連発を抜き、その銃口で七角柱を示した。

「歩け」とアンガスに命じる。「あの柱の前に立つのだ」

自分に向けられた六連発はともかく、セラの喉元には大鉈が突きつけられている。この状況では抵抗も出来ない。アンガスは柱に向かって歩いていった。

七角柱は彼の背と同じ高さがあった。その表面には黒い文様が刻まれている。

Delight

文字《スペル》だった。おそらくはこれが『歓喜』。ここは第十七聖域の中心なのだ。

アンガスは柱を背にして振り返った。数歩手前で立ち止まったウォルターは用心深く『本』を開いた。姫が怒りを爆発させるんじゃないか。アンガスは危惧《きぐ》しながらも、少しだけそれを期待した。だが姿を現した姫は、思いの外、冷静な声で言った。

「私には『解放の歌《リベルタカントゥス》』は歌えない」

「そんな嘘が通用すると思うのか」天使は銃口をアンガスに向ける。「歌え！『解放の歌《リベルタカントゥス》』を！」

「無駄だよ」柱の前からアンガスが答えた。「姫は一度言いだしたら、梃子《てこ》でも動かない頑固者だ。すべて見聞きしていたのなら、それぐらいわかってるだろ？」

そこで彼は意地悪く笑ってみせた。

「言っただろ。お前の望みは決して叶わないと」

「私が撃たないと思っているのか？」引き金にかかった指が、キリキリと鉤《かぎ》状に曲がっていく。「ここで人質を殺すはずがないとでも？」

「違うのだ。私は『解放の歌《リベルタカントゥス》』を歌ってはいけないのだ」姫は天使を見上げ、必死に訴える。「私が『解放の歌《リベルタカントゥス》』を歌えば、世界の崩壊を引き起こす。本当なんだ。信じてくれ」

「姫、心配することないですよ」

アンガスはコートのポケットに両手を突っ込み、今度は天使に向かって言った。

「僕は死なない。僕の右目には文字《スペル》が宿っている。お前も文字《スペル》を宿す身だ。文字《スペル》を宿した体が死ななないことぐらい、承知しているはずだ」

突然——天使は笑い出した。箍《たが》が外れたような大哄笑《だいこうしょう》が広間に響き渡る。

「甘い甘い甘い甘い……ッ！」

六連発をかまえ直し、鋭い目でアンガスを睨む。

「死ぬよ。お前は死ぬ。刻印が守るのはそれが宿る臓器だけだ。他の躰《からだ》は死んで腐る。お前はその目玉だけを残して朽ち果てるのだ」

彼は六連発の銃口を軽く振った。

「それはこの娘がよく知っている。前に一度、私の真の姿を見たことがある、この娘ならな」

アンガスはセラを見た。大鉈を突きつけられてもなお、彼女は必死に頭を横に振る。恐怖に引きつった顔、その目からは堪えきれずに涙が溢れる。

横目でそれを見た天使は、歪んだ笑みを浮かべた。

「これが最後の警告だ」

凍るような声で、彼は命じた。

「歌え」

『本』の上に立ちつくす姫が見える。小さな拳がぶるぶると震えている。彼女は顔を上げ、アンガスを見た。

「私には出来ない——すまん、アンガス」

「いいんです。気にしないでください」

足の震えがばれませんようにと祈りながら、アンガスは笑ってみせた。

「もともと姫に救われた命です」

彼は天使と向かい合った。天使を睨んだまま、自分の心臓のあたりを指で叩く。

「さぁ、しっかり狙え？」

答えはなかった。

銃声が響いた。

アンガスの体は弾《はじ》き飛《と》ばされ、柱にぶつかって跳ね返った。胸を押さえ、身をよじったかと思うと、その体は力を失い、静かに床に横たわる。

「アンガス！」

姫が叫び、『本』から身を乗り出す。

「アンガス！　アンガ」

天使が『本』を閉じた。姫の叫び声が途切れる。と同時に、今度は別の悲鳴が部屋に響き渡った。

「いやあああああああああああっ……！」

セラだった。彼女はベンの腕を振りほどいた。倒れたアンガスに駆け寄ろうとする。その目の前に天使が立ちふさがった。彼の顔は驚きと喜びに、醜《みにく》く歪んでいる。

「声が戻ったのか？」

セラは涙に濡れた瞳で彼を睨み付けた。

「どきやがりなさい、このクソ天使！」

彼の横をすり抜けようとしたセラの腕を、背後からベンが摑んだ。大鉈を鞘にしまい、両腕で彼女を羽交《はが》い締《じ》めにする。

「放せッ！　放しやがりなさいッ！」

「これはいい！」

喚《わめ》き暴れるセラを見て、天使は天井を仰ぐ。

「神よ、感謝します。最高の贈り物です！」

「ふざけるなですわ！　お前のような天使のために歌ってなどやるものですか！」

自由を拘束されても、少女は戦士の末裔だった。ギリギリと歯を喰いしばり、自由になった喉から、唸るように声を絞り出す。

「私はお前を許さない。決して……決して許さないッ！」

「お前は歌うさ」天使はセラの頤《おとがい》に手をかけて、上を向かせた。「私と接触すれば、お前を操ることなど容易だ。ただの人間に抗うことなど出来はしない。お前は歌うだけの人形になるのだ」

彼女を抱え、ベンは部屋の奥へと歩き出す。それに続こうとして、ウォルターはふと足を止めた。柱の傍まで引き返すと、うつぶせに倒れたアンガスの体を靴先でひっくり返す。

アンガスのコートには黒い焼け焦げの穴が開き、シャツの胸には真っ赤なシミが広がっていた。だらりと弛緩した体はぴくりとも動かない。

アンガスの胸の上にウォルターは『本』を置いた。その目元がひくひくっと痙攣する。

「返すよ――ありがとう」

そう言い残し、彼は踵を返した。

部屋の一番奥に四角く窪《くぼ》んだ場所がある。壁と同じ素材で造られているので一見しただけではわからないが、そこには扉があった。ウォルターはその中央に手を当てた。継ぎ目も見えないほどぴったりと閉じていた扉が左右に開く。

大声で叫び続けるセラを引きずりながら、ベンが、ウォルターが、扉の向こうへ消えていく。彼らの姿を隠すように扉が閉じ――

「アンガス！　お願い、目を開けて――」

セラの叫び声を、無情に断ち切った。

8

俺達が乗ったビークルは、思考エネルギーとは無関係の動力を積んでいるらしかった。よって思っただけで目的地に連れて行ってくれる普通のビークルとは異なり、操縦しないと動かせない。

ミカエルと呼ばれた自動人形《ドール》は丸いハンドルを操り、瓦礫《がれき》を避けながら運転を続けた。窓の外には悪夢のような光景が広がっている。倒壊した建物、公園も工場も黒煙を上げて燃えている。煙がビークル内に入り込み、俺は咳き込んだ。

「窓を閉めるぞ」

自動人形《ドール》が言うと同時に窓が閉まった。

その自動人形《ドール》に向かい、俺は呼びかける。

「ミカエル？」

「急用でなければ黙っていろ」

人形特有の鈴の音のような美しい声が、いかめしい口調で答える。有無を言わせない態度。頑固一徹だったミカエルそのものだ。

「あんたは死んだと聞いていた」

「その通りだ。怒り狂った下級天使達を止めるためには、我が肉体の死が必要だったのだ」

「でも、あんたはそこにいる」俺は自動人形《ドール》を指さした。「その――人形の中に」

「四大天使は不慮の事故に備え、意識のバックアップを取っておく。もちろんすべての人格をコピーするのは不可能だ。私はミカエルの意志を忠実に実行する偽者にすぎん」

とてもそうは思えない――そう言おうとした時、彼が急にハンドルを切った。目の前に火柱が上がり、鼓膜が破けそうな爆音が響く。音と光のショックで頭がクラクラする。

それから立ち直るのに、少し時間がかかった。けれど人形の体を持つミカエルには影響ないらしい。彼は平然と運転を続けている。ビークルは市街地を抜け、浮き島の縁へと向かっていた。

「ミカエル、なぜ俺を助けてくれる?」

「ガブリエルに頼まれた」

美しい声に乗せて、素《そ》っ気《け》ない返事が返ってきた。

「刻印の間に籠もる前、彼は言い残した。もしお前が生きていて、この先、再びここに連れ戻されるようなことになったら、お前を逃がしてほしいと。お前は自由な鳥。もう二度と籠の中に戻さないでほしいと」

そこで初めて、自動人形《ドール》の声に悲しみがにじんだ。

「ガブリエルは私の良き友だった。私は彼を救えなかった。私はお前を責めようとは思わない。が、許したわけでもない。お前は彼も連れて行くべきだった。彼をここに残してはいけなかったのだ」

その告白は、俺の胸を突いた。

「――すまない」

「詫びなら私にではなくガブリエルに言え」

「出来るなら俺だってそうしたい。けれどもう、彼に許しを請《こ》うことは出来なくなってしまった」

ミカエルは答えなかった。沈黙が身を切るほどに痛い。ガブリエルから貰った大きな恩。なのに俺は彼を裏切った。どうすれば許される？　どうすれば彼に恩を返せる？

「ガブリエルもバックアップを取っていた」

沈黙の暗雲に、光明が差し込んだ。

ミカエルは正面を向いたまま、自分の耳朶《じだ》を指さした。そこには見慣れた銀の輪が光っている。それは生前のミカエルが耳に塡めていた、彼のアクセスクリップだった。

「ガブリエルがつけていたアクセスクリップ。あれには彼の思考データが蓄積されている。おそらくはツァドキエルが持っているものと思われる」

俺はゴクリと唾を飲んだ。

「あのクソ餓鬼は、今どこにいる？」

「脱出して他の聖域に逃げた。あれはウリエルがお前を心縛化しなかったことに腹を立てていた。あれはお前に復讐することを望んで――」

傍で爆発があり、言葉が途中で切れた。その余波が去った後、ミカエルは続ける。

「あの優良遺伝子のキメラ達は、第十三聖域のハニエルが他の聖域のハニエルと共同で創り出したものだ。奴らは個としての意識も持つが、同時に集団で一つの意識を形成している。ゆえにラファエルはバックアップを必要としなかったが、それと同じもの――つまりラファエルがお前に殺された時の記憶を、全員が共有しているのだ」

「全員って、あのラファエルとツァドキエル以外にもキメラがいるのか？」

「確認出来ただけでも三人いる。第七聖域のラファエル。第十二聖域のミカエル。第十七聖域のツァドキエル。この攻撃は奴らが仕掛けたものだ」

あのクソ餓鬼は俺を憎んでいた。とすれば、今、上空に浮かんでいるあの島で、俺が死ぬところを見守っている可能性は高い。

「上に浮かんでるのは何番だ？」

ミカエルは上空に浮かぶ島をちらりと見て、すぐに前方に目を戻した。ハンドルを切り、道を塞ぐ瓦礫を回避する。

「十七だ」

「『歓喜』だな」

「そうだ」簡潔に答え、彼は前方に向かって顎をしゃくった。「見えた。どうやら無事なようだ」

燻《くすぶ》っている林の中にまっすぐな道が切られている。そこには白い三枚の羽根を持つ、見慣れない乗り物が停めてあった。

「あれは？」

「回転翼機《ジャイロ》だ」

彼はその傍にビークルを停め、外に降りた。

「早く来い」

ミカエルが俺を呼ぶ。俺は回転翼機《ジャイロ》に駆け寄った。複座を包む卵形のボディ、その上には三枚の羽根、後ろには小さなプロペラがつきだしている。

「座れ。操縦方法を教える」

「しかし、あんたは――」

「私は『理性の剛腕』だ。たとえ体は滅びても、この魂が尽きるまで、ここを守る義務がある」

「死ぬ気なのか？」

「何度も言わせるな。座れ」

俺はそれに従った。何を言っても無駄なことはわかっていた。彼もまた守るべき者のために戦おうとしている。それに俺が——俺ごときが口を挟めるはずもない。

ミカエルは耳からアクセスクリップを外し、俺に渡した。彼に促され、それを自分の耳朶に塡める。途端、あらゆる情報が頭の中に流れ込んできた。ガブリエルを救えなかった悲しみ。聖域の崩壊を目の当たりにする苦渋。俺はそれから目をそらし、必要な情報だけを選び出した。

回転翼機《ジャイロ》を操縦する方法——操縦桿は右手で、スロットルレバーは左手で操作する。左右のペダルには足を置く。左のペダルを踏めば右ペダルは戻り、機体は左側を向く。おおよその基本を頭に叩き込んだ後、操作の感覚を自分の体に同調させる。

俺はアクセスクリップを外し、彼に返した。ミカエルはそれを耳朶に塡め直すと、ビークルにとって返し、細長い布包みを持って戻ってくる。

「これを持っていけ」

俺はそれを受け取り、白い布を解いた。

「これは——！」

『理性』の刻印が刻まれた銀の杖だった。これがなければ十三聖域は落ちる。持ち出しをウリエルが許可するはずがない。それがここにあるということは……

「ウリエルは——死んだのか？」

殺したのか、とは聞けなかった。『理性の頭脳』を殺すということは、十三聖域を滅ぼすに等しい。『理性の剛腕』である彼が、それを決断するに至る苦悩は、生半可なものではなかったはずだ。

「ウリエルはこの聖域を我が子のように愛していた。ともに滅びるならば本望であろう」

淡々とした声でミカエルは言った。

「刻印は諸刃《もろは》の剣だ。水や金属のような精神共鳴体が周囲を取り囲んでいる状況で『解放の歌《リベルタカントゥス》』を歌えば、莫大《ばくだい》なエネルギーを生み出すことが出来る。しかし共鳴するものが何もない場所で歌えば、逃げる場所のないエネルギーは周囲を破壊しつくす凶暴な顎《あぎと》となる。使い方を誤らぬことだ」

杖を握りしめ、俺は頷いた。

「それと、もしこの先、お前がガブリエルと再会する機会に恵まれたなら、伝えてほしい」

本来、表情など持たないはずの自動人形《ドール》は、悲しいほど誇らしげな微笑みを浮かべた。

「お前の友は約束を守った、と」

「伝えてみせる。必ず。約束する」

ミカエルの魂を宿した自動人形《ドール》は、機体から離れ、右手を挙げて敬礼した。

「さらばだ。刻印の意志を正しく受け継ぐ者よ」

俺は杖を後部座席に置き、右手で操縦桿を握った。スイッチを入れると、破砕音とともに駆動系が目を覚ます。スロットルレバーを引くとプロペラが回り出し、機体が動き出した。上部で三枚の羽根が自動回転を始める。ひゅんひゅんと風を切る音が徐々に高まっていく。

俺はスロットルを全開にした。ぐん、とスピードが上がる。ペダルで進行方向を修正し、操縦桿を引いて機首を上げる。

機体が揺れ、車輪が地を離れた。

回転翼機《ジャイロ》は空に舞い上がった。

空を飛んでいる——その感覚を楽しめたらどんなに良かっただろう。けれどそんな余裕は欠片もなかった。操縦桿とペダルを操り、機を水平に保つのがやっとだ。島の縁を越えると、眼下にはどこまでも広がる大地が現れる。赤茶けた丘。所々に見える林。俺が知っている地形はない。母湖《マーテル》も、ラピス族の村も見えない。はるか遠方に白いものが見えた。あれは雲か、それとも山か？

空を横切って何かが落ちてきた、と思った瞬間、それが炸裂した。爆風がプロペラを煽り、破片が機体に突き刺さる。ガガガ……っと嫌な音がした。機首ががくんと下がり、回転翼機《ジャイロ》が失速していく。赤茶けた丘がぐんぐんとせまってくる。

「翼だ、翼を開け」

操縦桿を握りしめ、俺は呪文《じゅもん》のように呟いた。

「飛べ、リベルタス。お前なら飛べる！」

9

カプト族の長老アラウンドは言った。

「憎んではいけないのですわ」

雷鳴を響かせる武器で仲間達が次々と殺されていく中、老婆は彼女の手を握って言った。

「怒りが熱い油のように煮えたぎっても、憎んではいけないのですわ」

「なぜですの？」幼い彼女にはそれが理解出来なかった。「こんな目に遭わされても、奴らを憎んじゃいけないと言うんですの？」

「そうです。この世界をお創りになった偉大な魂は、この土地に憎しみをお創りになりませんでした」

雷鳴のような銃声。悲鳴。怒号。叫び声。入り乱れる足音。闇夜《やみよ》を照らす赤々とした炎。恐怖と怒りと憤りで、彼女の頭ははち切れそうになっていた。

それを宥《なだ》めるようにアラウンドは彼女を抱きしめた。優しく頭を撫でてくれた。

「嵐《あらし》のように泣いてもいい。雷のように怒ってもいい。けれど憎んではいけないのですわ。憎しみで生きる者は何も生み出さず、憎しみで歌われる歌は世界を滅ぼす。私の大切な愛しい歌姫様。どうか私の言葉を忘れないでくださいませです」

無理だわ。

それを睨み付けながら、セラは思った。

私には無理だわ、アラウンド。どんなに泣き叫んでも、怒り狂っても、抑えることなんて出来ない。憎しみがどんどん膨《ふく》れ上がって、体が裂けてしまいそう。こいつは彼を殺した。あの人はもう私に笑いかけてくれない。あの青い瞳を見ることも、あの人の声を聞くことも出来ない。この想いを告げることは、もう永遠に出来なくなってしまった。

第十七聖域の最深部——薄暗い部屋の中央には円柱形の水槽があった。そこから放たれる薄青い光だけが唯一の光源だった。水槽の中には、なめし革の袋のようなものが浮かんでいた。幾本もの銀色の糸が、それを水中に固定している。

曖昧《あいまい》だった記憶がはっきりしてきた。私はここに来たことがある。あれに触ったことがある。湧き上がる真っ黒な悪意が胸を押し潰し、千本の針に突かれたような痛みが全身を襲い、『解放の歌《リベルタカントウス》』と『鍵の歌《クラヴィスカントウス》』を歌うことを強要した。その時の恐怖を、ありありと思い出すことが出来る。

水槽の中で袋のようなものがゆらりと動いた。抵抗も空《むな》しく、セラは水槽に向かって引きずられていく。近づくにつれ、その正体が見えてくる。

それは人間の体だった。手足は千切れたように失われ、頭の部分には溶けた肉をまとわりつかせた頭蓋骨《ずがいこつ》が載っている。肉が削《そ》げ、脊髄《せきずい》が露出した首には銀色の輪が塡められていた。まともに残っているのは胴体だけ。男性と思われる滑らかな胸の中央に、赤々と光る文様が刻まれている。

〈ついに念願叶う日がやって来た〉

金属的な声が天井から聞こえた。ゴボリと音を立て、水槽の中に青い気泡が湧き上がる。

〈聖域はかつての繁栄を取り戻す。地上にしがみついた人間どもを心縛し、天使達の楽園を復興するのだ。邪魔者はみんな死んだ。私に指図するものは誰もいない。もう誰にも『出来損ない』などとは言わせない。私は神になる。この世界の新たな神となるのだ！〉

セラはそれを睨んだ。こんな奴の言いなりになるくらいなら、死んだ方がましだと思った。もろともに死ぬ方法はまだ手の内にある。その術も心得ている。

憎んではいけないとアラウンドは言った。

でも――無理だわ。

〈ここに来い、歌姫。私に触れれば、悲しみも恐怖も、何も感じなくなる〉

水槽の表面が凹《へこ》んでいく。凹みの底が胸に浮かんだ文様に癒着する。

〈さあ、今度こそ私のものとなるのだ！〉

ベンがセラの手首を摑んだ。

「何しやがりますの！　手をお離しなさいっ！」

セラは必死に抗い、ベンの手を振りほどこうと暴れた。しかしベンはびくともしない。セラの手を引っ張り、文字《スペル》へと近づけていく。

「いやぁッ！」

震える指先が文字《スペル》に触れようとした——その時。

〈誰だ！〉

誰何《すいか》の声に、銃声が重なった。

ベンの手が緩んだ。ここぞとばかりにセラは彼を振りほどく。ベンは四肢を伸ばしたまま仰向けに倒れた。虚ろな目、だらしなく緩んだ口元、額には小さな穴が開いている。後頭部から流れ出した血が、床にゆるゆると広がっていく。

「久しぶりだな、ツァドキエル」

水槽の裏側から一組の男女が姿を現した。長い髪を束ねた端整な顔立ちの男と、褐色の肌を持つ女。その女性には見覚えがあった。彼女はコル族の歌姫だ。

「自動人形《ドール》達が邪魔だったんでね。勝手に制御盤をいじらせて貰った」

薄い唇を歪めるようにして、その男は嗤った。長い黒髪、黒いシャツに黒いタイ。左手には黒い手袋。全身黒ずくめだが、肌は抜けるように白い。

「ま、悪く思わないでくれ」

〈レッド、貴様……ッ！〉

金属的な声が甲高くひび割れた。

〈またも私を裏切ろうというのか！〉

ウォルターが弾かれたように背筋を伸ばした。その右手がぎくしゃくと動き、ホルスターに収めていた六連発の銃把《グリップ》を摑む。

「遅い」

銃声が響き渡った。いつ引き抜いたのか、男は六連発を握っている。しかも放たれた銃弾は、見事にウォルターの右肩を撃ち抜いていた。

「裏切るだって？　情けないこと言うなよツァドキエル。裏切るも何も、オレはハナからあんたの味方じゃない」

六連発の銃口を唇に寄せ、レッドはふっと硝煙を吹き払った。

「あんたは世界中から文字《スペル》を集め、人々に祈りを強要し、思考原野に思考エネルギーを蓄積してくれた。それには本当に感謝しているんだ」

黒服の男は水槽の傍を回り、その正面に立つ。

「けど、悪いな。オレに楽園は必要ない」

〈ギギギギ――――！〉

甲高い金属音の呻き。歯が浮くような不快な音にも、レッド・デッドショットは顔色一つ変えなかった。ガチリと撃鉄《ハンマー》を起こし、彼は六連発の銃口を水槽に向けた。

「お前が集めたエネルギーはオレが使わせて貰う」

撃鉄《ハンマー》を起こし、もう一発。さらにもう一発。

轟音が響き渡る。

ビシリと水槽にヒビが入った。

「あんたはもう用済みだ」

ミシミシとヒビ割れが広がっていく。水槽の中の液体が滲み出し、ぷつぷつと青い玉になる。それに背を向けて、男はセラと向かい合った。

「オレと来るか？」

まるで昼食に誘うような気軽さで彼は言った。

「お前が望むなら、また忘れさせてやるぜ？」

セラはレッドを見上げた。

端整な顔立ち、色の薄い灰色の双眸。かすかな笑みには胸が締め付けられるような寂寞感《せきばくかん》が漂う。それは見知らぬ土地で迎える夕闇。ざわめく群衆に取り囲まれた沈黙。声を殺して泣き続ける夜。絶望の淵にたゆたう常闇《とこやみ》。思わず手をさしのべたくなるほどの――圧倒的な孤独。

セラは目を閉じた。

頭を横に振って、彼の魔力を振り払う。

「貴方はアラウンドを殺し、私の仲間を大勢撃ち殺しましたわ」

瞼を開き、レッドの目をまっすぐに見る。

「それに、貴方がスカイラークにしたこと。私、忘れていませんことよ」

「一緒に来る気はない……ということだな」

「もう二度と、一緒には参りません」

セラは決然と言い放った。

「それに貴方を、ここから逃がしはしません」

彼女は倒れたウォルターに駆け寄った。右肩を撃ち抜かれているが、まだ息はある。

「この人は文字《スペル》を持ってますの」

セラは彼の胸に手を当てて、宣言した。

「『解放の歌《リベルタカントウス》』と、この文字《スペル》の『鍵の歌《クラヴィスカントウス》』。今からそれを貴方にご披露いたしますわ」

その言葉を信じていないのか、それとも己の死などたいした問題ではないと思っているのか、レッドは愉快そうに笑った。

「それがどういう結果を招くか、わかって言ってるんだろうな？」

「もちろんですわ。この部屋には共鳴体なんかございませんもの。解放されたエネルギーは、眠っている天使もろとも、この園を吹き飛ばしますわ」

「お前も、その男も死ぬんだぞ？」

「知ったこっちゃありませんわ」

舌鋒《ぜっぽう》鋭く、セラは鮮やかに言い捨てる。

「愛する者のためなら、歌姫はどんなことでもするのですわ。愛する者を守り、愛する者とともに滅びる。それが歌姫の役目」

レッドの傍《かたわ》らで沈黙を守っている女性に向かい、セラは呼びかけた。

「ドーンコーラス。貴方に出来たのだから、私にだって出来ますわ」

「いい度胸だ」

満足そうに微笑み、レッドは撃鉄《ハンマー》を起こした。

「お前の歌——聞かせて貰おう」

セラは顎を引き、静かに息を吸い込んだ。花弁のように可憐《かれん》な唇が開く。

銃声が響き渡った。

10

杖を持って、俺は回転翼機《ジャイロ》を降りた。

三枚の羽根は見事にひしゃげ、卵のようだった機体は見るも無惨に潰れている。生き残ったのは骨組みと——その操縦者だけだった。

俺は空を見上げた。第十三聖域はかなり遠くまで流されていた。黒く煙の尾を引いて、徐々に高度を失っていく。その上空には第十七聖域が浮いていた。まるで『理性』の最後を見届けるかのように。

そして俺が見守る中、第十三聖域は大地に墜落した。腐った果実が潰れるように浮き島は崩れ、粉々に砕け散った。間を置いて、この世の終わりのような轟音が聞こえ、悶《もだ》えるように大地が揺れた。

「ガブリエル……レミエル……ミカエル……」

失った者達の名前が口をついて出る。けれど失われた命の大半は名前さえ持たない。

俺だけが生き残った。一番罪深い俺だけが。

「うあああああああああ……ッ！」

意味を成さない叫びが喉を灼《や》く。

空は真っ赤に燃えていた。まるで血に染まっているようだった。堪えきれずに涙が溢れる。俺はそれを手の甲で拭った。泣いても無駄だ。涙は罪を洗い流してはくれない。

ならば今は、前に進むことだけを考えよう。

帰るのだ——ラピス族の元へ。

あの後、ラピス族はどうなっただろう。すでに皆殺しにされてしまったかもしれない。心縛され、エネルギーを生み出す糧として、聖域に連行されてしまったかもしれない。そう思うと、いても立ってもいられない。

俺は杖を握りしめ、夕日に向かって歩き出した。墜落する直前、西の方角に見えた白いもの。あれはおそらく不安定山脈《アンスタビリス》だ。その東側には母《マーテル》湖があり、ラピス族の村がある。

俺は夜通し歩いた。途中、杖でサボテンを叩き潰し、その汁を啜《すす》った。葉肉をそのまま喰い、ツンとした青臭い匂いにむせた。それでも俺は吐かずに堪えた。

日が昇ってからも足を止めなかった。喉は干上がり、唇はひび割れて血の臭いがした。体力はとうに限界を超している。意識が朦朧とし、もはや正しい方角に歩いているのかさえわからない。

杖が手から離れた。それを拾おうとして膝をつくと、もう立ち上がれなかった。俺は乾いた大地の上に横になった。ジリジリと日が照りつける。どこか陰になる場所を探した方がいい。もう少し休んだら――眠れる場所を探して――体力を回復して――そして――

何かが髪の毛をぐいっと引っ張った。

「――！」

あまりの痛さに目を覚ます。いつの間にか気を失っていたらしい。目の前に黒い馬の鼻づらがある。そいつは俺の髪の毛を食べようとしていた。

「こら、やめロ。ウィンド」

馬の背から一人の男が下りてきた。赤褐色の肌と黒い髪、堂々とした体軀、纏《まと》う衣装には猛々《たけだけ》しい鳥の文様が織り込まれている。

数騎の馬が俺を取り囲んでいた。馬上にいるのはいずれも大地の人だった。

「生きてるカ？」

馬から下りた男が、俺の顔を覗き込んだ。

答えようとしたが、声が出なかった。かすかに唇が動く。それだけだ。

「おお、生きてるゾ。何だ、水カ？　水だナ？」

男は俺を抱き起こした。羊の胃袋で作った水袋を俺の唇に押し当てる。乾きに張り付いた喉に水が流れ込む。むせそうになりながらも、俺は貪るように水を飲んだ。

「オレはオルクス族のファング」

男は言い、じろじろと俺の姿を眺めた。

「お前は——白い人カ？」

「俺は……ラピス族の——アザゼル」

声を発するたび、ヒリヒリと喉が痛む。

「頼む——ラピス族の村に……連れて行ってくれ」

男は怪訝そうな顔をした。疑われても仕方がない。俺は大地の人には見えない。

ファングと名乗った男は俺を地面に横たえ、立ち上がった。隊のリーダーらしき男と相談を始める。潜めた低い声。俺には聞き取れない。

しばらくして、ファングは俺の所に戻ってきた。

「残念だが、それは出来ないイ」

俺は目を閉じた。やはり自分で歩く以外に道はないようだ。

「では、方角だけでも教えて貰えないだろうか」

俺は自力で体を起こした。杖を頼りになんとか立ち上がろうとする。

「まぁ待テ。ラピスのくせにせっかちなヤツだナ」

ファングは俺の肩に手を置いた。

「オレ達はカネレクラビスに向かウ。歌姫が一堂に会する祭り《パウワウ》が催されるのダ。遅れるわけにはいかないイ。だからラピスの村に寄ることは出来ないが、オレ達と一緒に来るならかまわなイ。カネレクラビスまで行けば、ラピス族にも会えるはずダ」

俺は息を呑んだ。『大地の鍵』の祭り《パウワウ》は実りの月に開催されると聞いている。俺が聖域に軟禁されている間に、そんなに時間が経過してしまったのだろうか。

「今は――もう実りの月なのか？」

「いいヤ」ファングは首を横に振った。「今回はラピス族が急遽《きゅうきょ》招集をかけたのダ。白い人の侵略が始まる――とナ」

立ち上がれないほど疲労困憊していた俺を、彼らは馬に乗せてくれた。食べ物と水も分けてくれた。それに対し、俺は何度も礼を言った。

「倒れている者がいれば、助けるのは当然」

そう答えた男の名はテイルリング。長い三つ編みを輪にしたオルクス族の首長《チーフ》だった。

「ラピスは我が一族の恩人。ゆっくり体を休めるといイ。明後日の夜にはカネレクラビスに到着するル」

11

遠くから声がする。

答えようとしたら、咳《せき》が出た。胸骨がギシリと痛み、喉の奥から呻き声が漏れる。

「畜生、生きてんじゃねぇか！　クソ心配させやがって、このど阿呆《あほう》が！」

アンガスは目を開いた。黒い天井が見える。半泣きの姫が見える。眠ってしまったはずのジョニーと、腕の修理に連れて行かれたはずのアークもいる。

なんで——この二人がここにいる？

そこで我に返った。ジョニーとアークは突然出現したわけではない。それだけの間、自分が気を失っていたのだ。

「しまっ……」

体を起こしかけ、激痛に悶絶《もんぜつ》する。あまりの痛みに息も出来ない。ゆっくりと息を吸い、じわじわと吐きだす。それだけでギリギリと胸が痛み、冷や汗が噴き出してくる。

「アンガス——？」

震える声で姫が呼びかけた。

「お前——撃たれたのではなかったのか？」

「そう見せかけて、隙をついて、姫とセラを奪い返すつもりだったんです」

「しかし、その血は？」

「ああ……これ」

アンガスは右手に握ったモノを見せた。破れてくしゃくしゃになった羊の腸だ。

「クランベリージュースです」

気を失う寸前、コートのポケットに隠し持っていたクランベリージュースの腸詰めを、シャツの上で叩き割ったのだ。

撃つとしたら文字《スペル》がある右目を避けて、心臓を狙ってくるだろうと思っていた。だから常に内ポケットに『ツアドキエルの書』を入れておいた。期待通り、文字《スペル》は弾丸を弾き返してくれた。しかし着弾の衝撃までは吸収してくれなかった。

考えが甘かった。気を失うなんて計算外もいいところだ。

アンガスは胸を押さえて上体を起こした。ジョニーが手を貸してくれたが、それでも胸の奥がギシギシ軋む。

「動かないほうがいいんじゃねぇの？」

「そうです、ご主人様。お顔が真っ青です。内臓を痛めているのかもしれません。ここはジョニーの言う通り……」

「セラが声を取り戻したんだ」

彼らの制止を振り切って、アンガスは立ち上がった。目眩がして、足がふらつく。

「文字《スペル》が発する悪しき意識──それに同調すれば意識障害を引き起こし、いずれは正気を失う。そうなる前に──彼女を助けなきゃ──」

「……ったく」

舌打ちして、ジョニーは床から『本』を取り上げた。それをアンガスに手渡し、もう一方の手を自分の肩に回す。

「オレらがついてなくちゃダメね。お前は」

「……と言いながら、私が行くまで床で寝こけていたのはどなたです？」

「うるせぇな。てめぇこそ、まだ腕ついてねぇじゃんよ？」

「腕をつける前に、突然自動人形《ドール》達が動かなくなったんです。誰かが緊急停止モードを発動させたに違いありません。これはただごとではないと思って、急いで駆けつけてきたんですよ」

「ホントか？　一人残されたのが寂しかっただけじゃないの？」ヒヒヒ……とジョニーは笑った。

「他の人形が止まったのに、お前だけ動けるなんてヘンじゃん？」

「ここにいた自動人形《ドール》は第十七聖域仕様です。私は仕様が違いますから、緊急停止モードも異なるんです。自動人形《ドール》だからって一緒くたにしないでください！」

「わかった、わかったからそう喚くなって」

ジョニーはずり落ちかけたアンガスの腕を摑み直した。

「おい、大丈夫か？　足、ふらついてるぞ？」

「そうだ。無理をするな」

アンガスを見上げ、姫は心配そうに眉根を寄せた。

「このままではお前の方が参ってしまう」

「……大丈夫です」と答えたものの、気を抜くと意識が飛びそうになる。一歩歩くごとに、突き刺すような痛みが体の中心を走り抜ける。足が縺《もつ》れる。深く息が出来ないので、呼吸が苦しい。

部屋の奥――わずかに凹んだ壁に辿りついた時には、立っていることさえ辛かった。床に座り込んだアンガスに代わり、ジョニーが壁を押したり叩いたりする。が、扉はぴったりと閉ざされたまま、どうやっても開かない。

「仕方がない。ふっ飛ばすか？」

姫がアンガスを見上げる。それに対し、彼は首を横に振った。

「向こう側が、どうなっているかわかりません。下手に大技を使ったら、セラ達を傷つけてしまうかもしれない」

けれどこのままでは埒《らち》が明かない。早くしないと取り返しのつかないことになる。こんな扉に阻まれている暇はない。苛立ちと焦燥が胸を焼く。

「ご主人様」とアークが呼びかけた。「回線を直接繋いで、ショートさせたらどうでしょうか？」

アンガスは彼を見上げた。

「出来るの？」

「ええ、まあ……でもこれをやると、私は動けなくなってしまいます」

「それじゃダメだ。アークを壊すわけにはいかない」アンガスは手元の『本』に目を落とし、ゆっくりと立ち上がった。「仕方がない。やっぱりここは姫に吹き飛ばしてもらうしか――」

「壊れはしません」よろめくアンガスをアークが支える。「少し間を置いてから起動コードを言ってくだされば、あとは自己修復します」

アンガスはアークの顔をじっと見つめた。

「本当に？」

「はい、自動人形《ドール》は嘘はつきません。答えられない問いには沈黙するだけです」

「――わかった」アンガスは目を閉じた。浅い息をついてから、再び目を開く。「起動コードは？」

アークは微笑んだ。寂しそうにも嬉しそうにも見える、不思議な微笑みだった。

「『人は誰でも一度は死ぬ』です」

アークは右の掌を壁に向け、何かを探り始める。かと思うと、突然拳を振り上げ、壁を殴った。バリン……という音がして、滑らかな表面が砕ける。壁の内側には銀色の線が並んでいた。アークは自分の左肩からずるりと銀色のコードを摑み出し、壁の内側に配された銀の線に接続する。

バチッ……と青白い火花が散った。

がくんとアークの体が斜めに傾いだ。同時に空気が抜けるような音を立てて扉が開く。

凄惨《せいさん》な光景が目に飛び込んできた。

薄暗い部屋。正面にはひび割れた水槽。薄明かりの中、床に倒れた男の姿が浮かび上がる。頭から血を流し、絶命しているのはベン・ファーガソンだ。ウォルターも床に倒れている。その傍にセラが座り込んでいる。

水槽の前には見たことのない一組の男女が立っていた。全身黒ずくめの男は右手に六連発を握り、その銃口をセラに向けている。

ジョニーが慌てて六連発を引き抜き、その男に向かって発砲した。が、弾はまるで見当違いの方向に飛んでいき、壁に当たって火花を散らす。

「……姫ッ」

掠れた声でアンガスが呼びかけるよりも早く、姫の歌声が響き渡った。

生命の文字よ
沈黙の海に生命を与えよ

男の反応は早かった。歌声を聞くやいなや、彼は六連発を放り投げた。傍に立っていた女が、男を突き飛ばして床に伏せる。その直後、雷に打たれた六連発は暴発して弾丸を撒き散らした。

「その他大勢一切合切手を上げろ！」

六連発をかまえ直し、ジョニーは叫んだ。

「無駄な抵抗はするなよ！　下手な真似したら、ここにいる姫が黙っちゃいないぞ！」

しん……とあたりが静まりかえった。

その静寂を破ったのは、押し殺したような笑い声だった。

「他力本願な脅し文句だな？」

「う、うるせぇ」ジョニーは声の主に銃口を向けた。「つべこべ言わず、ホールドアップだ！」

「お前には撃てないよ」

伏せていた男は体を起こし、ゆっくりと立ち上がった。顔に降りかかった前髪をかき上げる。

「相変わらずだな。ジョナサン？」

ジョニーの顎がかくんと落ちた。瞬きを忘れた目が黒服の男を凝視する。

「デ、デイヴ――？」

「なん……だって？」

アンガスは目を剝いて、黒ずくめの男を見た。

確かに顔立ちは似ていたが、ジョニーの目は茶色で、男のそれは青みを帯びた灰色だ。双方を見たことがある人間ならば、見間違えはしないだろう。彼らは似て非なるもの。ジョニーが太陽なら彼は月。それも抜き身のナイフ、冷たい金属を思わせる細い月だ。

「デイヴ……」ジョニーは六連発を下ろし、戸惑いながら彼に手を差し出した。「オレと一緒に帰ろう。こんなこともうやめてさ。サウザンスーラに戻って、また一緒によろしくやろうぜ？」

レッドは笑った。温かさが一切削げ落ちた、凍りつくような冷笑だった。

「哀しいな、ジョナサン。そんな安易な言葉で、オレを説得出来るとでも思ってるのか？」

「オレは知ってるんだ。お前の悪行は、みんなその左腕のせいなんだってな。だからさ、そんなモンとっとと外しちまって――」

「フザけるな！」

レッドが恫喝《どうかつ》した。氷のような眼差しに、青白い炎が閃く。

「昔から、オレはお前が大嫌いだったよ。何の努力もしないくせに、お前はオレよりも優れていた。なのにその恵まれた才能を生かしもせず、いつも適当に遊び暮らしていた。そんなお前が憎かった。お前を越えるためなら、魂を売り渡してもいいとさえ思った」

凍るような眼差しでジョニーを睨み付け、レッドは彼に向かって歩き出した。

「オレをこんなにしたのはお前だよ、ジョナサン」

ジョニーは無意識に六連発をかまえ、レッドに銃口を向けた。その腕はぶるぶると震え、とても引き金を引くことなど出来そうにない。

「どうした？　撃たないのか？」揶揄するようにレッドは言う。「お前はいつもそうだ。お前は何も出来ない。何も止められない。今までも、これからも、お前は誰も救えない」

「そんなこと……ない」

掠れた声が反論した。

レッドは目だけを動かして、その声の主を見る。

アンガスは右手で胸を押さえ、浅い呼吸の下から声を紡ぎ出す。

「ジョニーは僕を助けてくれた。それも一度や二度じゃない。それ以上言うのであれば――僕は貴方を許さない」

レッドはアンガスを見て、姫を見て、それからジョニーに目を戻した。

「お前、こんな瀕死《ひんし》のガキにかばわれて、恥ずかしくないのか？」

ジョニーは答えなかった。手にした六連発の引き金を引くことも、銃を下ろして弟を抱きしめることも出来なかった。硬直したように立ちつくす彼の耳に、そっとレッドはささやいた。

「オレは世界を壊すよ」

ジョニーの横をすり抜け、部屋の外に向かって歩き出す。

「お前はカーテンの後ろで震えながら、黙ってそれを見てるがいい」

「待て」アンガスが呼び止めた。「その左手の文字《スペル》――回収させて貰う」

「オレにかまってる場合か？」

レッドは肩越しに振り返り、アンガスの背後を指さした。その手に乗るかと言いかけた時、セラの悲鳴が響いた。

思わず振り返った。

ウォルターがセラの腕を捕らえ、立ち上がったところだった。銃創からは出血が続き、流れ出した血でシャツは真っ赤に染まっている。動き回れるような傷ではない。なのに彼は痛みなどまるで感じていない様子で、セラを水槽に引きずっていこうとする。

天使だ。ツァドキエルが彼を操っているのだ。水槽には無数のヒビ割れが走っている。いつ粉々に砕け散ってもおかしくはない。そうなる前に、ツァドキエルはセラに『解放の歌《リベルタカントゥス》』と『鍵の歌《クラヴィスカントゥス》』を歌わせる気なのだ。

止めなければ。しかし姫の呪歌ではセラも巻き込んでしまう。アンガスは咄嗟に『本』を床に置き、二人に駆け寄った。ウォルターの腕を押さえ、セラから引き離そうとする。

〈邪魔するな、この死に損ない！〉

ウォルターは両手でセラの腕を摑んだまま、アンガスの右脇腹を蹴った。

「――ぐッ」

あまりの激痛に目の前が暗くなった。体を二つに折って床に膝をつく。

「アンガス――！」

自分の名を呼ぶセラの声。

薄く目を開く。傾いだ視界に、引きずられていくセラの姿が映る。

「ごめんなさい……」彼女の声が聞こえる。「ごめんなさい――!」

謝ることなどない。君のせいじゃない。僕がここに来たのは僕の意志だ。大切な人を守りたいと思ったから――僕はここまで来たんだ。

アンガスは右目を覆ったバンダナを摑んだ。一つの文字《スペル》に支配されたものは、他の文字《スペル》の影響を受けにくくなる。ウォルターを文字《スペル》の支配から解き放つには――これしかない。

バンダナを頭から外した。アンガスは歯を喰いしばり、両足に力を込めた。ウォルターに追いつき、その右足にすがりつく。ウォルターはよろめいた。彼はセラから手を離すと、無表情にアンガスの襟元を摑んで吊るし上げた。

「一緒に世界中を回ろうって、約束しただろ?」

アンガスの言葉に、ウォルターの目元がぴくりと引きつった。アンガスは微笑み、自分の襟元を握る彼の手を摑んだ。

「もうちょっと……辛抱しろ。いま……助ける」

〈人間ごときに、私の技が破れるものか!〉

ウォルターは拳を振り下ろした。アンガスは避けず、目も閉じなかった。拳が彼の右顔面を捕らえる。ウォルターの指が――アンガスの右目に触れた。

「ううう……」

襟から手が離れる。

「あああああああああ……!」

悲鳴を上げ、ウォルターはのけぞるように床に倒れた。

「俺は俺は俺は……俺は俺は俺はああ……」

両手で胸を掻きむしる。赤く染まったシャツが破け、血だらけの胸が露になる。その左胸――心臓の上あたりに、皮膚の色が違う部分がある。

そこには赤黒く文字《スペル》が浮き出ていた。

相反する思いに恐慌をきたし、暴れ続けるウォルターを、アンガスは床に押さえつけた。が、このままでは持たない。数秒で押し負ける。

「姫……今のうちに……文字《スペル》を！」

「ああ！」姫は叫んだ。「セラ、手を貸してくれ！」

名前を呼ばれ、セラは弾かれたように『本』に駆け寄った。『本』を抱え、アンガスとウォルターの所へ駆け戻る。ウォルターの胸にある文字《スペル》を見て、姫が叫ぶ。

「『Betrayal《背信》』――三十二ページだ！」

セラはページをめくり、開かれた『本』をウォルターに向けた。

失われし　我が吐息
砕け散りし　我が魂
帰り来たれ　悔恨の淵へ
いま一度　我が元へ

汝らを信じ　大地を与えた

汝らを愛し　全てを叶えた
この裏切りは　氷の刃
汝らの命で　其《そ》を贖《あがな》え

文字《スペル》が赤く輝き、浮き上がった瞬間、ウォルターが絶叫した。人のものとは思えない、まるで獣の咆哮のような声だった。その背が反り返り、アンガスは撥ね飛ばされる。

「アンガス！」セラが彼に駆け寄ろうとする。

「後だ！」それを姫が制止した。「次だ！『Arrogance《傲慢》』――二十五ページ！　急げ！」

セラはページをめくり、二十五ページを開く。

身の程知らずの　力を求め
弱きを虐げ　私物と化す
肥大せし自我は　果てを知らず
自らをもって　神と成す

断末魔《だんまつま》の叫びが部屋中を震わせた。金属を引っ掻いたような、不快な音が撒き散らされる。振動に耐えきれず水槽が割れ、粉々に砕け散った。薄青い液体がどっと溢れ出す。アンガスはそれに飲まれ、押し流されて床を転がった。

ツァドキエルの体は銀の糸に縛られたまま、宙吊りになっていた。その胸に刻まれた文字《スペル》が浮き上がり、赤い光の針となって『本』の中に吸い込まれる。

〈真実を……封印し……希望を生み出す〉

天井の片隅《かたすみ》から、怨嗟の声が聞こえてきた。

〈そうか……そういうこと……だったの……か〉

ジジジジ……という音。その後、ブツッと何かが途切れた。それを最後に、神経を逆撫《さかな》でする金属音も止まった。

静けさが満ちた。聞こえるのは水槽の残骸《ざんがい》からしたたる水滴の音だけだ。

「アンガス――」

アンガスの視界に『本』を抱えたセラが映る。その紅茶色の瞳から、涙がぽたりとこぼれ落ちる。

「死んじゃイヤですわ」

アンガスは起き上がろうとした。でも、体に力が入らない。体を動かす燃料が、最後の一滴まで燃え尽きてしまったようだ。あんなに激しかった痛みももう感じない。視界が暗くなっていく。

薄れゆく意識の中で、彼はセラに呼びかけた。

ねぇ、セラ。

あの時……君はどうして……

どうして僕にキスしてくれたんだ……?

12

二日後の夜――俺を連れたオルクス族の小隊は、聖地カネレクラビスに到着した。
たくさんの篝火《かがりび》があたりを照らしている。林に囲まれた平原にはティピと呼ばれる移動用住居が乱立し、大勢の大地の人が集結していた。ラピス族と同じ赤褐色の肌の者もいれば、それよりももっと黒い肌色をした者もいる。みな色とりどりの衣装を身に纏い、イーグルの羽根で自らを飾っている。再会を祝うかのように太鼓が打ち鳴らされ、人々は歌い、踊っている。

俺はラピス族を探した。気は焦るが、同じような黒髪と赤褐色の肌が目につくばかりで、知った顔を見つけることが出来ない。

「落ち着ケ」威厳のある低い声でテイルリングは言う。「お前は目立ツ。お前がラピスを探すより、ラピスにお前を見つけて貰った方が早イ」

彼は俺を自分の馬に引っ張り上げた。もう一方の手に持った松明を、高々と頭上に掲げる。

「ここにいるのはラピス族のアザゼル。ラピスの者ヨ。この姿に見覚えあらば現れヨ」

決して大きくはないのに、素晴らしくよく通る声だった。周囲がざわめく。色の濃い幾つもの瞳が俺に集中する。俺は馬の首にしがみついたまま、周囲を見回した。

「アザゼル！」

遠くで誰かが俺の名を呼んだ。

「アザゼル！　アザゼル――ッ！」

人をかき分け、一人の男が走ってくる――と思いきや、何かに躓《つまず》いて派手に転んだ。俺は馬から下りて、彼に駆け寄った。倒れた男を助け起こす。懐かしさが胸に溢れ、両目に熱いものがこみ上げてくる。

「また転んだな、クロウ？」

「ううう……」

クロウは俺にしがみついた。両手で俺の顔を撫で回し、鼻を寄せて匂いを嗅ぐ。彼の両目には白い布が巻き付けてあった。

「クロウ……お前、目が――」

「見えなくたって、オマエのことはわかる」

彼は俺をひしと抱きしめ、しゃくりあげて泣き出した。

「アザゼルだぁ……アザゼルが生きてたぁ！」

俺は目を閉じた。言葉が出てこなかった。運命は彼から光を奪ったが、その熱い心までは奪えなかった。その誇り高い魂に、胸が熱くなる。

ぽん……と誰かが俺の肩に手を置いた。

ペルグリンだった。彼女はじっと俺を見つめ、わずかに眉をひそめた。

「やつれたな、アザゼル」

彼女はその逞しい腕で、俺に抱きついているクロウごと、俺を抱きしめた。

「馬鹿なヤツ。どうせまた、きちんと飯を喰っていなかったんだろう」

彼女の後ろにはウォルロックがいた。彼はその巨石のような体に不似合いなつぶらな瞳から、滝のように涙を流していた。その横に立っていたブラックホークは、一つ頷いて見せてから、俺の背後に目を向けた。そこには馬から下りたテイルリングが立っている。彼らは向き合い、互いの掌を見せ合う。武器を持っていないことを表すこの仕草は、彼らの正式な挨拶だった。

「オルクスのテイルリング。オレの兄弟を連れてきてくれたことに感謝する。この恩、我らラピス族は永遠に忘れないだろう」

「礼には及ばヌ、ラピスのブラックホーク」

テイルリングは真っ白い歯を見せて笑った。

「お前は十年前、ルーフス族との戦で、我が一族の命を救ってくれタ。その恩を返したまでのこト」

ブラックホークは頷き、再び俺に目を戻した。

「よく戻った」

短いその言葉に、万感の思いが込められていた。

俺はクロウとペルグリンの抱擁を解き、ゆっくりと立ち上がった。

「貴方に知らせなければならないことがある」

「白い人の島が落ちたそうだな」

俺がまだ何も言わないうちに、彼は言った。

「ドリーミングが予知夢を見た。白い人は歌う人形を得るために、大地の人を狩りに来る。再び戦が始まる——となっ」

「そうだ」俺はぐっと顎を引いた。「貴方達に天使との戦い方を教える。その精神攻撃から身を守るすべを教える。もっと強い武器の作り方も教える」

ブラックホークは頷いた。

「お前はオレ達の知らぬ知恵を持つ。お前を遣わしてくれた、大いなる意志に感謝する」

「どこから始める？　鉄の精製方法か？　火薬の作り方か？　精神攻撃を防ぐ方法からか？」

「まあ待て」

彼は手を上げて、俺を制した。

「今の『大地の鍵』は、もう六回も歌姫を担っている。かなりのお歳《とし》だ。戦いに備え、新しい歌姫が必要なのだ。明日、新しい『大地の鍵』を選出する祭り《パウワウ》がある。戦いの準備を始めるのは、それが終わってからだ」

歌姫——リグレット。

押し込めていた想いが堰を切って溢れてくる。彼女もここに来ているのだ。彼女に会いたい。今すぐ駆け出して、彼女に会いに行きたい。

「各部族の歌姫は、明日に備えて身を清めている。彼らは今宵《こよい》一晩、中央湖《ミッドレイ》の畔で過ごすのだ」

ブラックホークの言葉に、俺は杖をぎゅっと握りしめた。彼女に会うことは叶わない。そして明日には新しい『大地の鍵』が決定する。リグレットが『大地の鍵』に選ばれれば、彼女は聖地に残る。彼女と一緒に暮らすことは、もう出来なくなる。

「それにお前には休息が必要だ。オレ達のティピは西の外れにある。今宵はゆっくりと体を休めろ」

そう言って、ブラックホークは俺の肩に手を置いた。

「西の林を抜けていけ」低い声が俺の耳にささやく。「お前は目立つ。見つからぬようにな」

俺は黙って頷いた。

テイルリング達に礼を言い、ペルグリンが貸してくれた砂避けの布で姿を隠し、大地の人の間を縫って歩き出す。広場を抜け、林に足を踏み入れる。木々には槍の穂先のような形の葉をつけた蔓《つる》が絡みついていた。葉の間には青白いつぼみがついている。野生種のトケイソウだ。

その間を俺は走った。『理性』の杖を胸に抱え、下草を蹴散らしながら走った。灯《あか》りはない。月光も遮られ、あたりは真っ暗だ。

大地を離れ　去りゆく者よ
この別れを　私は嘆くまい
別の世界へ　お前は旅立つ

この別れは　一時のもの

遠くから、歌声が聞こえた。

細い弦を弾くような、もの悲しくも美しい歌声。

お前の魂は　大いなる意志に還り
やがて再び　この地に生まれる
別の世界で　別の場所で
我らは再び　巡り会う

視界が開けた。正面に大月《カリタス》が浮かんでいる。月光を反射し、凪《な》いだ湖面は銀色に輝いている。

その光の中に、リグレットが立っていた。

俺は彼女に駆け寄った。緩やかに波打つ髪。月の光を映した瞳。目の前に立つだけで、魂の輝きが見えるようだった。手を伸ばせば触れられる。腕の中に抱きしめることが出来る。狂おしいほど夢見た再会。なのに俺は動けなかった。彼女の姿があまりに神々しくて、触れることはおろか、手を伸ばすことさえ出来なかった。

そんな俺を見上げ、リグレットは微笑んだ。

「お帰り、アザゼル」

「リグレット――俺は――」

声が途切れた。どうしてもその先を続けられない。

屈辱の日々に耐え続けたのも、罪を背負いながらも生き延びることを選んだのも、彼女に想いを伝えるためだった。なのにその一言が、どうしても言えない。聖地に立つ彼女は女神そのものだ。もはや俺のような堕天使が、触れてはいけない存在だった。

「わかっている」

リグレットの声に、俺は顔を跳ね上げた。

「ここにあるものと――」彼女は俺の胸を指さし、同じ指で自分の胸を叩いた。「ここにあるものは同じだ」

彼女は俺と肩を並べ、夜の湖に目をやった。

「だから何も言うな」

肩が触れ合う。彼女の手が、俺の手を握った。

「しばらくの間、こうしていてくれ」

リグレットの手は柔らかく、温かく――かすかに震えていた。

彼女も恐れているのだ。自分が『大地の鍵』となることを。自分が背負わなければならない重責のことを。恐ろしくて逃げ出したいと思いながら、それでも彼女はここに留《とど》まった。

仲間を救うために。

世界を救うために。

そして何よりも――俺を救うために。

多崎 礼
（たさき・れい）

2006年、『煌夜祭』で第2回C★NOVELS大賞を受賞しデビュー。
著作に「血と霧」、「レーエンデ国物語」シリーズなど。

〈本《ほん》の姫《ひめ》〉は謳《うた》う

2

2024年2月13日　第1刷発行

著　者　多崎《たさき》礼《れい》
発行者　森田浩章
発行所　株式会社講談社
〒112-8001
東京都文京区音羽2丁目12-21
電　話　編集　03-5395-3506
販売　03-5395-5817
業務　03-5395-3615

本文データ制作　講談社デジタル製作
印刷所　株式会社KPSプロダクツ
製本所　株式会社国宝社

本書は2008年3月に中央公論新社C★NOVELSから刊行された
同タイトルの作品を新装版として加筆・修正したものです。

ISBN978-4-06-534645-7
N.D.C. 913 303p 19cm

KODANSHA